文春文庫

# 音叉

高見澤俊彦



文藝春秋

音叉◉目次

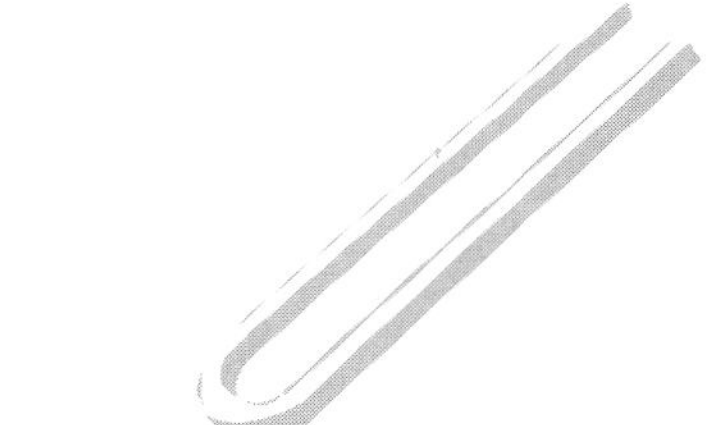

# 音叉


第一章　困惑１９７３　8
第二章　起動１９７０　17
第三章　転回　42
第四章　混乱　46
第五章　連帯　62
第六章　二十歳の原点　74
第七章　覚醒１９７４　81
第八章　総括　91
第九章　対自核　104
第十章　懺悔　110
第十一章　破戒　127
第十二章　現状と惨状　135
第十三章　亀裂　143

第十四章　舞姫　156
第十五章　沈黙　173
第十六章　少年期　184
第十七章　前奏曲　194
第十八章　恋愛革命　203
第十九章　狂詩曲　218
第二十章　狂騒と戦略　227
第二十一章　ガラスの雨　243
第二十二章　愛の黙示録　251
第二十三章　第七の封印　261
第二十四章　終わらない夢の始まり　270

bonus track
憂鬱な週末　277

文庫版のあとがき　音叉の世界　303

# 音叉

# 第一章　困惑1973

「バンド名を変えてくれ。それがデビューの条件だ」

いきなり飛び出したディレクター瀬川修造《せがわしゅうぞう》の発言に、こいつ何言ってやがんだ？　ぐらいの気持ちで俺は聞き流していた。

ビクトリーレコード第三会議室と聞こえはいいが、駅のホームにある待合室のような狭さだ。壁にはよくありがちなヨーロッパの風景画がかかっている。瀬川とテーブルを挟んで、俺の右横にはドラムの古澤啓太《ふるさわけいた》。まさに顔面蒼白《がんめんそうはく》。色白な人間が白を通り越して紫色になるほど動転している。お調子もんのキーボード神林義之《かんばやしよしゆき》も、その隣の無口なベースの佐伯美津夫《さえきみつお》も、ほぼ啓太と同じような反応だ。

えっ？　俺だけ冷静に受け止めている？　いやいや俺だって焦ってはいる。すでに十一月でかなり寒いはずだが、次第に体中が妙に汗ばんできた。

あり得ない！　何故今まで慣れ親しんで来たバンド名を変えなきゃいけないんだ。目の前のテーブルをボコボコに叩き壊したい衝動を抑えて瀬川に聞いた。

「えっと、なんでバンド名を変えないといけないんですか？　俺達のバンド名が放送禁止用語とか?」

「いや、そうじゃない。君らのバンド名では弱いんだ」

「バンド名に強い弱いってあるんですか?」

「屁理屈はやめにして、とにかく一週間以内に新しいバンド名を考えてくれないか」

そう吐き捨てると問答無用という態度で、冷静に俺達を凝視《ぎょうし》している。

誰も瀬川と対等に目を合わせるヤツなどいない……釈然としないモヤモヤした不快感が胃の底から逆流して来た。

メンバーに目を向けたが、誰も口を開こうとしない。いつもこうだ! こいつらは責任を取りたくないから、いつだっておし黙ったままなんだ。

今までも俺が矢面《やおもて》に立って交渉ごとをやってきたが、やりたくてやってたんじゃない。誰もやらないから俺がやるしかなかったんだ。

俺達はこの春、同じ大学に進学した。というより、系列高校からそのまま、エスカレーター式に上がっただけなのだが。そんな俺達は高校三年だった去年の夏、どういうわけかアマチュアロックコンテストで認められ、大学に入った時点で、プロデビューへの道が約束されていた。今日はそのためのミーティングに呼び出されたのだった。

それにしても、今この会議室に充満している重苦しい空気の伝染力は凄まじい。隣の啓太を含め、俺以外は全員歌だけではなく言葉をも忘れたカナリヤ状態だ。なんとか言え! 心で叫んでも誰にもそれが届かないもどかしさ。バカバカしくなって煙草《たばこ》に手をやるが、突然さっきのムカムカが今度は頭のてっぺんにまで逆流して来た。

——頭の中で歪んだAの弦が共鳴する——

「じゃあ……やめますよ」

「えっ？」

「だから、バンド名を変えるぐらいならデビューはやめます」

「本気じゃないよな？」

瀬川は眉間に皺《しわ》を寄せた。まさか俺がそこまで言うとは思わなかったのか、一瞬焦った顔を見せたが、すぐに冷静な顔になりゆっくり話し出した。

「いやいや、そう早まるな。バンド名を変えるだけでいいんだ……君達の音は気に入っているから」

「気に入っているなら、別にバンド名は変えなくてもいいじゃないですか」

間をおいて瀬川は、さらにゆっくり、子供を諭《さと》すように言葉を重ねる。

つまり、プロになる以上自分達の思い通りにやることは難しいとか、この世界は外から見るのと内情はまったく違うとか、要するに学生の分際である俺達が考えているほどエンターテイメントの世界は甘くないなど、ありきたりの事を訥々《とつとつ》と語り出したのだ。

聞いているうちにどうもバンド名変更とあまり関係ないように思えたので、瀬川にさりげなく聞いてみた。

「それとバンド名の変更と、どう繋《つな》がるんですか？」

「申し訳ないが、これはもう会社の制作会議で決まった決定事項なんだ」

会社の決定事項？　先に言えよ……事務的な口調の瀬川に苛立《いらだ》ちを覚えたが、それより早く、啓太の心の動揺が彼のクセでもある貧乏ゆすりからも伝わって来た。ライブで叩く時はいつもリズムが走るくせに、今日はかなり正確でリズミックな貧乏ゆすりになっているのが無性にイラつく。

部屋の空気が、また少し重くなった気がした。

バンドの創始者でもあるドラムの古澤啓太は、率先してバンドを引っ張るタイプではない。何でも人任せにしながらも、自分がこのバンドを作ったというプライドだけは捨てられないでいる。性格は明るいが臆病。バンド随一のムードメーカーでもあるが、今日の啓太にその快活さは微塵《みじん》もない。義之と美津夫にいたっては、貝のように口を閉じたまま、ため息すらも漏らさないフリーズ状態だ。

デビューはやめた！　バンド名は変えない！　さっき自分が吐いた言葉を、もう一度心で反芻《はんすう》しつつ、椅子を蹴って立ち去るイメージを思い描いたが、ここまで動揺している連中を引き連れて帰るのは、何だか急に面倒で滑稽《こっけい》な行動に思えてきた。ふーっと息を吐いて軽く目を閉じる。さっきまで頭の中で鳴り響いていたノイズが潮が引くようにフェイドアウトしてゆく……。

その瞬間、不意に目の前にいる瀬川のかなり頼りない頭髪が、両目に飛び込んで来た。この人もまだ三十代なのに何だか随分くたびれているよなぁ。

「ビクトリーレコード邦楽本部第二制作室　チーフ・ディレクター」という、なんとも長ったらしく、大げさな肩書きを持つ瀬川修造。これまでバンドを中心に、いくつものアーチストを手がけてきたが、これといったメガヒットには結びついていないらしい。グレーの上下のスーツも大分くたびれて見える。グレーというより、ネズミ色の背広と表現した方がいいかも知れない。ヒット曲を出していない分、色々なプレッシャーがあるんだろうなとも思う。全体的には物静かで優しい雰囲気を持っている瀬川だが、売れる、売れないでその人間性まで判断する業界では、優しさは一種の罪とも言えるのだ。おそらく薄毛はそのストレスのせいなのだろう。逆流したムカつきが不思議なくらい鎮《しず》まった。

「わかりました。瀬川さんがそこまで言うなら、一度メンバーと話し合ってみます」

三秒余りの沈黙のあと……。

「そうしてくれ。会社もだが、僕も君らには期待してるからな」

そう言うと瀬川は時計を見つつ、次の予定があるとかで足早に会議室を後にした。

ビクトリーレコードは千駄ケ谷駅の程近く、明治公園のちょうど目の前にある。スタジオを兼ね備えた要塞《ようさい》みたいなビルだけに、威圧感は半端ではない。何度来ても慣れないなぁ……と啓太がつぶやくのもわかる気がする。確かにスネかじりの甘ちゃん大学生にとって、気後れせずに堂々とエントランスに入ることは容易ではない。

でもこの先デビューしてヒットでも出せたら……もしかしたらそんな気持ちも変わる

かも知れない……ふと、根拠のないポジティブな思考が頭をよぎったが、あっという間に冷たい風に吹き飛ばされていった。

そのまま他のメンバーとはビクトリーレコードのエントランスで別れた。義之は自分のバイクで来ていたし、美津夫は青山に用事があるらしく、そこまで義之のバイクに乗っけてもらうそうだ。しかし、美津夫はノーヘルで大丈夫なのか？

二人と別れて駅までの道すがら、珍しく啓太が冷静に話を切り出して来た。

「なぁやっぱり、瀬川さんがああ言うんだからバンド名は変えるしかないよなぁ」

「お前それでいいのかよ。自分がつけたバンド名だぜ」

「でもさぁ、そうしないとデビュー出来ないみたいだし……それに雅彦《まさひこ》だって、史上最低なバンド名だって、ずっと言ってたじゃん」

バンド名は「グッド・スメル」。

これは体臭ケア用スプレーの商品名で、この商品のコマーシャルに出ているハワイ出身のアイドル、ケイト・サンダースのファンだった啓太が暫定的《ざんていてき》につけたのだが、それがいつのまにか正式なバンド名になってしまった。

よく名は体を表すというが、バンド名を聞いただけで音が想像出来るものだ。キング・クリムゾン然《しか》りブラック・サバス然り、音がバンド名と一体となり立体的に五感に訴えかけてくる。そういう意味ではグッド・スメルは、まったく音が聞こえてこない最低最悪のバンド名だ。最初聞いた時も冗談かと思ったくらいだ。いくら何でも体臭ケア用の商品名をバンド名にすることはないだろうと、本気で啓太に食ってかかったこともあった。

命名した啓太も啓太だが、容認したメンバーもメンバーだ。いくらアマチュアの馴れ合いバンドでもこれはない。バンドに参加した当初、強硬に文句をつけた俺だったが、今やそのバンド名の変更を率先して阻止しようとしている。自分の無駄で無意味な正義感に苛立っているのも確かだ。俺の方こそ、こんなバンド名に愛着なんかない。いや、むしろまったくない。

なんでこうもこじれてしまうのか、俺はいつもそうだ。自分でも納得しているはずなのに、人に指図されると逆の行動をとってしまう……今回もだ。

突然のバンド名の変更を、デビューのバーターとして提案されたことへの反発にすぎない。所謂《いわゆる》大人の事情ってヤツだろうが、その一点がどうしても俺には納得できないのだ。

自分の名前ですら親に勝手につけられ、自分の意志での変更はままならないというのに。

幼い頃、自分の名前が嫌いだった。

俺の名は風間《かざま》雅彦。

嫌いになった理由。それは、ほんの些細なことだった。

誰もが幼稚園の頃は、制服の胸に名札を付けるが、大抵は本名を平仮名で書く。その

『かざままさひこ』という名前の最後の『こ』が女の子名の『○○子』と同じなのが無性に嫌だったのだ。入園したての頃、仲良くなった女の子が俺の名札を見て「あたしとおんなじだ、こがついてる！」と言って笑いかけたのが発端なのだが、それから自分の名前が嫌で嫌でたまらなくなってしまった。

しかもその女の子は『まさこ』という名前で、自分の『まさひこ』とは平仮名で一文字違い。ただ、殆《ほとん》どの幼稚園児にとって、そんなことはどうでも良く、単にひとりよがりのコンプレックスにすぎなかった。

当然のように、子供の名前は親がつける。不遜《ふそん》ながらそんな親の義務さえ、勝手な都合と思い上がっていた。とんでもなく性格の悪いガキだ。俺には反抗期はなかった。常に反抗期だったからだ。なんて可愛げのない子供だったのだろう。上二人の学力優秀な兄と姉に比べ劣る俺。親にかまってもらいたいがための、理由ある反抗とでも呼べばいいのか。ぼんやりそんな幼い頃を思い返していた俺の耳に、いつの間にか駅の喧噪《けんそう》の波が押し寄せて来ていた。

夕方の千駄ケ谷駅、学生の乗り降りも多い。プロデビューの道が控えているとはいえ、俺も大学に通う普通の学生と変わりはない。

そんな時、突然チューリップの「心の旅」を口ずさみながら笑い合っている、男女四人組の学生達とすれ違った。その時だ、時間が止まったような錯覚に襲われ、俺はゆっくりとまるで映画のワンシーンにあるスローモーションのように、彼らを振り返った。

デビューをあきらめれば、お気楽で先が見通せる学生生活。バンド名を変えれば、刺激的だが先の不透明なプロミュージシャン。遠ざかる彼らの背中をボンヤリ眺めながら、今後、彼らとは絶対に交わることのない人生に思いを巡らせていると、バンド名の変更ぐらいで腹を立てている自分が、かなりちっぽけな人間に見えてきた。人生なんてなるようにしかならん……別人格の雅彦が俺に囁《ささや》きかけてきた……。

数分後、自分も「心の旅」を自然に口ずさんでいたのが妙に笑えた。

新宿で総武線から山手線に乗り換え、そこで啓太とは別れた。

池袋方面の車両は、この時間はかなり混んでいる。電車の吊革《つりかわ》につかまりながら、今日の出来事をもう一度かみ砕いて考えてみた。一時間程前のことながら、遥か彼方の出来事のように思える。俺自身もバンド名は酷《ひど》いと思っている。変える、変えない、振り子のように思考が揺れ動くが結論には達しない。やはりみんなで集まって、本気で決めるしか道はないのだろう。

頭の中で、高いE弦のクリーンな音が響き始めた。それが淡い眠気に導くように、山手線のリズミカルな震動に乗って、ゆっくりと体中に広がっていった。

# 第二章　起動1970

三年前、俺達のバンドは港区にある、私立聖マリアンヌ学院高校のクラス仲間で結成された。男子校なのに聖マリアンヌという学校名は、当然のことながら周辺の男子校からは完全にバカにされていた。俺からすれば、バンド名と同じく、学校名も最低だったのだ。

俺、風間雅彦は最後に加入した。啓太の家に遊びに行ったとき、レッド・ツェッペリンの「コミュニケーション・ブレイクダウン」の間奏をそれっぽく弾いたのがきっかけで、その場で半ば強引に参加が決まってしまったのだ。それからはコピー曲の選択や、練習スタジオの手配など殆ど俺がやっていたからか、実質上のバンドのリーダーに祭り上げられている。とはいってもバンドの窓口兼交渉人。いわば便利屋だ。

気のおけない仲間と遊び感覚で始めた俺達のバンドは、初めは高一の学園祭の時に急場しのぎで集まっただけだったが、次第に学園祭の時期以外でも、定期的に集まっては音を出すようになっていた。

あの頃は、みんなで音を出すだけで楽しかった。音を出してる間だけは、自分達だけの世界に酔えた。極端に言えば、バンド名も、名声もいらない。上手い、下手も関係なかった。そのうち俺はコピーだけでは飽き足らず、あることがきっかけで、見よう見まねで曲を書くようになった。それを、みんなで遊び感覚で演奏したところ、意外にしっくり来て、それからは外国バンドのコピーと並行して、オリジナル曲も演奏するようになっていた。

ちょうどそんな時、卒業記念の腕試しにと出場した、老舗楽器店主催のアマチュアロックコンテスト。いきなりオリジナル楽曲で、俺達は準優勝してしまったのだ。それがビクトリーレコードの瀬川の目に止まり、デビューの話が持ち上がり現在に至るのだが。実は演奏や楽曲だけではなく、ベースの美津夫の日本人離れしたルックスも準優勝に一役買ったことを、その時俺達は知る由もなかった。

俺は特別裕福な家庭で育ったわけではない。母親がクリスチャンだった関係上、聖マリアンヌ学院高校に強制的に入学させられたようなものだ。六つ上に兄がいて、二つ上に姉がいる。三人兄姉のまさに典型的な末っ子だ。父親は北区赤羽警察署の副署長。バンド活動には意外に理解がある。というより、末っ子の俺にはあまり関心がない。

俺自身高校なんて何処でもいいと思っていたし、ずっと反抗期だと自負している自分が、進学でも母親に反抗して無駄な労力を使うより、言われるがままにした方が無難だと考え、ここを受験し、合格し、入学した。

しかし、入学して驚いた。有名な石油会社の社長の息子や、銀行の頭取の息子など、生活に余裕のある家庭の子息が通う学校でもあったからだ。

　とはいえ、優秀で勉強の出来るお金持ちの息子などは皆無《かいむ》。いわゆるセレブ家庭の出来の悪い息子や、ノンビリした坊ちゃんタイプの生徒が大半を占めていた。

　聖マリアンヌ学院には、正門から続くゆるやかな坂道を上がりきった左側に、港区の有形文化財に指定されたチャペルがある。学院はプロテスタント系なので、チャペルの内部に豪華な祭壇はないが、代わるように巨大なパイプオルガンが正面に設置されている。高校の頃、俺はそこで週三回昼休みに行われる、パイプオルガンの演奏を聞くのが好きだった。

　そのチャペルを基点にして、奥がすべて大学エリアであり、手前が高校エリアになっている。正門を入ってすぐ、左手の高校校舎の正面ファサードは石の階段になっていて、その階段を挟んでパルテノン神殿のような柱が四本立っている。見た目もかなり重厚であり、古い洋館としての趣《おもむ》きもあるので、映画のロケなどにも使われたことがあった。

　高校の校風は、クリスチャン特有のムードというか、自由の範囲が他の高校よりかなり広く緩《ゆる》かった。ところが、大学が高校と同じ敷地内にあって、大学生と区別するためなのか、学院の高校生は詰め襟の学生服を必ず着用しなければならなかった。ただし制服とは逆に髪型は意外なほど自由だ。当時の私立の男子校では珍しく、長髪などもある程度なら許されていたのだ。何故か、リーゼントなどのツッパリ系の髪型は禁止。その髪型をしているだけで、退学に追い込まれた生徒もいたくらいだ。何とも曖昧《あいまい》で不思議な自由度に満ち溢《あふ》れた高校だった。

そうした環境の中で、俺達は自然にロックに触れ、自由にバンド活動を楽しんでいた。上手い下手は抜きにして、レパートリーは、ブリティッシュ・ロックを中心に、幅広くコピーをしていた。ちょうどその時期は、いわゆる外タレの初来日ラッシュでもあり、四人でよく観に行ったものだった。

圧巻は一九七一年の七月に来日した後楽園球場でのグランド・ファンク・レイルロード公演。雷鳴が轟《とどろ》く、豪雨の中でのライブに俺達は大興奮だった。

ただし啓太だけは、雨でぐっしょり濡れた前の席の女子大生らしいお姉さんのTシャツ……その背中にクッキリ透けて見えたブラジャーの線にも大興奮だったらしい。続く九月には武道館でのレッド・ツェッペリン初来日コンサート。これは珍しく義之と二人で行ったのだが、まだリリース前だった「天国への階段」に感動した記憶は未だに鮮明だ。ロックをあまり聴かない義之も「天国への階段」だけは気に入っていたようだ。

そんな俺達のバンドの強味は、ドラムの啓太以外全員ヴォーカルが取れるということだ。コンテストで準優勝したオリジナル曲も、三声のハーモニーを生かした楽曲。まだ粗さはあったが、高校生のコーラス・ロックという点がかなり評価されたらしい。

認められれば認められるほど俺達は、うっすらとプロになる夢を抱き始めてはいたが、日本の音楽シーンでトップになってやるとか、音楽で一旗あげて故郷に錦を飾ってやるとか、そういう野心は全くなかった。巷《ちまた》でよく言うハングリー精神など、誰も持ち合わせていなかったのだ。ただ好きな音楽をこのままやっていければいいかな？　ぐらいの甘い気持ちでいたにすぎなかった。

気がつくと、あっという間に大学入学から半年以上が過ぎていた。季節の風は思いのほか冷たい。これからもっと寒くなるのかと思うと、寒さに弱い俺はかなり憂鬱《ゆううつ》になる。

瀬川とのミーティングの翌々日、俺は午後の授業を終えて、キャンパスのカフェテラス「エデン」で啓太と落ち合った。「エデン」はちょうど、坂の上のチャペルのはす向かいにある大学専用のカフェだが、高校の頃からそこでたむろしていた俺達にとっては馴染《なじ》みのある場所だ。

啓太は寒空にも拘《かか》わらず、「エデン」のオープンカフェのエリアで待っていた。珍しくコンタクトではなく、近視用の黒縁眼鏡をかけている。

「なんだよ。外かよ。寒いから中にはいろうぜ」

「いいよここで。動くのも面倒だし、あまり他のヤツに聞かれたくないし」

デビューの話はメンバー以外誰も知らない。野次馬根性丸出しの同級生に聞かれたら、確かに面倒だ。仕方なく俺は、自販機で缶コーヒーを買い、啓太の前に座った。と同時に、いきなり啓太は聞いてきた。

「雅彦、今日美津夫に会ったか？」

「いや、あいつは今日も授業に出なかった。まぁ英語音声学概論なんてクソ面白くないけどな。そう言えば、美津夫はバンド名の変更をどう思ってるんだ？」

「あいつの性格上、多分何とも思ってないな」

「そっか……でも、美津夫って、普段自分からあんまり意見も言わないし、大人しいっていうか、つかみどころがない……何考えてんだか、よくわかんねぇな」

「あぁ、あいつは、中学の時からあんな感じ。あれで普通。それに、あいつって男なのに睫《まつげ》毛の長いフランス人形みたいな目をしてんだろ？　本人は鈍感で気がついてないが、昔から女子にはかなり人気あったんだぜ」

「へーそうなんだ」

「ホラ、当時大人気だった、グループサウンズの、ザ・ジェニーのヴォーカルに似てるとかでさ」

「確かに……」

「でも、あいつ喋《しゃべ》ると大阪弁丸出しだろ？　そこで一同こけるって感じ」

「その落差が、俺けっこう好きだけどな」

「まぁな。でもたまにあいつと目が合うと、顔なじみの俺でも、ちょっとドキッとするぜ」

「えっ？　啓太、お前ってそっち系？」

「違うって！」

身長が一八三センチもあるベーシストの佐伯美津夫。その長身が子供の頃からコンプレックスらしく、若干猫背気味だ。とはいえルックスは一見ハーフのようであり、バンドでは群を抜いて女子からの人気は高い。ただ生まれが大阪で、中学で啓太の学校に転校して来たせいか未だ関西弁が抜けきらないのだ。

　プロデビューが決まっているとはいえ、大学一年の俺達は何かと授業に拘束される。デビューしたら学校をどうするかはまだ決めてないが、辞めるなんていったら、母親は卒倒するだろうなと思いつつも、この時期にバンドメンバーでちゃんと授業に出ているのは俺だけだ。啓太も美津夫も義之も、夏休み以降殆ど学校には来ていない。

「でもさぁ、お前も一昨日《おととい》みたいにすぐカッとなんなよ。雅彦って思い通りになんないとすぐ拗《す》ねるっつうか、投げやりになるよな？　ここはさ、もうちょっと大人になってくんないと」

　はぁ～？　どの口が言ってんだ。ミーティングの時、どっちが今にも泣き出しそうな子供みたくプルプル震えていたんだよ。半ば呆れながらも俺は、理不尽なバンド名変更のことを再度啓太に話したが、啓太はプロデビュー出来るなら、悪魔に魂を売ってもいいと思っている。啓太の実家は教会で父親も牧師。そんな環境から逃げ出したいと思っているのだろう。つまりヤツはバンド名変更など何とも思っていないのだ。

　話せば話すほど性格の不一致というか、物事のとらえ方の相違が浮き彫りになってゆく。こういう食い違いが、ジョンとポールの袂《たもと》を分かつ原因になったのか？　とビートルズとグッド・スメルを比べている自分がアホらしくなってきたが缶コーヒーを一口飲んで、さらに啓太にたずねた。

「そういや義之はどうなんだよ。あいつもバンド名変更には賛成なのか？」

「あっ、平気平気！　あいつは絶対大丈夫！」

何を以《もっ》て義之が大丈夫と言っているのか？　はなはだ疑問だ。すべてに亘《わた》ってそういう詰めの甘さが啓太の性格を物語っている。おおらかで明るい面と、神経質で小心な面が同居している。でもまぁ啓太が言うように、おそらく義之もバンド名変更には異議はないのだろう。

子供の頃からピアノを習っていたキーボードの神林義之。このバンドでは一番音楽的才能が豊かだ。だが義之はビートルズ以外のポップスやロックには、殆ど興味を示さない。絶対音感があるので、バンドで外国曲をコピーする際は義之に聞けば大体のコードや音は解明出来る。音に関していえば、バンドには欠かせない存在でもあるのだ。

しかも義之の父親は有名なニュースキャスターであり、子供の頃から金銭的には何不自由なく育ったという。そのせいか誰に対しても態度がでかい。ただ、あまり嫌な気分にならないのは、義之の持って生まれたキャラによるものが大きい。おちゃらけたり、人をこきおろしたりする能力は天才的なものがあるのに、人から憎まれない得な性格の持ち主でもあるのだ。

俺はそれ以上の会話は時間の無駄と思い、話題を切り換えた。啓太が食いつきそうな話題は、高校の頃から殆どの場合女の話だ。啓太はどうやら、最近ゼミで一緒になったサーファーっぽい西田《にしだ》和子《かずこ》に興味があるらしい。とはいえ、啓太も最近は授業に出ていないので、まだ声はかけていないらしいが、ずいぶん気に入っているようだ。

どうでもいい世間話を一通りしたあと、もう一度ここでメンバーを交えて話し合いを持つことになったが、バンド名変更について、啓太との温度差はかなりある。さらに先日のミーティングでも感じたように、他のメンバーとの温度差も激しい。でもまぁ、バンド名変更ぐらいならまだいいが、今後音楽的方向性とかの問題になると、ちょっと面倒だ……釈然としない気持ちで、残りの缶コーヒーを一気に飲み干すと、チャペルの鐘の音に混じって、どこからか学生達の熱いアジテーションが聞こえてきた。

何をアジって、何を叫んでいるのかは遠すぎてわからない。まぁ、ちゃんと聞いても俺にはまったく理解出来ないのだが。

学生運動のシンボルでもあった白い立て看も、まだいくつかは学院内に残っている。今でも革命というスローガンを信じて、本気で活動している人間はどのくらいいるのだろうか。どんなに叫んでみたって時代は変わりはしなかった……。朽《く》ち果《は》てそうな白い立て看とは裏腹に青く澄んだ秋の空はどこまでも広がっている。チャペルの鐘の音が学園闘争への鎮魂歌《レクイエム》のように、この胸に響いてきた。

高校二年の時、渋谷暴動事件が起きた。これは沖縄返還協定批准阻止のゼネラル・ストライキが呼び水になり渋谷や四谷で起きた事件だ。いわゆる中核派と呼ばれる学生達が七一年十一月十四日に渋谷駅前の派出所を火炎瓶などで襲ったのだ。襲撃を受けて、警官が一人死亡している。当時はすでに七〇年安保の波は終息に向かってはいたが、まだ完全に学園闘争の火が消えたわけではなかった。そのニュースを俺はテレビで知った。正直、学生運動自体が下火になろうとしていた矢先、いきなりの交番襲撃にはかなり驚いてしまった。聖マリアンヌ学院高校は大学と同じ敷地内にあるため、事あるごとに学院封鎖となり、その煽《あお》りで高校も休校になる。事件の翌日いつものように学院は封鎖された。正門に張り出された休校の張り紙。

高校生の自分らにとって、突然の休校は過激なイデオロギーとは別に素直に喜ばしい。

「やったぁ‼ 今日はどうすっかなぁ〜。雅彦はどうする？」

正門の前で、啓太が満面の笑みを浮かべながら話しかけてきた。

「俺さぁ、ちょっと渋谷に行ってみようかなと……啓太も来るか？」

「えっ？ なんで？ それパス！ それより、このまま義之達と品川でボウリングは？ その後、五反田のリバイバル館行こうぜ」

「リバイバル館？ どんな映画だよ？」

「『嵐が丘』」

「絶対パス！」

自分達とは関係のない世界には全く興味を示さない友人らと、政治や学生運動の件を語り合うことはなかった。ただ、当時付き合っていたガールフレンドの福山響子《ふくやまきようこ》だけは別だった。家は二子玉川の先の瀬田にあり、かなり大きな家だったが、よくありがちなお嬢様的気質を彼女は持ち合わせておらず、むしろサッパリした性格で、バンドの仲間よりずっと男らしい面があった。小中高大と一貫教育が売りの白薔薇《しろばら》女子学園に通う彼女とはその年の学園祭の時に、義之の紹介で知り合ったばかりだった。彼女自身、四つ上の兄貴の影響なのか、学園闘争などにも興味を持っていたようだ。

響子は音楽だけでなく、政治や文学や絵画のことなど知識も豊富で、彼女が大好きなプログレッシブ・ロック、通称プログレも含め色々な分野で語り合えた。啓太達とはまた違った意味での仲間であり、大切なガールフレンドでもあった。

サルトルの『嘔吐』やアルベール・カミュの『異邦人』などを愛読し、実存主義にも傾倒していた。変に理屈っぽいところはちょっと苦手だったのだが……。俺はどうも気が強いというか、芯がある女性に惹《ひ》かれる傾向にある。これは末っ子特有の傾向なのだろうか？　それとも俺だけの特性なのだろうか？

そんな響子は相手を名前では呼ばず、男女かまわず君《きみ》という呼び方をする。ある時いきなり響子に、君ってコンサバよねと言われた時は驚いた。

「何だよ急に……コンサバ？」

「コンサバティブってこと」

「どういう意味だよ」

「保守的で、面白味がないってことよ」

面白味がない……その言葉は今でもノドに刺さった魚の骨のように、心の奥に突き刺さっている。俺は面白味がない？　コンサバ？　保守系？　ノンポリの俺は革命などまったく興味がないし、実存主義と言われても何のことかサッパリわからない。多少政治や学園闘争や文学の話をしても、俺の知識だとすぐに手詰まりになってしまうことが多々あった。面白味がないとは、そういう意味なのか。あまりに俺にそういう知識がないということなのか？　と……。

そんな会話を響子としたばかりの頃に、渋谷暴動事件が起きたのだ。

「面白味がない」と響子に批判された俺は、だからこそ、その事件の現場だけでも見て自分なりの感想や意見などを響子と闘わせ、政治や学生運動など、もっと突っ込んだ話をしたいと思っていたのだが……。

事件以降、何故か急に響子は無口になってしまい、意識的に俺を避けるようになってしまった。電話をしてもあきらかに居留守を使うようになり、たまたま出た電話でも俺の話には上の空。あまりに空返事《からへんじ》が続くので、響子が興味のありそうなグラム・ロックの話をしても乗ってこない。男が化粧したりするバンドって好きじゃないとか、必ず否定から入りすぐはぐらかす。たまりかねて俺は電話口で響子に聞いた。

「どうしたんだよ？　最近変じゃん。なんかあった？」

「ううん……別に大丈夫よ」

「でも、いつもの響子と違うぜ？」

「………」

「どっか悪いのか？」

こういう場面で、気の利いた台詞《せりふ》が吐けない自分がこの上なく情けなく腹立たしい。しかし、それ以外の言葉が浮かんでこないのだ。

「大丈夫よ。全然元気よ……。じゃあもう遅いから切るね。今度は私から連絡するわ」

そう言って電話を切った響子から二度と連絡はなかった。

ハードロックとプログレが大好きだった響子は、跡形もなく何処《どこ》か遠い世界に、消え去ってしまったかのようだった。

翌年になってからも彼女とは音信不通。お節介焼きの義之に頼んで何とか響子とコンタクトを取ろうとしたが、それも無駄骨に終わってしまった。

極めつけは三月に東京都体育館で開催された、ピンク・フロイドの来日公演。響子に会うための最後の手段として、渋谷のプレイガイドで二人分のチケットを買って彼女の自宅に送ったのだ。

しかし当日になって、いきなり響子の友だちを介してドタキャンして来た。ひとり東京都体育館でピンク・フロイドが演奏する「狂気」を聴きながら……自分の中での淡い恋がその狂気の中で、完全に終わったことを痛感した。

コンサートからの帰り道、真冬のような夜……凍えた心に、ロジャー・ウォーターズの重厚なベース音が、せつないほど胸に響いていた。

何があったんだ？　考えるだけでイライラする毎日。俺はそれを振り切るために、ギターにのめり込んだ。さらに恋の痛みとその愁傷《しゅうしょう》が俺の中で楽曲創作という扉を開けさせた。響子の影をギター・フレーズに置き換え、俺は曲作りに没頭した。それがデビューのきっかけにもなったのだが……。どこにもぶつけられないモヤモヤをメロディに織り込み、届かなく切ない思いを歌詞に託した。響子の影は高三の間中消えることがなかった。俺にとって忘れ得ぬ君とは、まさに響子そのものだったのだ。

七三年の春、俺達は聖マリアンヌ学院大学に進んだが、敷地も高校と一緒なので大学生になったという実感はあまりない。ただ以前と違うのは、四人で頻繁に会うことがなくなったということ。

それぞれ、啓太は法学部法律学科。義之は経済学部経済学科。俺と美津夫は文学部英文学科と学部がバラバラなため、高校の頃のように常に四人でつるむことが難しくなったのだ。

とはいえ春のオリエンテーションまでは学部が違えど、よくキャンパス内で顔を合わせていた。しかし夏前あたりから美津夫が休みがちになり、義之とも連絡が取れなくなっていた。当然バンド練習も滞《とどこお》っていた。

それでも啓太とだけは授業が終わると二人でコンサートに行ったり、声をかけ合って遊びに行ったり、高校の頃と変わらない関係を保っていた。

英文学科は女子が多いので、用もないのに啓太は俺の講義をのぞきに来ていた。中でも長身でちょっとグラマラスな島田加奈子《しまだかなこ》に、ちょっかいを出していたが、脈がないとわかるとまったく顔を出さなくなっていた。

そう言えば、去年の夏、コンテストで準優勝したときに持ち上がったデビューの話はどうなったんだ？　啓太とそんな話をした日の夜、ほぼ一年ぶりに、ビクトリーレコードの瀬川から電話があった。

瀬川曰《いわ》く、大学も落ち着いて来たと思うから、そろそろデビューの話を真剣に進めたい。こちらとしては社内調整も済んで、来年春以降のデビューを目指して、早急に会って話を詰めたいとのことだった。

啓太にも電話で伝えると、いよいよだなとあきらかに高揚した口調だった。授業を休みがちな美津夫や義之にも電話で伝えたが、声を聞いた限りでは、デビューには前向きな感じだ。

そして、十月に入り二回ほど瀬川と顔合わせをした後、問題のバンド名変更ミーティングが行われたのだった。

半ば強制的な瀬川のバンド名変更の提案を受けた、十一月の最終週の金曜日の昼下がり。いつものカフェテラス「エデン」で俺達はメンバー全員でバンド名変更について話しあった。

こういうときは、だいたい啓太が進行役なのだが、先日の瀬川とのミーティングとはうって変わって饒舌《じょうぜつ》だ。これがいつもの啓太なのだ。今日もコンタクトではなく、黒縁の眼鏡をかけている。

「でさぁ、バンド名はもうなんでもいいから、パパッと決めようぜ！　なんかいい案はない？　義之はどう？」

もう、啓太の中では、バンド名変更ありきで話を進めている。

「ちょっと待てよ。バンド名変更はみんな賛成なのか？」

俺が言うと、すかさず啓太が、

「えっ？　もうその線でお前も納得してんじゃねぇの。雅彦だけなんだぜ文句言ってんのは」

「だから、文句じゃねーよ。そんなんでいいのか？　って言ってんだよ」

真空状態のような息苦しい沈黙。俺以外全員、暗黙の了解ということなのだろう……。

「もういいじゃん！　さっさとバンド名決めちゃおうぜ！　なっ？」

結局この件に関しては俺の独り相撲。メンバーとの温度差は歴然だ。

「お前らがいいなら、それでいいが……。最初から向こうのいいなりでもいいんだな？」

しばらくの沈黙のあと、今度はお調子もんの義之が口を開いた。

「はいはい！　だからさぁ～、まずはデビューしちゃおうじゃないの。曲は雅彦が書いてんだし音楽的な方向が変わんないならバンド名の変更ぐらいいいじゃん。プロになるならグッド・スメルって名は俺も弱いと思うしさぁ。それに体臭消しの商品名と同じじっていうのも、なんだかなぁって感じ」

「じゃあ、新しいバンド名って義之になんかあんのかよ」

「そうカッカすんなって。新しいバンド名なんて二、三日じゃあ無理無理！　俺はもう何でもいいからさ、そうそう、また啓太が決めれば？　グッド・スメルだってお前のアイデアだろ？」

「いやいや、グッド・スメルはテレビコマーシャルを見て付けただけだから……。じゃあいいよな？　細かいことは目をつぶって俺達で新しいバンド名を考えようぜ！　雅彦もいいよな？　お前の気持ちはわかるけどこれにはデビューがかかっているからさぁ。この際大人になって新しい世界に行こうじゃないか！」

ちっ！　と心の中で舌打ちした。瀬川とのミーティングの時情けないほど震えていたのは誰だよ……大人になりきれないのは啓太の方だろ。

「とにかく今日はここで、新しいバンド名を決めてしまおうぜ。美津夫も黙ってないで、なんか新しいバンド名のアイデアとかないのか？」

「アイデア？　俺もないなぁ。ここは、この間ミーティングで一番熱くなったヤツに決めてもらえばエエんとちゃう？　そういや雅彦は、なんでバンド名は変えたくないって駄々こねてたんや？」

メンバー一同の視線が俺に集まる。いきなり頭の中でB弦の十八フレットを、思いきりチョーキングする音が響いた。とうとう我慢していたものが爆発した。つまり、キレた。

こうなると、俺は止まらない。あることないこと、まくしたてるだけ、まくしたてた。この間のミーティングでの、メンバーのていたらくから端を発し、もう自分でも何が言いたいのかわからなくなるほど、全身戦闘状態で吠えまくっている。そんな短気な俺の性格を熟知しているのが啓太だ。頃合いをみて、俺の話にタオルを投げて来た。

「わかった、わかった！　ストップ！　雅彦もさぁそんなに熱くなんなよ！　まぁ先日の件は確かに俺達も悪かったけど、そんな風にお前に言われたら身も蓋もないじゃん。じゃあさ、なんでもいいから今思いついたバンド名を、このメモ用紙に書いてくれ。いいやつをピックアップして、その中から決めちゃおうぜ」

と、言い終わる前に、啓太は自分のメモ帳から、三枚破り俺達に手渡した。

昼下がりのキャンパスは、学生達でかなり賑《にぎ》わっている。敷地内のチャペルからは、かすかにパイプオルガンの音がもれている。個人的にキリスト教にはまったく興味がないが、キリスト教が生み出した文化には興味がある。絵画や音楽、建築などは人類の遺産としても評価している。特にこの学校に入って初めて賛美歌に触れ、そのメロディの美しさには心を動かされた。

クリスチャンの学校なので、当然高校には聖書の授業もあったのだが、色々勉強してゆくうちにいくつか疑問が生まれてきた。大体どんな罪を犯しても、例えば人を殺しても、神の前で懺悔《ざんげ》すれば許されるなんてどうも納得いかない。当然、仏教的なバチがあたるという感覚もない。個人的には合理的とは思えない点が多すぎるのだ。高三の時、そんなようなことを作文に書いて提出したところ聖書の先生にいたく褒《ほ》められた。なんでだ？　批判も許すのか？　マゾ的体質か？　でもまぁ、いい点数を貰えたのは、それはそれで良かったが。

全員のメモをお互いに見た。どれも今イチだ。啓太なんてグッド・スメルからバッド・スメルに変えただけ。美津夫の万華鏡などは以ての外だ。さっきまで熱くなった反動でかなり無口になった俺も全然思いつかず……苦し紛れに、エリック・クラプトンが在籍していたクリームに引っかけて、インスタントコーヒー用粉末クリームの商品名クリープと書いたのだが。考えたら発想が啓太のグッド・スメルと同じで個人的に即ボツにした。唯一、義之が考えたシルバー・レイルウェイはちょっといいかなとは思ったが。

これには何故か啓太が猛反対。

「お前の鉄道マニア的発想なんかいらん！　こんなの絶対ダメだ！」

黒縁の眼鏡が鼻からズリ落ちそうになりながら、義之の書いたメモを上にかざして反対を訴えている。啓太が何故そこまで義之の意見に反対するのか全く意味不明だが、めったに声を荒げることのない啓太だけに、ちょっとビックリした。さっきまでかなり熱くなってた俺も……キレた啓太のおかげで少しずつ冷静さを取り戻してきたようだ。

義之は人に毒づいておちょくる才能にたけているが、ピアノの腕も高校生離れしているると定評があった。本気でやれば義之も曲だって作れるはずなのに……彼の興味は今も昔もビートルズと鉄道にしかない。

一度日本の新幹線とフランスが今造っているというTGVとの違いは何？　って聞いたところ、動力集中型と動力分散型の走行の違いなど専門用語が飛び交い辟易《へきえき》してしまったことがある。

しかし、あまりの啓太の剣幕にムッとした義之は毒舌で応戦した。

「そうだよなー。お前は以前から、乗り物酔いが酷いからな。でもさ、バンドのネーミングだけで酔っちゃうのかよ？　情けねぇやつだなまったく。そうそう、高一の校外学習だっけ？　バスでも鉄道でも、お前ずっと吐いてたしな。ゲロ吐きまくりでサーカスのピエロかと思ったぜ」

あっちは炎やろ！　美津夫が間髪入れず突っ込んだ。

啓太の色白の顔が先日と同じように紫に変わってゆく。動揺しているのは間違いない。こいつが義之の鉄道マニアのことを、心よく思っていないのは、自分が鉄道や乗り物に酔う体質だからなのか？　こうなるともう話はまったく進まない。俺はまた面倒になって煙草に手をやると、後ろから声をかけられた。

「あらっ？　みんなで何の相談？」

門脇《かどわき》美佐子《みさこ》。英文学科の二つ上の先輩だ。重苦しいムードの中で彼女の華やかな花柄のワンピースでの登場は、ドキッとするほどエロティックだ。

Dメジャーコードが全身を震わすように鳴り響いた。

彼女は啓太の姉貴の高校時代の同級生であり、俺達と同じ大学の三年生でもある。

「啓太くん。美智恵《みちえ》は元気してる？　最近全然会ってないから。大学も変わると中々会えなくなるのよね。その点君達は高校の頃から、ずっとバンドをやって大学も同じだし仲がいいわよね。羨《うらや》ましいわ」

「えっ？　そんな仲がいいってわけじゃないっすよ。今だって、ちょっと揉めていて……あっ！　姉貴は元気です。最近すれ違いで俺もあまり会ってはいないけど……。ゴルフ同好会に入っているからそれで忙しいのかも」

「そうか、そうよね。今度アタシも連絡してみるわ！　じゃあ美智恵にはよろしく言っといてね」

明るい声でそう言うと、サッと立ち去って行った。彼女の甘い残り香がフワッと、俺の男の五感を撫でるように刺激する。

「なんか、美佐子さんていいよなぁ」

美佐子さんの登場で、顔色がすっかり元に戻った啓太のつぶやきに、俺はすかさず同調した。今まで俺が出逢ったことのない女性であることは間違いない。美佐子さんって彼氏いるのかな？　颯爽と立ち去って行く彼女の後ろ姿を見つめながら、俺が色々よからぬ妄想をしていると、そんな下心を見透《みす》かしてか啓太がつぶやいた。

「雅彦、今度姉貴に言って、ちゃんと紹介してやろうか？　じっと見つめちゃって、お前にしては珍しく御執心《ごしゅうしん》じゃねえか？」

「えっ？　そんなことねーよ」

「おっ！　なんや雅彦、ほんのり赤くなってるで」

笑いながら、美津夫が突っ込んできた。

「うっせぇな！　で、どうするんだよバンド名は」

本音を見透かされたバツの悪さに、今度は俺が声を荒げて話題を元に戻した。間髪入れず啓太が口火を切った。

「とにかくさ全員が納得するようなこれだっていうバンド名がないなら、今日はやめようぜ。また今度な……」

今度っていつなんだ？　と思いながらも、啓太の一言で俺達はそれぞれ席を立った。これでいいのか？　さまざまな疑問が頭を駆け巡るが、その答えの糸口さえ見つからない。時間は容赦《ようしゃ》なく過ぎて行く。瀬川と約束した一週間などは、とうに過ぎている。どうしたらいいんだ……。そう自問自答する俺の背中で、チャペルの鐘が不安な心を包み込むように鳴り響いている。

結局、誰も真剣にバンド名を考えようとはしていないのだ。ジレンマは残ったが、もうメンバーを説得する意志は俺にも残っていない。

こんな気持ちでデビューしたって無駄ではないか？　そんな事も一瞬頭をよぎるが、バンド名変更の理不尽さと、レコードデビューするという期待感を天秤《てんびん》にかければ、当然プロデビューの方に傾く。やはり瀬川の意見を呑むしかないな……そう思いながら坂を下り学院の正門を出ようとした時、啓太が息を切らして俺を追いかけて来た。

「お～い！　雅彦！　ちょっと待てよ」

「何だよ今さら、話の続きでもあるのか？」

「どうする？　瀬川さんは一週間以内に考えてくるように言ってたが、期限はとっくに過ぎてるし、やばくないか？」

「やばくないかってったって、決まらないんじゃしょうがないだろ？」

「連絡は？　瀬川さんに……。もう期日も過ぎたし」

こいつまた面倒な事を俺に押しつけようとしてるな。先日のミーティングで大見得を切った以上、俺が電話するしかないな……とは薄々思っていたのだが。

「じゃあ俺が瀬川さんに電話しておきゃいいんだろ？　その方が話も早いし」

「そうしてくれ！　で、何て言う？　もう決めましたって言う？」

呆れながら、俺はかぶりをふった。

「だから、決められませんでしたって正直に言うしかないだろ？」

「えっ？　でも……そう言ったら、瀬川さんなんて言うかな？　デビューは白紙だとか言われないか？」

「その時はその時だろ。でも瀬川さんは俺達の音は気に入ってたみたいだし、白紙ってことはないと思うが……」

「だよな……。実は俺さぁ、家で来年バンドでデビューするから、学校はやめるって言っちゃって、親父と大喧嘩しちゃったんだよ」

「えっ？　マジで？」

「だから雅彦さぁ、瀬川さんとは、なんとか穏便《おんびん》に話を進めろよ。この間みたいな態度はとらないでくれよ」

「啓太さぁ……お前そんなにデビューしたいの？」

いつもは優柔不断な啓太がマジな目で頷いた。

そうか、啓太も必死なんだ。何がなんでもデビューしたいのは知っていたが、親に啖呵《たんか》を切るくらい追い込まないと、こいつの意外にヤワな性格上、デビューという新しい扉を開けられないのかもしれない。俺の中でも啓太の事情がデビューへの大義名分になったようだ。あれほど頑《かたく》なだった気持ちが、既にデビューへ前向きになって来ている。

「わかった。そこはなんとか上手く瀬川さんと話をつけておく」

「よし！　この件はお前に任せる。さすが俺達のリーダー！　短気なだけに話も早い！」

啓太はこのバンドの創始者だ。俺をリーダーとして認めたくない部分が今まで多々あったが、今日をもってそれは啓太の中では完全に崩壊したようだ。

「そういえば、なんでこの間から眼鏡かけてんだよ。コンタクトやめたのか？　お前が話すたびに眼鏡がずれて、それを上げる仕草が気になるんだが……」

「なんかさぁ、この間から夜になると頭が急に痛くなって。コンタクトのせいかと思ってちょっとやめてんだよ」

「で、頭痛は治まったのか？」

「まぁな……あっ！　そうそう、さっきの話。美佐子先輩の件。姉貴にちゃんと紹介してくれるよう言っておくからな」

「えっ？　いいよ、いいって。別にそこまで美佐子さんに執着してないし」

俺は嘘をついた。美佐子さんの去ってゆく後ろ姿が今でも、心の残像として俺をとらえて放さない。こんな気持ちになったのは初めてかもしれない。

あの香りを至近距離で感じられたら……どんな気分なんだろう……。

その夜、俺は美佐子さんの夢を見た。なんと彼女が草原を全裸で走ってくる夢だった。ただ、全体的にぼやけてはっきり彼女の体の全貌《ぜんぼう》を認識出来ない。もどかしい俺は、何故かパジャマで草原の真ん中にボーッと突っ立っている。足下には、中学時代弾いていたヤマハのアコギが置いてあり、そのボディの上には錆《さ》びた音叉《おんさ》が乗っている。あっ！　そろそろギターをチューニングしないと、と思ったと同時に、いきなり裸の彼女が目の前に現れ俺に飛びついた……その瞬間俺は目が覚めた。

なんだよ……中坊みたいな夢を見てしまったじゃないか。しかし、このシビれる感覚は何だ？　もしかして恋？　美佐子さんに？　それはない……と、俺は心の奥で否定すればするほど美佐子さんに対する切なく熱い思いが自分の細胞ひとつひとつに伝播《でんぱ》してゆくようだった。それは甘酸っぱく心地よい快感でもあった。

# 第三章　転回

バンド名を期日までに決められなかったと電話で伝えると、個人的に瀬川に呼び出された。翌週の火曜日、今回はビクトリーレコードのロビー。小さめなテーブルに四つの椅子。それが、縦に並んで五つほどある。場所には仕切りはないので、話は筒抜《つつぬ》けだ。隣では演歌のレコーディングなのだろうか、やたら先生、先生という言葉が耳につく。キャンパスで先生といえば、それぞれの学部の教授のことだが、ここでは大御所の歌手や作曲家も先生と呼ぶらしい。場違いな違和感を感じていると、前回と同じネズミ色の背広を着た瀬川がやってきた。椅子に座るやいなや、いきなり話し始めた。

「君らが決められないというなら、こっちで決めてもいいか？」

「えっ？」

「だから、こちらで決めてもかまわないか？」

「新しいバンド名をですか？」

「そう」

事務的な瀬川の声に、容赦ない会社の方針というより彼の意志を感じた。

「じゃあ、それも会社の決定事項でデビューの条件なんですか？」

「まぁこの間は、ああは言ったが条件というわけではない。ただ君らが決められないなら仕方ないだろ？　君だって、前々からグッド・スメルが最高のバンド名だとは、思っていないんじゃないか？」

「えっ？」

「君が書いた歌詞を読めばわかる。『夜の光』だっけ？　『孤独の果てにある自由をつかめ』というフレーズ。それってドイツの哲学者ショーペンハウアーの真理に近いと思う。とにかく君のセンスにあのバンド名はない」

見透かされている。俺は即座に理解した。すべて瀬川はお見通しなのだ。

俺達でバンド名を決められないことも、俺自身が今のバンド名を気に入っていないことも。そして俺達自身、バンド名を変えれば簡単にデビューは出来ると思っていることも……考え方が、何もかも安易で稚拙なのだ。それこそ学生という非生産階級の甘さだ。この言葉は、今まで散々俺が学生運動に荷担《かたん》している同級生達に吐いた言葉でもあった。

俺は続けた。

「わかりました……。その件は持ち帰ってメンバーと話をしてみます」

「そうしてくれ。それと、もうひとつ相談なんだが……どうだろう、デビュー曲のリード・ヴォーカルはベースの美津夫くんがやってみては」

「………」

俺は唖然と呆然の波動が交互に襲ってくる中、何をどう返事をすればいいのか皆目見《かいもく》当がつかない状態でいた。バンド名の変更とヴォーカルの指定という、思いもよらないダブル・パンチを浴びせられ、ノックアウト寸前のボクサーのような感じだ。

頭の中でノイズが渦巻いている。歪んだ音の洪水の波に呑まれそうになった俺は、思いきり叫びたい衝動を抑えて前回とは違い、冷静に瀬川に聞いた。

「それは一体どういうことなんすか？　バンド名もそっちで決めて、ヴォーカルの指定もそっちで？」

冷静沈着かつ事務的に瀬川は答えた。

「これはデビューにあたっての戦略と思ってくれればいい。もちろん君達の意見も尊重するから、そこもみんなでよく話しあってみてくれ」

そもそも俺達は、三人でハモる三声のコーラスというのが、一つの売りではある。リード・ヴォーカルというものが存在しない分、誰が歌っても問題はないのだが……そこまで指示されることに、いささか俺は憮然《ぶぜん》とした。

「それって、何だかアイドル・バンド路線みたいじゃないですか……」

「アイドル？　いやいや、そうは思ってない。僕としては新しい形のコーラスの出来るロック・バンドとして全社をあげて全力でバックアップするつもりだ」

「でも、なぜデビュー曲のヴォーカルが美津夫なんですか？」

「ふむ。そこなんだが、ウチの制作部長の増山《ますやま》が美津夫くんのルックスをいたく気に入ってしまってさ。増山部長って昔、グループサウンズのザ・ジェニーのディレクターをやっていてね。そこの人気ヴォーカルだったジミーに美津夫くんがよく似ているっていうんだよ。デビューにあたってまずはインパクトが大事だから、最初は美津夫くんのヴォーカルで行きたいと思っているのだが……どうだろうか？」

確かに美津夫が歌えばその容貌から、それなりのインパクトがあるかもしれない。甘く艶のある声も一般受けするだろう。でも、それはさっき瀬川が否定したアイドル・バンド路線と変わらないではないか。

しかし、そんなことは些細なことだった。その後の瀬川の発言に比べれば、本当に大したことではなかったのだ。

まさに青天《せいてん》の霹靂《へきれき》。瀬川が次に俺に放った言葉は、あまりに衝撃的だった。

俺は突然、とんでもなく深い闇に足を突っ込んでいるような錯覚に陥《おちい》った。そこは音もない暗闇で、進むべき道が見えない。これからのことを考えても、先がまったく見えないのだ。細く暗い一本道が続いてはいるが、それがぬかるみなのか、でこぼこなのか……まったく見当がつかない。一気に力が抜けて行くような脱力感が全身を襲う。

叩いても音叉はもう鳴らない……。

怒りはない……静かに冷めきった失望感が心を浸食し始めていた。

# 第四章　混乱

どうやって話を終え、ビクトリーレコードを出たのかその記憶は定かではない。気がつくと俺は、普段絶対に足を運ばない新宿歌舞伎町にいた。

一人にはなりたくなかった。かといってバンドのメンバーに連絡して、今日の顚末《てんまつ》を話す気にもならない。自販機で買った缶ビールを道ばたで一気に二本飲み干すと、歌舞伎町一番街のアーチをくぐった。おびただしいネオンの海と喧噪が迫って来た。ただあてもなく歩くだけでは少しも気は紛れない。

得体《えたい》の知れない失望感が俺の体にまとわりつき、それがどんどん膨張して重くなるばかりだ。まさにネオンの海に足をとられて溺《おぼ》れかかっている野良犬のような気分。

ホロ苦い酔いと共に、瀬川との衝撃的な会話が呪文のようによみがえる。

「この際、来年のデビュー曲は作詞を別の人間に任せてみないか？」

「はっ？」

「君の曲は、メロはいいんだが詞がシングルにしてはちょっと弱い……ここは思い切って別の人間で試してみてはどうだろうか？」

「まだ、誰にするかは検討中だが、君らのイメージにピッタリの人間を選ぶつもりだよ」

「………」

ここまでの記憶はあるのだが、どう答えて、どう瀬川と別れたのかはよく覚えていない。

自分が書いた歌詞の一体何処が弱いのか？　はっきり瀬川は指摘しなかった。俺は響子との別れからくる喪失感を埋めるために、曲を書くようになったのだが、特に詞は曲よりも譲れない部分だった。メロディを作り、基本的なアレンジはするがやはり曲は全員のアンサンブルでいかようにもなる。しかし、詞は深く内省的な部分を削り出してきた。響子への想いを直接歌詞にしたことはないが、埋め尽くせない寂寥感《せきりようかん》をバネに歌詞を書いてきた。それを否定されることは響子との恋まで否定された気持ちにもなってくる。

歌舞伎町を目的もなくただ歩いていると、当然のことながらそこら中で、キャバレーや、いかがわしい風俗店の客引きがすり寄ってくる。

「お兄さん！　今なら千円ぽっきりで、ビール飲み放題！　抜き放題！　どう？　寄ってかない？」

完全無視を決め込む俺の背中に罵声《ばせい》を浴びせる客引き。不夜城の歌舞伎町に今一番似合わない男が俺だ。

歌舞伎町は思ったより狭い。靖国通りと区役所通りに挟まれた一画に、すべての人間の欲望が凝縮されたような街だ。歌舞伎町をあてなく歩いたあと、コマ劇場前の噴水広場で腰を下ろした。俺の後ろでは何やら喧嘩が始まった。振り返る気力もなく煙草に火を点けた。ケバケバしい派手な女が前を通り俺を一瞥《いちべつ》した。街のネオンサインが染みる……初めて俺は淋しいと感じた。

ミュージシャンに憧れ、ギターを始めた俺。中学生の頃、兄貴に連れられ新宿厚生年金会館で観た第二回日本ロックフェスティバル。その時に生で感じたロック・バンドのカッコ良さに刺激されギターを本格的に始めた。

もちろん外国人アーチストへの憧れもあった。三大ギタリストと呼ばれたジミー・ペイジ、ジェフ・ベック、エリック・クラプトン。早弾き系のアルヴィン・リーなどレコードの中のギタリストの世界が俺のすべてだった。絶対に触るなと釘を刺されても兄貴のギターをこっそり弾いては、自分なりに好きなギタリストのフレーズをコピーしていた。ただ、ギターという存在が自分の分身であるためには兄貴のアコギでは物足りない。やはりエレキが欲しい。ここは親に頼るしかなかったが、口うるさい母親より、無関心で俺に甘い父親をなんとか説得し国産のエレキと安いアンプを手に入れた。ギターを弾くことで自分の存在が証明される。そんな風に思っては必死でコピーをした。ギターはほぼ独学だ。速いフレーズなどはテープレコーダーに録音してからスローで再生しながら耳でコピーした。それでも当然行き詰まる。そんな時、兄貴の幼なじみの上田《うえだ》洋介《ようすけ》、通称ヨーちゃんが親切に教えてくれた。彼は高校を出てからは新宿や六本木のディスコ・バンドでギターを弾いているという。

いつもニコニコしていたヨーちゃんの説明は分かり易かった。雅彦は飲み込みが早いなぁーと言いながら、伝授されたものはすべて修得したつもりだ。ペンタトニック・スケールやブルー・ノート・スケールの簡単な理論まで……レコードを聴くだけではわかり得ないことも、すべてヨーちゃんから学んだ。

ふと見上げると、コマ劇場のはす向かいのビルの四階「プレイランド」のネオンサインが俺の目に飛び込んで来た。どっかで聞いたことあるなぁ……「プレイランド」あっ！　もしかして、兄貴が言っていたヨーちゃんがいるディスコって……ここかも知れない。

懐かしさと人恋しさで、俺は躊躇《ちゅうちょ》することなく真っ直ぐビルに向かった。外が見える透明なエレベーターで四階まで上り、入り口で男女共通のチャージを払い中に入った。途端に大音量のサウンドが俺を包みこんだ。かなり大箱なディスコだ。優《ゆう》に五百坪はありそうな気がする。俺はディスコに来たのは初めてだった。何回か啓太や義之に誘われたりはしたが、元々人混みが嫌いな俺にディスコは天敵だったのだ。

歌舞伎町などのディスコでは生バンドの演奏が主流だ。そういった店と契約しているバンドを箱バンとも言った。今出ているバンドにヨーちゃんはいない。それにしてもこのバンド。歌も演奏もかなり上手い。スリー・ドッグ・ナイトのナンバー「イーライズ・カミング」をほぼ完璧に演奏している。これがプロの実力なのか。俺は身震いするような衝撃を受けた。俺らのバンドと比べたら天と地、月とすっぽん以上の開きがある。リード・ヴォーカルを挟んでその両脇のベースとギターも歌っているので、ちょうど俺達と同じような三声のコーラスが出来るバンドだ。ドリンク券で引き替えたビールを一口も飲まず俺はそのバンドの演奏を夢中で観ていた。ステージ横の電光ボードには「バイソン」と書いてある。おそらくこのバンドの名前だろう。バイソンはかなり凄腕のバンドだ。名前はともかく演奏は一流だ。こんなに上手いバンドが日本にいたのか……しかも新宿歌舞伎町に。一番後ろの壁際で興味深くステージを観ていると、いきなりポンと右の肩を叩かれた。

「よ～雅彦じゃないか！　良く来たな」

「あっ！　ヨーちゃん。お久しぶりです」

「堅物の兄貴は元気か？　で、あいつは受かったのかよ」

兄貴は弁護士を目指して、毎年司法試験を受け続けているが、今のところ朗報はない。

ここではうるさくて話も出来ないと、ヨーちゃんは店の裏にあるバンドの控え室という名の楽屋に連れていってくれた。ディスコフロアとは対照的に、ここはかなり狭い。五人も入ればいっぱいだ。アルコールと煙草の入り交じった男臭い、カビ臭い匂いもする。こんな場所で出番を待つ人間はいないらしく、箱バンのメンバーは自分らの出番までは、外に出て時間をつぶすらしい。そういった意味では歌舞伎町は最適な街だ。ちょうどヨーちゃんのバンドは、バイソンと交代したばかりだったので、他のメンバーは外に出ていて楽屋には二人きりだ。缶ビールを二本持って来てくれたヨーちゃんは、いつものようにニコニコしながら、一体どうしたんだ？　と優しく聞いてきた。

懐かしい顔を見たからか、ヨーちゃんの二年ぶりの笑顔に触れたからか、今夜の俺はいつになく饒舌だった。実の兄よりもヨーちゃんの方が断然話しやすい。デビューの話を絡めて、今日のビクトリーレコードでの事や、ここに来た顚末を一気にヨーちゃんに話してしまった。もちろん、今演奏しているバイソンの演奏に感動したことも言い忘れなかった。

ヨーちゃんはニコニコしながら俺の話を聞いている。そうか……雅彦はデビューするのか？　その時一瞬笑顔が消えた気がしたが、すぐに元のヨーちゃんに戻った。しかしお前も大変だなぁ……でもチャンスには違いないから、それを生かさないとダメだ、慎重にやることも大事だが、あまり考え過ぎないようになと諭された。バンド名変更も、ヴォーカル指定の件も、自分としては不本意だということを、ヨーちゃんに強く訴えかけたのだ。

ただ、歌詞を他の人間に任せるという件だけは、あえて言わなかった。いや言えなかった……。

「雅彦はどうなりたい？」

「とりあえずは、バイソンみたいな上手いバンドになりたい」

「バイソン？　お前が目指すのは箱バンか？」

「いや、テクニックとか、キャリアとか、プロとしての最低限の条件っていうか」

「プロに条件などないよ。金をもらった時点で、もうプロだ。でもプロにも色々ある。雅彦の目指すプロはバイソンじゃない」

「えっ？」

「あいつらは確かに上手い。でもそれだけだ。外国の曲を完璧にやっているとはいえ所詮他人の曲だ。それにフロアで彼らの演奏をまともに聞いているヤツなどいないだろ？ここは踊るために酒に酔うために来ている連中ばかりだからな」

「でも……スリー・ドッグ・ナイトの曲をあそこまで出来るバンドはそうはいないと思うけど」

「だから、そこまでなんだ。俺もそうだが……体に染みついちゃってるんだよ。なんていうかな。箱バン根性とでもいうのかな？　それがある限りここからは上に行けないし、ここからも出られない。歌舞伎町は好きな街だが、ここでの成功はここで終わるように出来ているのさ」

遠くを見ながら、缶ビールを一口飲んだヨーちゃんはどこか淋しげだ。

いくらテクニックがあっても、毎晩酔った客ばかりを相手にしていると、いつのまにか自分の音楽に自分が酔えなくなる。こういう場所は反面教師として感じておけと……ヨーちゃんは箱バン根性が染みついた、自分のようなミュージシャンにだけは絶対になるんじゃないぞと、暗に示唆《しさ》しているようだ。

「それと、バンド名だけどさぁ……自分らで決められないなら、いいんじゃないか？　向こうに決めさせれば」

リード・ヴォーカルの件もデビューの手段として、ドライに頭を切り換えて考えればいいとか、先方がお膳立てしてくれるなら一度その神輿《みこし》に乗るのもひとつの手だとか、色々心強いアドバイスをしてくれた。確かに……それはそうだ。

まだアマチュアで、キャリアも実力も全然ないのに、俺は少々いい気になって、思い上がっていたのかも知れない。

ヨーちゃんのアドバイスはボディブロー食らわされたように、じんわりと効いてきた。失望の海で溺死《できし》するのだけは、どうやらまぬがれそうだ。

ヨーちゃんからはこの後、俺達のステージで一曲ぐらい遊びでやらないか？　と誘われたが、そこは丁重に断って、アドバイスのお礼を言いつつ、早々に店を出た。思い切って歌詞の件も話そうと思ったが、やはりそれは最後まで言えなかった。

エレベーター前まで送ってくれたヨーちゃんは別れ際、また何かあったらいつでも遊びに来いよ。火、木、金は毎週ここにいるからとも教えてくれた。

店を出て、ヨーちゃんのアドバイスを反芻しながら、明治通り方面に歩きだした。心のしこりはまだ少し残っている。でもヨーちゃんにはかなり救われた。ヨーちゃんだって、色々悩みはあるだろう。それなのに、俺の悩みを聞いてくれた。ヨーちゃんは優しい。そして強い。果たして俺はそんな人間になれるのだろうか？　こんなことぐらいでフラフラしている自分はプロとしてやっていけるのだろうか？　チャンスを生かせ。ヨーちゃんの言葉が重い心を軽くしてくれた。世の中には上手いギタリストや、上手いバンドはごまんといる。その中でメジャーデビュー出来るのは一握りにも満たない。四の五の言わずまずはデビューしろ！　歌舞伎町のネオンが俺にそう囁いているようだ。すべてが思い通りにゆく人生なんてないのだ。

最初に感じていた、どうにもならない厭世感《えんせいかん》は、いつの間にか消えていた。ただ、段々酔いが醒《さ》めて来たせいか、やり場のないモヤモヤが、再び全身を覆《おお》ってきた。俺も弱っちい男だなぁーと、ボンヤリ自問自答しながら、ゴールデン街の喧噪を抜けて花園神社辺りまで来たとき、後ろからいきなり声をかけられた。

「風間君じゃない？」

「えっ？」

振り返ると、派手なメイクをした女が立っている。

「私よ。わかんない？」

見覚えはないのだが……ジーッと見ていると、おぼろげながら思いだした。

「あれ？　もしかして島田か？」

大学で同じ講義を受けている島田加奈子だ。

「なんだよ、全然イメージが違うからわかんなかった。何してんだよ、こんなとこで」

「バイトよ。一丁目のクラブでね」

女って凄いなって思う。キャンパスで会う島田加奈子と今俺の目の前にいる島田加奈子とはどう見ても別人だ。キャンパスでも長身でわりと目立つ彼女だが、いつもキャンパスではスッピンだ。今目の前にいる彼女は濃いメイクに加え服装もかなり派手だ。真っ赤なミニスカートに網タイツとヒールの高いブーツ。上はシンプルな白いブラウスだが、その上に高そうな毛皮を纏《まと》っている。一見ファッションモデルのようにも見える。

彼女が話すには今日はやたら体に触るような嫌な客ばかりでむしゃくしゃして店を出たら、俺に似たヤツを見かけたらしい。ただ、俺だと確信するまでは後ろからつけていたようだ。お前は興信所の女か？　とか突っ込んではみたが、笑顔で返された。島田加奈子とはそれほど親しく話したことはないが、入学時のオリエンテーションで、色々教えてもらい助かったことがある。それでも学校では挨拶程度の仲にすぎなかった。

「風間君ってバンドやってるんでしょ？　今度デビューするんだって？」

「えっ？　それ誰に聞いた？」

と、言ったとたん犯人がわかった。啓太だ。用もないのによく俺の講義を覗《のぞ》きに来ては、英文科の女子達と話し込んでいたからだ。加奈子も、その中の一人。啓太からの誘いは上手く断ったと聞いている。

「まぁ……でもまだ本決まりってわけじゃないけどな」

「そうなの？　名前忘れたけど、風間君の友だちでやたら明るい調子で喋る彼が言ってたわよ」

啓太の脳天気さにはあきれるが、名前さえ忘れられていることに少しだけ同情した。

「でも、風間君こそ、こんな時間にひとりで何してんのよ?」

全部話すのは面倒なので先輩がプレイランドに出ているから観に来たとか、適当な言い訳でお茶を濁《にご》した。

「そうなんだ。ねぇ、このあと暇? ちょっとつきあってくんない?」

「えっ? 何処へ?」

彼女が言うには、最近原宿に出来たロック喫茶に今夜はどうしても行きたいらしい。むしゃくしゃした夜は大音量でロックが聴きたいらしいのだ。彼女もかなりのロック通らしく、何気なく口にするバンドやアーチストの名前が渋い。最近のお気に入りのアルバムはウィッシュボーン・アッシュの『百眼の巨人アーガス』らしい。かなりのハードロック好きだ。世間はフォークブーム全盛の折、この手の音楽を女子が聴いているのはひじょうに珍しいとも言える。

瞬間的に響子とダブってしまったのだが、それは単なる幻想だ……原宿に出来たその店は俺も知らないし、ちょっと興味もある。まだ十二時前だし、終電までは大丈夫だろう。しかし、加奈子は何処に住んでいるんだ? まぁ細かいことは後で考えるとして、駅に向かおうと踵《きびす》を返した途端。

「タクシーつかまえてよ。もう歩きたくないし。あっ! お金は大丈夫よ」

お前が大丈夫でも俺が大丈夫じゃねぇよ。しかし、ここから原宿までだと、当然ワンメーターでは無理だ。いくらかかるんだ？　えい！　もう乗りかかった舟だ、早速タクシーを拾って原宿に直行した。場所は明治通りと表参道の交差点。そこで俺達は降り、セントラルアパートを背に渋谷方面に交差点を渡った。ちなみにタクシー代は彼女が支払った。いや、立て替えた。明治通り沿いの円柱型のビルの三階に「ＤＪストーン」はあった。まさにロック喫茶に相応《ふさわ》しいネーミングだ。俺達のバンド名より断然イケてる。

入ると中は薄暗いが、サイケデリックなイメージの照明で歩けないほどではない。店内にはキング・クリムゾンの「アイランズ」がかかっていた。この曲も響子が好きだったな……しかしロック喫茶の音量にしてはやや小さい気がした。

三十坪ぐらいの狭い店だ。でもまぁロック喫茶なので、それぐらいが妥当だろう。店の真ん中には円柱状のＤＪブースが天井まで延びていて、その中で音を操作するらしい。至って狭そうだ。席はそのブースを中心にすり鉢状になっている。ちょうどローマの円形劇場の超ミニチュア版のようでもある。壁際にボックス席もあるようだが、今は暗くてよくは見えない。

俺達はＤＪブースの丁度目の前の席についた。そこしか空いてなかったのだ。火曜のこんな時間でもけっこう混んでいる。しかも客層が若い。中にはおそらく高校生だろうと思われる女子も何人かいる。ロック喫茶というより、ライブハウスのような雰囲気に近い。

「なんか不思議な店だな」

「でしょう。前から来てみたくて、ショータイムが最高らしいのよ」

「ＤＪストーン」では、プログレを中心に一時間おきに、大音量でレコードがかかるらしい。それが加奈子の言うショータイムのことだろう。

見渡すと店の四隅にはＪＢＬらしきスピーカーが四発。それと天井には無数の小さなスピーカーがちりばめられている。その間に小さめだがミラーボールまで設置されている。

注文を取りに来た店員達のファッションもまた凄い。ラメ入りのＴシャツに、全員黒のフレアパンツにロンドンブーツ。もちろん長髪。しかも顔もイケてる。女性客が多いのもうなずける。

俺はコークハイ。加奈子はビールを頼んだ。基本喫茶店なので酒の種類は多くない。ビールも缶ビールだ。

「風間君、高校生みたい。それって甘くないの？」

煙草に火をつけながら大きなお世話だと思ったが、加奈子がビールなのは意外だった。なんだ普通だなと思っていたら、缶ビールを一口飲んだあと、そこにバッグから取り出したハーフボトルのバーボンを入れたのだ。かなり強引なカクテルの名はボイラー・メーカーというらしい。飲むとボイラーが熱くなるように、即効で体が熱くなるという。

加奈子はこの方がすぐ酔えるわよと微笑《ほほえ》む。こいつかなりの酒豪《しゅごう》？　バーボン入りの缶ビール、ボイラー・メーカーはちょっと気になった……。

しかし、加奈子は相当ロックに詳しい。俺にもどんなギター弾くの？　好きなギタリストは？　とか盛んに質問してくる。それに答えると俺の音楽的嗜好をほぼピタリと当ててしまうのだ。しばらく加奈子と最近のロックの話をしていたが、彼女はいきなり俺の話をカットアウトするかのように遮《さえぎ》った。

「そろそろ始まりそうね」

真ん中のブースに店員よりもさらに細身なＤＪが入っていった。そりゃあのくらい細くないとブースに入れないかも知れない。しかもその格好はまるでロックスターの出で立ちだ。赤いフレアのパンツに銀のロンドンブーツ。ラメ入りのＴシャツの上には、サテンの黒いジャケットを羽織《はお》っている。Ｔ・レックスのマーク・ボランをスマートにした感じのかなり色っぽいＤＪだ。

「彼いい感じよね……」

加奈子の言葉通り、女性客のお目当てはこのＤＪに間違いない。彼が登場してブースに入ると店の空気が変わった。流れていた薄いＢＧＭも止まった。ゆっくり店内が暗くなると同時に音が流れて来た。キラキラした川のせせらぎに小鳥のさえずりが高揚感《こうようかん》を煽るように重なって来る。それがシンセの和音と共にゆっくりとフェイドインしてきた。天井にある無数のスピーカーが効果的に音を回転させ、この空間を不思議なくらい立体的にさせている。まるで天空へと駆け昇るかのような気分だ。こういう感じをハイになると言うのだろうか……それらの音が一体となり頂上に登り詰めた瞬間、いきなりドラムが入りテーマ部分に突入した。サウンドに呼応するかのようにショータイムが始まる。無数のライティングが、ミラーボールとリンクして幻想的なムードを演出し、まさに音と光のファンタジアだ。しかし、この曲の例えようのない緊張感はなんなんだ？　三拍子なのか？　こんなテクニカルなギターはどのように弾いているのか皆目見当がつかない。変拍子の複雑なフレーズが、ブーストの効いた躍動感《やくどうかん》溢れるベースと、手数のかなり多いドラムと絡まり、別次元へ魂を持って行かれそうになる。そこへ突然ブレイクした部分で三声のコーラスがフックで入り、すぐまたテーマのリズムに戻ってゆくが、一音も逃さずに聴こうとすればするほど、体がフワッと浮遊する錯覚に陥る。なんて幻想的でメロディアスかつアグレッシブな組曲なんだろう。複雑なリズムのすき間を縫うように流れ出す美しいメロディ。それらが店の四隅のスピーカーから、爆音という洪水となって絶え間なく脳髄《のうずい》を刺激してくる。途中のキーボードソロも素晴らしい。静から動へ、動から静へ見事なアンサンブルで曲が展開されてゆく。気がつくとアルバムのA面が終わっていた。アルバムの片面一曲の壮大なプログレッシブ・ロックだ。

このアルバムがイエスの『危機』であることを加奈子が教えてくれた。イエスはもちろんよく知っているバンドだが、その前のアルバム『こわれもの』を聴き込みすぎていて、次の『危機』を実は今の今まで聴いていなかったのだ。しかし、一曲二十分ぐらいある曲が少しも長く感じないのはヴォーカルのジョン・アンダーソンの甘く凛々《りり》しい高音と、随所《ずいしょ》にちりばめられているメロディアスなコーラスワークのせいでもあるのだろう。こんな凄い曲は久しぶりに聴いた。

『危機』の原題は『クロース・トゥ・ジ・エッジ』。まさに危機感いっぱい、ギリギリの俺のようなタイトル曲だ。A面に引き続きB面もあっという間に終わり、怒濤《どとう》のような音と光のショータイムは終了した。終わってしばらく席から立ち上がれないほどの脱力感に襲われている。隣の加奈子にも思わずスゲえなとつぶやいてしまった。全身に蔓《まん》延《えん》していたネガティブ毒素は中和され、今は多少なりとも活力が漲《みなぎ》っている。プレイランドのバイソン。そして、たった今聴いたイエスの『危機』。ロックの真髄《しんずい》に触れたような最高の気分だ。俺はコークハイでは物足りず、追加でビールを二本頼み、加奈子と同じボイラー・メーカーを一気に二本とも飲み干してしまった。何だか微妙な味だ。ネーミング通りボイラーが点火されたように体が熱くなり一発で酔いが回って来たようだ。

かなり強烈な酒だ。これを平然と飲んでいる加奈子って一体……。

「そんな一気に飲んで大丈夫？　なんかあったの？」

眉間にちょっと皺を寄せながら、俺の様子を見て加奈子がつぶやくが、けして本気で心配して言っているのではないことは態度ですぐわかる。俺の肩にしなだれかかって来た加奈子。この後どうするの……。答えに詰まった俺は、ちょっとトイレに行ってくると言って席を立ちその場をやり過ごした。

ショータイムの間のBGMは再びキング・クリムゾンの「アイランズ」。もの悲しいボズ・バレルのヴォーカルがやけに染みる。ふらっと立ち上がり後ろの通路に出て、D

Ｊブースの裏側にあるトイレに向かう。何気なく壁際に一席だけある、四人掛けボックス席に一人で座っている人間と目があった。

一瞬、Ａのディミニッシュコードが全身を駆け抜けた。

響子だった。

## 第五章　連帯

響子はひとりでボックス席に座っていた。黒のデニムに黒のダンガリージャケット。下に白いＴシャツを着て、コンバースのバスケットシューズを履いている。響子の切れ長の目。化粧っ気のない顔は暗がりで見ると、まるで幼い少女のようにも見える。

俺は立ち止まり、そのままボックス席の響子の前に座った。目と目が合う……懐かしい沈黙が俺を包んだ。

「久しぶり……」

はにかみながら響子はコクリと頷いた。

「もしかして、『アイランズ』も『危機』も響子のリクエストだった？」

それにはかぶりを振った響子。少しやつれたように見えるが、結局彼女は上の白薔薇女子学園大には進まなかったようだ。その噂は義之から聞いていた。

彼女とはいつも学校帰りに会っていたので、ブレザーの制服姿の響子と目の前の響子との折り合いがつかないのがもどかしい。どうしてた？　と聞いても、普通にしてたとしか答えない。ただ、俺が目の前に座っていても嫌ではないという雰囲気は感じることが出来た。

「お手洗いじゃないの？」

あっ、そうだ！　すっかり忘れていたが、でも別に本気でトイレに行きたかったわけじゃない。加奈子から少し離れるための口実にすぎなかった。

でも、今俺がこの席を離れたらまた響子は俺の前から消えてしまいそうで、立ち上がることが出来ないでいる。そう思った瞬間だ。さっき一気に飲み干したボイラー・メーカーが、急激に効いてきた。そうか俺は今日は一人で瀬川に呼び出され、緊張してたのか朝から何にも食べてなかったんだ。空きっ腹に、ボイラー・メーカーはちょっと強烈すぎたのかもしれない。突然、周りの風景がぐにゃっとゆがむ。大丈夫？　一緒にいる彼女はいいの？　心配そうに見てるわよ……響子の声がどんどん遠ざかってゆく……。


俺は気を失った。

不覚にも、気がついたのは、次のショータイムの途中だった。ピンク・フロイドの

「原子心母」がかかっている。イエスに比べて比較的ゆったりした曲だけに、爆音であってもすぐには起きなかったのだろうか……。気がつくと響子は俺の手を握りしめていた。心配そうな響子の顔が目に飛び込んで来た。

「あっ！　ゴメン……俺寝てた？」

「死んだかと思った」

店内は爆音の真っ最中。それなりの声を出さないと意思の疎通はままならない。出る？　と指で響子が合図する。それに頷くように俺は立ち上がる。急に立ったので目が回るが……なんとか出口まで歩き、ちょうど流れてきたデイヴ・ギルモアのブルージーなギターソロに見送られて扉を開け、俺達は店の外に出た。下りのエレベーターが妙に気持ち悪いのは、まださっきの酒が抜けていないからだろう。

夜の原宿は東京とは思えないほど静かだ。明治通りを首輪をつけた犬が横切って行く。神宮前の交差点に向かい俺達はゆっくり歩いた。コートを着ていない身には寒さがかなり染みる。一応瀬川に会うのでツイードのジャケットだが、いつものダッフルコートは着てこなかったのだ。見ると響子も店内にいたままのダンガリー姿でコートは着ていない。寒くないのか？　と聞くと君ほど寒がりじゃないから……微笑みながらつぶやいた。君って久しぶりに言われた気がして、ちょっと心がポカポカした。さっきの気持ち悪さは消え去ったが、忘れかけていた尿意が急に襲ってきた。この辺にトイレなんかないよなぁ？……何気なく響子に聞くと、じゃあウチに来る？　と普通に答えてきた。

「この辺に住んでんのか？」

「そうよ……すぐそこだから、ちょっと我慢してね」

神宮前の交差点をセントラルアパート方面に渡り、右に曲がった。左手にある「レオン」というコーヒーショップを過ぎて「スプレンドール」というレストランの角を左に曲がる。

「そういえば一緒にいた彼女、先に帰ったわよ。後はヨロシクねって……君の彼女じゃないの？」

「違う違う！　同じ学部の友だちさ。さっき新宿で偶然会って、原宿のロック喫茶に行きたいって言うから付き合っただけ」

「ふ～ん……君ってそんなに付き合い良かったっけ？」

ここで、今日起きたことすべてを響子に話す気力はないが……それより響子にはもっと聞きたいことが山ほどあった。時計を見るとすでに午前一時を回っている。とっくに終電は出てしまった。こうなったらなるようにしかならないなぁ……意外に落ち着いている自分に驚いた。路地を曲がって、表参道から三百メートルぐらい歩いたあと、さらに右に曲がり、左側に建つマンションに響子は入っていった。

古いが鉄筋四階建てのお洒落なマンションだ。凄いな、こんな所に住んでるのか？と聞くと、軽くうんと頷いた。なんか変な気持ちだが……ここは自然に振る舞いながら響子の後を付いて行く。エレベーターで三階まで上がり、降りて左に折れて突き当たりが彼女の部屋だった。玄関を入ると細長い廊下があり、その先がリビングらしい。玄関を上がってすぐ左側にトイレがあったので、早速借りたのだが、空きっ腹にアルコールが効きすぎたのか便器を見た瞬間、今度は吐き気が突然襲ってきた。なんという醜態《しゅうたい》だ。夢にまで見た響子。偶然とはいえ、やっと再会出来たのに、現実はその彼女の部屋で不覚にも便器に顔を突っ込んでいる俺がいる。暫くして、俺の不様な醜態に気がついたのだろう、ドア越しに「大丈夫?」としきりに響子が声をかけてきた。「ごめん……もう大丈夫だ」と言いながらも、情けなさでいっぱいになった。

後ろめたい気分で細長い廊下を通り、突き当たりのリビングへ。一言ゴメンなと言ってから部屋に入った。意外に広いがシンプルな部屋。というより、殺風景という表現がピッタリな部屋だ。十畳はありそうだが、あまり女性の部屋という感じがしない。ただひとつ壁際にポツンとある、アップライトピアノが響子の部屋という感じを醸《かも》し出している。

「ここってピアノ弾けるんだ」

「うん。この部屋防音だから」

防音? じゃあここで、ギターを弾いても大丈夫なんだ。「DJストーン」の余韻がよみがえって来た。イエスのギターはスティーヴ・ハウ。普通のロックギタリストとは違い、ジャズ、クラシック、フラメンコなどの奏法を駆使して独特の世界観を演出している。とても俺には真似出来ない。響子の殺風景な部屋にあるのは、ピアノの他にステレオとレコードラック。それと小さめのテーブルだけだ。そのテーブルの前に腰を下ろして話しかけた。

「あの店にはよく行くの？」

「わりとね」

「俺は初めて行ったんだけど、あのショータイムの音はすげーな。初めてイエスの『危機』を聴いたけど、クセになりそうだよ」

「そうね……あそこであんな風に聴いちゃうと、家庭用のオーディオで聴く気なくなるわ」

ふと彼女のレコードラックを見ると、ピンク・フロイドの『狂気』、キング・クリムゾンの『ポセイドンのめざめ』などのジャケットが見えた。今でもプログレを聴いているのが、ちょっと嬉しくなった。そうか、そうじゃなかったら、わざわざ、大音量でイエスなんて聴きに行かないか。沈黙が続く……嫌な時間ではない。ただ、何から話したらいいのか正直混乱している。突然腹が鳴った。

「お腹空いたの？　なんか食べに行く？　青山三丁目まで行けば、やってる店はあるわよ」

即答で断った。空腹を満たすより、俺の心に鬱積《うっせき》している数々の疑問を解消し、空虚だった心を響子の言葉で満たしたいのだ。じゃあコーヒーでも入れるねと、長い廊下に出て左にあるキッチンへと、彼女は立ち上がった。

しかし、何をどう聞けばいい？　吐くものはすべて、吐いてしまったからか、頭は意外にスッキリしている。ただ問題はこの空腹感だ。しばらくして、響子はコーヒーと、クラッカーを持って来た。ゴメンねインスタントだけど、と響子は謝ったがそんなことは構わない、ここの部屋に落ち着けたことが何よりだ。コーヒーを一口飲むと、荒れた胃が驚いたように反応している。一枚クラッカーを食べると、さらに気分は落ち着いてきた。原宿の夜の静寂の中に響子と二人。それだけで倖《しあわ》せな気分なのだが、浸《ひた》っている余裕はない……思い切って俺は聞いた。

「あの時、なんで急に俺を避けるようになった？　俺変なこと言っちゃったのかなと思って……ちょっと悩み入っちゃって」

響子はうつむいたまま、時間が止まったかのように動かない。

「そういや会ったのって、確か高二の秋だよな。うちの学園祭で義之に紹介されてさ」

記憶が突然に鮮明になる。ちょうど二年前の秋のマリアンヌ祭。俺達グッド・スメルは学園祭の催し物として、自分らの教室でミニコンサートを開いた。高一の時はかなり盛況で、それで味を占めた俺達だったが、予想に反してその年は不入りだった。フォーク全盛時代ロックは一部のマニアを除いて、かなりマイナーな存在だったのだ。ほぼ誰もいない教室で演奏している時、響子は友だち三人と入ってきた。その艶のある長い髪。伏し目がちに演奏を見ている切れ長の目が印象的だった。彼女に見とれていたせいか、曲に入りそびれた俺を啓太が冷やかした。その後サンタナの「ソウル・サクリファイス」など何曲かやった後、義之に響子を紹介された。何でも義之と響子の親同士が知り合いで、二人は幼なじみらしい。電話番号を交換したその日の夜に、俺は速攻で響子に電話をした。それからは響子と話すのが楽しくて仕方がなかった。学校帰りに会っては話し、夜も電話で話をした。

ロックなどの音楽の話から、下火にはなったが学生運動などの話、映画や文学など話題は多岐《たき》にわたって尽きることがなかった。あの事件の前までは。

渋谷暴動事件。それ以降、響子とは没交渉になってしまうのだ。

響子は一瞬目を閉じ、覚悟を決めたのかポツリポツリと語り始めた。

「あの頃、君によく実存主義について話したわよね？　自分でも背伸びしていたから、わかったようなフリはしていたけど、ちゃんとは理解してなかったのよね。でも、ただ一点だけ、まず人間は自分が先に存在して、そこからすべてが始まるというような事は信じていたの。でもそうすると、人間を造った神をも否定しないといけないのよね。まぁとにかく頭でっかちな高校生だったのよ。兄の影響もあるけど、ロックも単純でコードが三つぐらいの曲は好きじゃなかった。だからその対極にあるプログレにハマったのよね。そうそう、君ってわりと素直なギターを弾いてたでしょ？　枠からはみ出さない感じ？　私の中にない真っ直ぐな感覚や素直さ？　その謎が知りたくて、君と会ってたのかも知れない……」

いくら胃の中の物を吐き出してスッキリしたとはいえ、頭の中身の構造は変わらない。知識の問題でもあるのだろうが、今の響子の話は全然理解出来ない。実存主義とかは関係ない。単純に俺はあの渋谷暴動事件以降なんで響子が俺を避けるような行動をとったのか、理由を知りたいだけなんだ。それに俺が素直？　生まれてからずっと反抗期と自負している俺が素直なわけがない。そのことを説明しても、響子は薄笑いを浮かべているだけだ。

「ねぇ、学校帰りに芝公園のベンチでキスしたの覚えてる？」

「あっ、あぁ……そりゃ覚えてるよ」

「君、けっこう緊張してたわよね」

当たり前だろ！　女の子と手を繋《つな》いで歩いたのも響子が初めてだったし、もちろんキスだって初めてだったんだ。ただあの時はいわゆるパニック状態で実はよくは覚えていない。いきなり響子からキスしてきたことに驚いてすべての思考回路が吹っ飛んでしまったからだ。ただ、この上なく倖せだったことは鮮明に覚えている。

ピアノの上にある置き時計。秒を刻む音が不安を煽るかのように、心に迫ってくる。なんで響子は執拗《しつよう》にはぐらかすのか？　あの事件にヒントがあるのか？　こうなれば核心をつくしかない。話そうと思った瞬間……響子が静かに語りだした。

「ごめんね……実はあの頃、付き合っている人がいたのよ。誰とは言わないけど、もちろん君より年上よ。彼には色々教えてもらったわ。社会変革の意味や、連帯の重要性。

もちろん全部理解してたわけじゃないけど、今の社会を理想の社会に創《つく》り変えるという理念に惹《ひ》かれた部分も多少あったと思う。子供だったから、簡単にオルグされちゃったみたいね。そう、彼は活動家だったのよ」

「じゃあ、その彼があの事件に関わっていたとか？」

「いえ、彼は関わっていなかったわ……。あの事件で警官が死んだの知ってる？」

「あぁテレビで見たと思うけど」

「亡くなった方は、当時都内の警戒にあたるために地方から招集された一人だったのよ。いくら権力側の人間とはいえ、命を奪うという行為がどうしても許せなくて、そのことを彼に話したら一笑に付されたわ。それでね、革命って言ったって暴力で達成された社会は、また暴力の連鎖を生むだけなんじゃないかと思って、彼が考えている理想と私の理想のあまりの違いに愕然《がくぜん》となってしまったのよ……もうこうなると私達が目指した闘争ではなくなっていた。あの後も色んな事件があったし、落ち込んでさ、学校も休みがちになっちゃって、まぁ軽い鬱《うつ》状態なのかな。そんなとき真っ直ぐで素直な君の顔を思い出すと、何だか私みたいな人間と関わっちゃいけないんじゃないかと思ったり、そりゃあ気にかけてくれたのは嬉しかったけど、それに応える言葉が見つからなかったのよ。その頃はまだ私なりに彼を愛していたし……彼も私を大事にしてくれていたと思う。でも、愛していたからこそ暴力を伴うイデオロギーを憎むようになっちゃって、ちょっと心と体のバランスを崩してしまったのね」

「それで、どうなったの彼とは……」

「しばらくして別れたわ……」

重い沈黙が二人の間に新たな壁を造ろうとしている。響子に年上の彼がいたことは衝撃的だったが、その彼が活動家だったというのも驚いた。響子のさまざまな知識は多少なりとも彼の影響によるものなのだろう。俺は勝手に彼女の兄貴からの影響と思っていたのだが、まったく見当違いだったわけだ。

しかし、真っ直ぐで素直な俺？　そんな風に俺のことを響子が思っていたなんて……それはそれでショックだ。

男はアウトローに憧れる。しかし現実は規範という枠からはみ出ることが出来ない男が大半だ。そう……俺もそうだ。その枠の中で吠えているだけの男が俺だ。バンド名の変更、ヴォーカルの指定、作詞家の介入など、心の不安が不満となり、反発しているだけなのだ。あまりに幼い思考回路。思い通りに行かなくて駄々をこねているガキと同じだ。

この現状を打破するには、覚悟を決めて初めの一歩を踏み出すしかないのだ。ただし、瀬川の要求をすべて無条件で呑むのではない。自分らの音楽を生かすために大きな力を利用するのだ。それから一歩ずつ確実に前に進んで行く中で、少しずつ力を蓄《たくわ》えて行けばいいのだ。俺の闘争の始まりだ。

しかし、響子の話は俺にとってはかなり衝撃だった。彼女も傷を負い悩み苦しんだのだ。活動家の彼と、どんなやりとりがあったのかはわからないが、進学さえも断念するぐらい響子は追いつめられていた。何と向き合い何と闘っていたのか？　響子の闘争は終わったのだろうか？

もしもあの頃、俺が響子のそばにいたとしたら、俺に何が出来たのか……多分何も出来なかっただろう……。

重い沈黙の壁を突き破るかのように、響子は立ち上がり、自然に俺の手を取り、リビングの隣の寝室に誘った。言葉は交わさない……二人は自然に服を脱ぎ捨て、過ぎ去った時間を埋めるかのように、お互いの体を求め今を確かめ合った。様々なことが走馬燈《そうまとう》のようによみがえる。初めて自分のギターを手にした夜、嬉しさのあまりそれを抱えて朝まで眠ってしまったこと。啓太達と恵比寿の安い練習スタジオで初めて音を出した時のこと、響子と初めて手を繋いだ渋谷、そして初めてキスをした芝公園のこと……それらの心象風景が激しいギターのフレーズとなり、リフレインしながら、ひとつの頂点に向かい上昇して行く。

やがて二つの体は共鳴しながら、ゆっくりとピアニシモからフォルテシモへと響子の吐息に導かれるように、高みに昇って行った。

そして俺は、そのまま意識が飛んだかのように眠った。夢は見なかった……。

今何時だろう？　翌日、目覚めた俺は時計を探したが、この部屋にその類《たぐ》いは見当たらない。自分の腕時計を、脱ぎ散らかした服の辺りで探そうと、裸のまま起き上がる。響子はまだ背中を向けて寝ている。

腕時計はツイードのジャケットの下にあった。えっ？　もう昼過ぎ？　もうすぐ二時かよ。今日は学校はフケよう。家に連絡せず外泊したことは、なんとか啓太に口裏を合わせてもらおう。そんなことをボンヤリ考えながら、ベッドに腰掛けていると、かかとに何かがあたった。何だろうと思い、かがんでベッドの下を見た。

何気なく覗いた響子のベッドの下。そこには、学園闘争のシンボルともいうべき、特定のセクトを表す文字が書かれた白いヘルメットが……置かれていた。

# 第六章　二十歳の原点

過去の自分と現在の自分。去年の自分と今年の自分。毎日天気が変わるように気持ちも変わる。晴れの日はない。どんよりとした曇り空のように気力がない昨日の自分、大雨の中ズブ濡れで厭世感いっぱいの今日の自分。まるで泥濘《ぬかるみ》にハマったバイクのように前にも進めず、バックも出来ず、そのまま沈み込んでしまいそうなのだ。目覚めた今も、ボンヤリするだけで何もする気が起きない。大学に行く気もとうに失せている。無気力・無関心・無責任……まさに三無主義世代の代表そのものだ。

去年の暮れ、一度だけメンバーと会って、瀬川との打ち合わせの顚末を話した。案の定、手応えのないメンバー・ミーティングになってしまったが、今後どうするかは、俺だけで決められる問題ではない。ただ、啓太も美津夫も義之も、瀬川の意見は全面的に受け入れてデビューに向かうつもりなのだろう。沈黙が何よりの答えだった。

ただ意外だったのが美津夫だ。リード・ヴォーカル指名の件について、あいつは特に反対するでもなく、すんなりそれを受け入れようとしている。

極端に人見知りな美津夫は、その提案を拒否するか、そうでなくても絶対に何かしら異議を唱えると踏んでいたのだが……。リード・ヴォーカルというバンドの看板という位置に、ヤツが耐えられるのかが個人的に心配なのだ。

ただ、もしかしたら、俺はバンドの事を、あまりに自分本位に考えすぎていたのではないだろうか。知っているようで、知らない。分かっているようで、まるで相手のことなど理解していなかったのかも知れない。何にせよ美津夫本人が納得ずくなら、それでいいのだが……。

残された問題としての、バンド名変更と作詞家導入は、もはやバンド全体というよりも俺個人の問題となっているから、俺だけが消化出来れば、すべて丸く収められるはずだ。

そんなこともあって、俺は、十二月に入ってから、ずっとモヤモヤした状態のまま、気がついたら年を越していた。松の内を過ぎ、冬休みが終わっても、未だ家から一歩も外に出ていない。

自分の部屋も、新年を迎えたというのにレコードや雑誌は散らかり放題。足の踏み場などはなく、日ごろ片付け上手な俺にしては珍しく、六畳の部屋で床が見えるのは半畳にも満たない。壁に貼った『恐竜100万年』のラクエル・ウェルチのセクシー・ポスターも、右上の画鋲《がびょう》が取れて斜めに曲がったままだ。

そんなだらしない俺を見て、母親は整理整頓しなさいと暮れからずっと辛辣《しんらつ》な小言をマシンガンのように浴びせかけている。ただし、俺がびくともしないとわかると鳴りを潜めたが、そのうちまた暴発してくるだろう。

父親も元日以外は、新年特別警戒とかで、ほぼ赤羽警察署に詰めていて不在だ。兄貴は司法試験の勉強のため、近所にアパートを借りていて、今年はまだ一度も会っていない。姉貴も家には友だちと言っているが、多分本命の彼氏とスキー旅行中。そのために、姉貴は去年の暮れ、ギリギリまでバイト三昧《ざんまい》だったようだ。つまり今年の風間家は典型的な一家離散型の正月になっていた。

こうなると、家族の中で母親の標的は俺だけになる。とかく母親というのはお節介なものだが、特に俺の母親は、人一倍お喋りなうえに、出しゃばりなのだ。何でもかんでも首を突っ込んでくる。だから下手なことは絶対言えない。

子供の頃から、困った事があったらすぐお母さんに言いなさい！　と言われ続けて来たが、思春期の男なんて母親に言えないことだらけだ。それに今の俺の悩みを母親が理解し、解決出来るとは到底思えない。

すべてのクリスチャンが母親のようだとは言わないが、行き過ぎた子供への歪《ゆが》んだ愛情は、宗教的なボランティア精神から派生したものなのだろうか？　でもまぁ、母親も婦人警官上がりなので、口うるさいのは当然かも知れないが、生活態度にしろ、髪型にしろ、同じ小言を何度も繰り返し言うのだけはやめて欲しい。

わかっていることを何度も言われるのはウンザリなのだ。父親と兄貴には、そうでもないのも理不尽極まりない……。

しかし慣れとは面白いもので、最近では小言を言われても、最初はムカッとするが、暫くすると、火事になれば自動的に防火シャッターが降りて来るように、俺の心にバリアのようなものが自然に降りて来て、母親の小言などは一切気にならなくなる。

昨日も、学校はまだ休みなの？　学校に行かないでいいの？　とか、吊目をさらに吊り上げてしつこく聞いてくるので、丸一日完全無視を決め込んでやった。効果はてきめんだ。

母親の小言攻撃さえ回避すれば、俺にとっては煩《わずら》わしい正月特有の団欒もなく、一人で今後のことなど、じっくり考える正月になるはずだったのだ……が、しかし、逆にそれが裏目に出た。

子供の頃から案外内弁慶で、いつも一人で遊んでいた俺……孤独に慣れているとはいえ、母親以外誰もいない家。一番話しやすい姉貴でもいれば、当たり障りのない会話で気も紛れたのだが……。

結局、一人で色々考え抜いたあげく悩みを解決する糸口さえ見つからないままでいる。ちょうど、冬枯れの山道に迷い込んだ手負いの狼のように息を切らして彷徨《さまよ》うのだが、辿《たど》り着いた先は行き止まりばかり。まさに孤立無援の状態で、完全に身動き出来なくなってしまったのだ。或いは籠から放たれ自由になったつもりが、目標を見失った小鳥のようでもある。

そんな俺に、追い打ちをかけるように、初夢も最悪だった。

響子のベッドの下にあった白ヘルを被った男に、先端が炎に包まれた松明《たいまつ》のようなゲバ棒で追い回され、逃げようにも足がプールの中にいるように重く、体がまったく動かない。

それでも何とか、もがきながら逃げ続け、気がつくと今度はデモの輪の中に一人取り残され「総括！　自己批判せよ！」とアジられ吊し上げられている。それを振り払うかのように大声を出そうとしても、思うように声が出ない。

そんな時、ふと周りを見回すと、遠くで何故かまた裸の門脇美佐子がこっちを見て微笑んでいる。

「あっ！　美佐子先輩！」と必死で叫んだ瞬間……目が覚めた。

こうなると、もう正月気分に浸ってなんかいられない。一人で考えても解決出来ない問題が頭の中へ津波のように押し寄せ、そのモヤモヤが俺を呑み込もうとしている。再び見た裸の美佐子さんの夢も、益々俺を悶々とさせている。

もはや自分一人では感情をコントロール出来なくなっているのだ。

その原因はバンドのことだけではない。あの夜の逢瀬以来、響子のことが頭から離れないままでいる。初めての経験ということもあるが、恋しいというより、謎だらけの響子を知りたい欲求に、さいなまれているのだ。あれから一度だけ、一方的に連絡して彼女に会ったが、お互いの距離が狭まったという感覚はゼロだ。むしろ以前より遠くなった感じがした。

とにかく会話が続かない。暮れに渋谷駅前の喫茶店で会った時も、響子はいきなり、

「ねぇ、高野悦子の『二十歳の原点』って読んだことある？」

「知らないなぁ……それ何？」

「ううん……別にいいわ」

「何だよ気になるじゃん」

「その本にね。『「独りであること」、「未熟であること」、これが私の二十歳の原点である』という文があってね、今の私の心境にピッタリだと思って」

「………」

「ごめん、わかんないわよね？」

突然会話はカットアウトされ、そのまま渋谷駅で別れた。忙《せわ》しない師走の都会。その雑踏の中でポツンと取り残された。

こうなると、始めるつもりが、もう終わった感でいっぱいなのだ。むしろ最初から何も始まっていない関係が俺と響子なのだろうが……。

もしかしたら、あの夜の出来事も夢だったのか？　実際に思い返しても、二人で抱き合ったという現実感がまったくといっていいほどない。しかし、一夜限りの童貞喪失アバンチュールとして忘れ去るには、あまりにも生々しい。

あの日あの時の、色んな場面や言葉が頭を駆け巡り、心と体に揺さぶりをかけてくる。そして……響子の部屋のベッドの下にあった白ヘル。

あれは一体誰のなんだ？　彼女のか？　それとも……さまざまな疑念が猜疑心《さいぎしん》に変化し、心の内側にある疑惑のヒダを掻《か》きむしる。やがてそれはよからぬ妄想へと拡大し、それがさらに増幅して行く。

実は響子は学園闘争のカリスマ的リーダーで、すべての事件の黒幕だったとか……。あの日あの場面で、これって誰の？　とストレートに聞けば良かったのだろうが、得体の知れない焦燥感と見てはいけないものを見てしまった罪悪感に駆られてしまい、どうしても聞くことが出来なかった。どんな答えが、響子の口から飛び出て来るのか全く予想出来ず、怖かったのかも知れない。

臆病な俺。面白味もなく、つまらないコンサバティブな男……。以前響子が俺に言い放った言葉が、再び心をえぐるように突き刺さる。

独りでいること、ぐだぐだ思い悩むこと、それが俺の原点なのか？

――A弦の中途半端に歪んだ音が怯《おび》えるように頭の中で鳴り響いた――

# 第七章　覚醒1974

結局今日も一日中、ベッドから抜け出せずにいた。ボンヤリ、今年に入ってからまだ一度も響子に連絡していないな……と、思っていたら、絶妙なタイミングで啓太から電話があった。

「雅彦何してんだよ。明日暇なら、みんなでコンサートに行かないか？」

「誰の？」

「ムーディー・ブルースだよ。お前も『サテンの夜』とか好きだったろ？」

「何処《どこ》で？」

「武道館だよ武道館！　義之が親父にチケット四枚貰ったらしいんだよ。さすがニュースキャスターだよな。有名人の親父を持つといいこともあるんだな。久々だし気分転換に四人で行こうぜ！」

気分転換かぁ……。

マジに新年を迎えてから二週間以上一歩も家から出ていない。外の空気を吸うつもりで出掛ければいいのかもしれない。行く気満々なのだが、もったいぶって暫く考えてからＯＫした。

電話の切り際に啓太が、お前さぁなんかあったのか？　暮れからなんか変だが……と遠慮がちに聞いてきたが、別になんでもないよと、お茶を濁《にご》してその場はあっさり電話を切った。

啓太は去年、瀬川との単独ミーティング以来、ふさぎ込み気味な俺を気にかけて、明日の公演に誘ってくれたのだろうか？　作詞家を立てる件で俺が落ち込んでいると思ってくれたのだろうか？　そうであっても、そうでなくても、少しだけ心がフワッと軽くなった。

取りあえず明日に期待してみよう。ムーディー・ブルースかぁ……かなり楽しみだ。今は難解なプログレより、単純明快なプログレが聴きたい気分だ。

仕方なくだるい体を無理矢理起こし、部屋に散らかったレコードや雑誌を片付け始めた。

俺にとっては久々の武道館。ムーディー・ブルース初来日公演は、去年の暮れ辺りから眠りっぱなしだったロック脳が覚醒し、彼らの生演奏を聴いているだけで、どんより沈んだ気分が自然に晴れて来るようだった。演奏の方は多少荒かったが、個人的にはかなり酔えた。そして燃えた。

「雅彦、お前珍しく最初に立ち上がってたな」

地下鉄九段下駅までの坂道で、啓太が俺に話しかける。

「だってあの曲は座って聴けないだろ？」

「そやな、俺も『ロックンロール・シンガー』では雅彦につられて立ってしもたわ」

美津夫に続いて義之も、

「そうそう。あそこで立ち上がったのは俺たちだけだったけど」

「ええやん！　サウンドは地味やけど、ええコンサートやったと思うわ」

「プログレったって、曲はポップだし、聴きやすいよな」

四人でのたわいもない会話は久しぶりだ。最近は四人で会えば重たい話ばかりだったが、今夜はお互いに同じ空間で、気持ちが同じように共鳴し合っている感じがした。このタイミングで、ムーディー・ブルースの公演を四人で体験できた事は、本当にラッキーだったと思う。

心に巣くっていたわだかまりも、ゆっくり氷解してゆくようだ。

「コーラスがええなぁ。義之の親父さんには感謝やな」

さっきから美津夫が珍しく陽気だ。

「ああ、親父なんかが観ても全然わからんだろうし。それにあのバンド、メロディがシンプルで、俺でも耐えられたよ」

「曲がいい！　やっぱり今夜『愛のストーリー』が聴けてホントに良かったよ」

啓太がドラムのフィルを叩くフリをしながら話をかぶせてくる。今夜も啓太はコンタクトをしていない。

ムーディー・ブルースはイエスほど複雑ではないし、テクニカルでもない。七二年にリリースされた最新アルバム『セヴンス・ソジャーン』が全米で一位になったが、俺はその前のアルバム『童夢』と共にかなり聴き込んでいた。

やはりライブはいい。鬱々《うつうつ》とした気分が一掃される。この感じは久々だ。

しかも四人で共有するのはいつ以来だろう。多少の軋轢《あつれき》があったにせよ、こういう一体感を感じられる限り、俺たちはまだ大丈夫なのかもしれない。

やはり陰《いん》に籠もっていてはダメなんだな。ふさぎ込んだ気持ちを打開するには、寺山修司ばりに『書を捨てよ、町へ出よう』の精神で行くしかないのだ。


そのまま俺たちは渋谷に流れて、東横線ガード下の焼き鳥屋に入った。

運ばれて来た大ジョッキの生ビール。啓太の合図で俺たちは乾杯した。

松の内はとっくに過ぎてはいるが気分は新年会だ。こういう時のまとめ役として、やはり啓太は貴重な人材ではある。

「知ってるか？　ムーディー・ブルースって六四年のデビューだから、ビートルズとそんなに変わんないんだぜ」

「そっかぁ……だから六〇年代ポップの匂いがするんやな。テクニックだけのプログレバンドとは、ナンかちゃうし」

美津夫も啓太の意見に頷く。

「でもさ、キーボードがメロトロン一台だけってスゲーよな。けっこう雑な演奏だったけどさ、色んな音を出していたし、曲は殆《ほとん》ど知らなかったが、あれなら俺でも聴けるな。なんかさぁプログレッシブ・ロックって生で聴くといいよな。ちょっとハマりそうだ」

どうやら義之はプログレとメロトロンに興味を持ったようだった。メロトロンとはキーボード型アナログ式のテープ再生マシンで、鍵盤《けんばん》によりあらかじめ録音された弦や管楽器などの音を奏でることが出来、プログレバンドには欠かせない楽器のひとつでもある。

ビートルズが「ストロベリー・フィールズ・フォーエヴァー」でも使っていたが、代表的なのはキング・クリムゾンのファースト・アルバム『クリムゾン・キングの宮殿』だろう。このアルバムではメロトロンがかなり効果的に使われているが、それよりもビートルズの『アビイ・ロード』をチャート一位から蹴落としたアルバムとしてあまりにも有名だ。

忘れかけていたが……やはり、こういう気のおけない仲間との飲み会はけっこう楽しいものだ。酔った美津夫が、いきなりストーンズの「19回目の神経衰弱」のサビをジョッキ片手に歌い出す。それに合わせて啓太が割り箸で小皿を叩き出す。啓太！　こんな時でもリズムが走ってるぞ！　何だか無性に可笑しくなって、義之と二人で今年一番ぐらいに笑いこけた。新年早々〝永遠の神経衰弱〟のようだった男は綺麗さっぱり何処かへ消え去った。仲間に救われた俺だった。

生ビールをそれぞれ二杯飲み干したところで所持金はギリギリになり、飲み足りない俺達は、店を出てそのまま東横線に乗り、学芸大前にある美津夫のアパートへなだれ込んだ。

美津夫の場合、家庭がちょっと複雑だ。父親は大阪で不動産業を営んでいるが、昨今の好景気に乗って、事業も好調でかなり羽振りがよかった。その勢いで愛人を複数囲っていたのが美津夫の母親にバレた。激怒した母親は美津夫を連れて、東京にある阿佐谷《あさがや》の実家に戻ってしまったのだ。それが、美津夫が中二の頃だから、親の都合で転校させられた美津夫はたまったもんじゃない。アイツが大阪弁を直さないのはそういう精神的な部分もあるのかも知れない……。

ところが高三の春頃に、美津夫の父親が愛人とはすべて切れたと、平身低頭平謝りで、土下座をする勢いで母親と美津夫を迎えに来た。母親は渋々納得して、大阪に戻る決心をしたのだが、美津夫はどうせ大学は、そのまま上の聖マリアンヌ学院大に行くつもりだったので、単身東京に残った。

その時に親に借りてもらったアパートがここ。横に鉄の階段が付いている、木造モルタル二階建ての一階部分、一番端の階段横が美津夫の部屋だ。仕送りで生活しているのは俺達の中では美津夫だけだ。バイトもいくつかやっていて、中々授業に出ないのもバイトが忙しいからだろう。

俺達は電車賃を除いたなけなしの金を集め、駅前のリカーショップで安い国産のウイスキーと氷を買い、美津夫の部屋で痛飲した。つまみは美津夫の部屋にあった漬け物だけで、ほぼ素飲みに近い。素飲みは後でかなり効いてくるのでやっかいだ。

「なぁ美津夫って、ここにいつまでいるんだ？」

酔ったはずみで啓太がサラッと聞いた。

「別にいつまでって決めてへんよ。今は家賃だけは親が払ってくれとるけど……最近な、なんかそれも嫌で……。バイトで貯めた金で引っ越ししようかと思うてる」

「ほんとかよ。なんかお前って偉いな……」

未だすねかじりの俺は、羨望《せんぼう》を込めて、横目でチラッと美津夫を見た。

「あいつら、子供の事なんか全然考えてへんやろ？　オカンかてオヤジがいくら外に女作ったからって、俺まで連れて東京に戻ることないと思わへん？　中学の時やで？　いきなり東京で暮らすなんて言われて、けっこうキツかったわ」

啓太が言うには、美津夫は転校して来た当初は、かなり暗かったらしい。

ただ背が高く、かなりのハンサムボーイだったので、転校当初から女子の間では大変な噂になっていた。もちろん美津夫にはその自覚は全然ないのだが。

そんな孤独な転校生に手を差し伸べたのが、人類みな兄弟的に人懐っこい啓太だった。美津夫は啓太と話すようになってから、少しずつ明るくなっていったようだ。そのまま同じ高校を受験したのも、美津夫は否定しているが、絶対に啓太の存在があったからだと思う。

「でもさぁ美津夫って、こいつ大阪人なのに、ギャグの一つも言えないんだぜ」

「別に大阪の人間が全員おもろいわけやない」

「そうだけど、お前はノッポで暗すぎだ。転校して来た時、真夜中に電球の切れた使えない街灯みたいだったぜ」

いきなり啓太が立ち上がり、電球の切れた街灯の真似をしたのだが、それが何処でどう間違えたか、丹頂鶴《たんちょうづる》の求愛ダンスのような格好になってしまい、酔った勢いも手伝ってか、美津夫も噴き出してしまい、思わず全員大爆笑してしまった。

と、その時コツコツと外の鉄の階段を登って行く音がした。その音が意外に大きく響くので、全員聞き耳を立てた。

「あの音、ハイヒールだよな？　女だな」

義之がつぶやく。

「なぁ美津夫、どんな人か知ってんのか？」

「ああ、二階の奥の部屋の人で、吉村《よしむら》さんとか言うてたな。見た目は派手やけど、綺麗な人やで」

　こんなに遅く帰ってくるなんて、水商売だ、いや風俗だと、俺達は酒のつまみにその彼女のことを話し出した。美津夫にどんな容姿なんだ？　詳しく教えろと聞いても埒《らち》があかないので、誰か醬油でも借りに彼女の部屋に行こうとまで言い出した。さすがにそれは美津夫が止めたが、どうやら、美津夫も二階の謎の彼女のことは、ちょっと気になるようだった。

「でもさぁ、こんなだだっ広い東京で一人住まいって、お前よく淋しくないよなぁ」

　酔っているからとはいえ、義之の配慮のない、見事なまでの不躾《ぶしつけ》な言葉に対しても、薄笑いを浮かべるだけで美津夫は答えない。俺は思わず、えっ？　やっぱり淋しいと思ってるのか？　と心で呟いた。

　そりゃそうだよな。啓太がいたおかげで、美津夫は孤独から多少は解放されはしたが……両親のトラブルは、一人っ子の美津夫には相当こたえたと思う。

　まったりした沈黙を破って、啓太がいきなり飲み干したコップを割り箸でコンコン叩きながら、来週辺り、久々にみんなで音を出してみないか？　と提案した。おそらく全員、いい具合に酔っていたのだろう。珍しく誰も反対せずに、啓太の意見に満場一致で賛成した。

　しかし、直後に現実の波が押し寄せる。スタジオの予約はどうする？　代金は？　今は全員金欠で、さっき店の支払いでもギリギリだったのだ。音は出したいが、ロックバンドはフォーク・グループのように、何処でも手軽に練習が出来るというわけではない。

当然、防音設備のある練習スタジオが一番なのだが、先立つものはスタジオ代だ。全員のテンションが少し下がった。

暫くして、突如思いついたように啓太が叫んだ。

「そうだ！　来週俺の家でやろうぜ！」

「えっ？　啓太の家って」

「来週の水曜日、親父は出張礼拝に出ちゃって家にいないから、ウチの教会でやっちゃおうぜ」

「大丈夫なんか？　音出して……近所の人に叱られへん？」

「平気平気！　たまにそこでドラム持ち込んで叩いているけど、今までなんも言われたことないし」

本当に大丈夫なのかは怪しいが、今は酒の力で気が大きくなっている。

啓太の案に全員乗った。

「よっしゃ！　じゃぁ～あらためて俺達の未来に乾杯だ！　えと……まだ名前のない俺達に！」

その後も、俺達はボトルが空くまで新年会気分で痛飲したのは、言うまでもない。

こいつらとデビューするんだ！　互いに杯を重ね、酔うほどにさらに絆が深まってゆく夜……。

ライブで聴いたばかりの「ロックンロール・シンガー」のフレーズが激しくお互いの

夢に共鳴し始める。

一九七四年一月十八日。俺の激動と闘争の年が、二週間と四日遅れで、やっと幕を開けたのだった。

# 第八章　総括

翌日、俺は原宿駅のホームのベンチにいた。若干二日酔い気味だ。約束したわけではないが、今日は街をブラついた後、響子のマンションに行ってみようと思っていた。ただ、突然行ってもいないかもしれない。電話もせずに行くのだから、もしかしたら迷惑かもしれない。決心がつくまで、俺はベンチでハイライトを二本吸い、それからゆっくりと重い腰を上げた。

土曜日の原宿はそれなりに賑やかだが、渋谷や新宿ほどの雑多な喧噪《けんそう》はない。目の前はさり気ない、お洒落な街の昼下がりというイメージに彩られている。

一昨年、地下鉄千代田線が開通し、明治神宮前駅が出来た影響か、以前に比べ人通りもかなり多くなっている。

原宿駅の表参道口から出て、明治通りとの交差点方面までの間、ケヤキ並木を歩く。

けだるい午後の陽差しの中、冷たい冬の風が心地よく頬を撫でて行く。

表参道を挟んで、道の反対側には東京オリンピックの翌年に建てられたため命名された日本で最初の億ション、コープオリンピアが建っている。そう言えば、高校一年の時、啓太に誘われてそのマンションの下にある輸入雑貨のマーケットで、生まれて初めてチェリーコーラを買って飲んだことがある。何とも薬臭く飲み慣れない味で、決して病みつきにはならなかった。

暫くすると神宮前の交差点。赤信号で立ち止まると、その交差点の左側には教会がある。もしかしたら、この教会の存在が原宿をお洒落な街だと印象づけているのかも知れない。佇まいからして、おそらくプロテスタント系の教会ではないかと思う。

クリスチャンの母親曰く、教会とは信者にとって居心地の良い場所だそうだ。子供の頃によく日曜礼拝に連れて行かれたが、牧師さんの話は子供の自分にはかなり退屈だった。ただ、礼拝が終わって子供たちに配られるクッキーは本当に美味しかった。それが目当てで母親について行ったようなものだ。

いつも感じることだが、この街の人は本当にお洒落な人が多い……というより奇抜なファッションも妙にこの街の風景と同化してしまう。俺が今着ている、デニムのパンツに紺のダッフルコートなど、当たり前すぎて何だか逆に浮いている気がする。

ふっと前を見ると、交差点の反対側から頭は金髪で、真っ赤なラメのベルボトムに、ヘビ革のロンドンブーツ、黒いサテンのジャケットに毛皮のコートを羽織《はお》った男が歩いてくる。ちょうどあの原宿のロック喫茶「ＤＪストーン」の針金より細いＤＪのファッションに近い。俺のような普通を絵に描いたような男には、とてもじゃないが似合いそうもない……が、もしかしたら美津夫ならいけるかもしれない。

俺は交差点を渡って、そのまま響子のマンションに行こうとしたが、思いとどまった。やはり一本電話を入れないとまずい。虫の知らせってヤツだ。もう一度交差点を今度は渋谷方面に渡り、そこにあった電話ボックスから響子に電話した。思いがけず、すぐに響子は電話に出た。

「あっ！　もしもし、俺……雅彦」

「あらっ！　随分ご無沙汰じゃない。元気だった？」

響子の声はわりと明るい。ずっと家で寝正月だとか、適当な言い訳で誤魔化してみたが、まさか正月の間、響子との事を妄想しながら悶々としてたなんて、恥ずかしくてとてもじゃないけど言えない。

「ねえ、今何処？」

「えっと、じつは側《そば》なんだ」

「えっ？　原宿にいるの？」

「ああ……」

「じゃあさ、レオンでちょっと会わない？」

「レオン？　いいけど」

「今、何処から電話してるの？」

「神宮前の交差点だけど……」

「ほんとに、すぐそこね」

「あ……うん」

「お店に十五分後に……いい？　じゃね」

響子の妙に明るい声に違和感を覚えたが、しかし、直接響子の部屋を突然訪ねていかないで良かった……。ホッと胸をなで下ろした俺だった。

「レオン」はセントラルアパートの一階にある、入り口が全面ガラス張りの喫茶店で〝原宿の応接室〟とか〝社交場〟とか揶揄《やゆ》する人もいるぐらい、原宿を象徴しているカフェでもあった。

正直俺には敷居が高く、今まで一度も入ったことはなかった。別にドレスコードがあるわけでもないのだが、十把《じっぱ》一絡《ひとから》げのような普通の学生の分際では、どうも入りにくい。入り口でウロウロしながら躊躇《ちゅうちょ》していると、ポンと背中を押された。響子だ。

「そこ、窓際空いているわ」

笑顔で俺の手を引き、響子は慣れた感じで店に入って行った。しかし、電話を切ってから、まだ十五分も経っていない。急いで家を出て来たようだ。

響子は黒い革のミニスカートにロングブーツ。上は白いタートルにピンクのチェスターコートを羽織っている。メイクもしているせいか俄然《がぜん》大人びて見えて、ほんのりセクシーだ。しかしメイクって、そんなにすぐ出来るのか？　いやいやもうしてた？　何故だ？　一気に色んな疑問が湧いてくるが……それより今日の二人は格好からして俺がガキすぎて、傍目《はため》には何やら姉と弟のような感じだ。

「コーヒーでいい？」

俺が頷くと、顔馴染みのウェイターなのか、遠くの彼に指を二本だしてコーヒーを頼んだ。

「常連みたいだね」

「うん、家から近いし、ここの厚切りトーストが気に入っているから、朝なんかここですましちゃうわ」

「厚切り？」

「そう！　けっこうボリュームあるわよ。食べてみる？」

「いや……いいよ」

まだ二日酔いでトーストを食える状態ではない。しかし、この店はテーブルも壁も黒で統一されていて中々スタイリッシュなカフェだ。客もコピーライター風な風貌の人間から、モデル風な人間まで、とにかくお洒落なのだ。

「なにキョロキョロしてんの？」

「なんか、ちょっと気後れしちゃって。なぁ、あの壁際のテーブルの人って、名前忘れちゃったけど有名なデザイナーだよね」

「そうそう。ここはイラストレーターとかカメラマンとか、クリエーターの人が打ち合わせでよく使うけど、別に普通の喫茶店よ」

どう考えても、俺がよく行く学生相手の喫茶店とは、客層があまりにも違いすぎる。

「なんか、急にごめんな」

「いいのよ。私も話があったし」

えっ？　何の話だ……？

「君の話って？」

「あ、いや響子は？」

白ヘルの件はいきなりは聞けない。まずは響子の話を聞いてみたい。

「私、留学するの」

「えっ？　何処へ」

「パリ」

いつも響子には驚かされるが、いきなりパリに留学って、どういうことなんだ？

「ほんとは高校卒業と同時に行こうと思っていたんだけど……色々あったから。あっ、それは少し話したわよね」

響子が白薔薇女子学園の大学部に進学しなかった理由は、小、中、高の一貫教育にいいかげん飽きてしまい、前々から日本を少し離れたかったからだと言う。

「どしたの？　目がまん丸よ」

そりゃそうだろ。久しぶりに会ったら、いきなりパリ留学だなんて、目だって口だってポカンと丸くなる。

「もっと早く言えばよかったけど。去年言いそびれちゃって、ホントにゴメンなさい」

響子は一年浪人したつもりで、アテネ・フランセに通ってフランス語を学んでいたとのこと。しかし何故パリなんだ？

「ソルボンヌ大学って、高校の卒業証書があれば、日本の大学のような受験システムではなく、案外簡単に入れるのよ。その分、進級や卒業は大変みたいだけどね。あとは語学力もある程度ないと駄目ね」

話を聞いていると、いとも簡単に入れそうな気もするが、実際はもの凄く大変なのだろう。響子はそのために一年頑張ったのかもしれない。その努力には頭が下がるのだが……。

「ねぇ君の話って何？」

「ああ……俺の話は、そのう……」

ここでいきなり白ヘルのことを聞くのはタイミング的にまずいかも知れないが……視線をそらした瞬間、響子が話しだした。

「君が聞きたいことって、ベッドの下にあったあれのこと？」

「えっ？　あっ、そう……」

「図星ね。君って分かり易いからさ……目が覚めてから、なんか様子が変だったし、あの後会ってもあまり目を合わさないし、もしかしたら、ベッドの下のを見たのかも？

って」

そこまで読まれていたとは、我ながら情けない……。

「でもあれは、私のではないわ」

「ということは……もしかして」

「お察しのとおり、彼のよ」

響子のベッドの下にあった白ヘルは響子のではなかった。学生運動のカリスマ的女闘士の仮説は消えた。やはり以前響子とつき合っていた活動家の彼氏のだったのだ。

「捨てちゃっても良かったんだけど、なんか捨てられなかったのよ。彼への気持ちは、もうとっくになかったのにね。だから大事に取っておくというより、ベッドの下に放り込んでおいたって感じかしらね」

響子が言うには、彼のヘルメットは淡い恋の想い出としてではなく、自分への戒《いまし》めとして置いてあるらしい。えっ？　戒めって何だ？　ベッドの下の白ヘルが響子に何を戒めるというのだ。

その後の響子の話はかなり衝撃的だった。

「彼は渋谷暴動事件には関係していないって言ったわよね。でも……実は彼、連合赤軍の事件に絡んでいたのよ」

「えっ？」

店内に流れているデヴィッド・ボウイの「スターマン」と連合赤軍。あまりにも違いすぎる世界観に、心臓が飛び出そうになった。彼がより過激な活動を求めるようになり、次第に話も噛み合わなくなったことは、以前響子の部屋で聞いた。彼は武装闘争こそが、革命に繋がる最短の道だと本気で信じていたらしく、セクトを転向して赤軍派と革命左派の新倉《あらくら》ベースにおける合同軍事訓練にも参加していたという。そのあと両派は榛名山《はるなさん》の山岳ベースで合体。連合赤軍と名乗るようになった。

「でも、彼は逃げたのよ」

「逃げたって？」

「榛名山での事件でたくさんの人が亡くなったでしょ？　あれが起きる前に彼は山岳ベースから逃亡したのよ」

「組織を裏切ったってこと？」

「そうなるわよね。何があったかは知らないけど……過激路線について行けなくなったのか、それとも他に理由があったのか、今となっては藪の中よね。とにかく、あいつは逃げた」

その時はすでに彼とは別れていたから、響子は風の便りでその事実を知ったという。今彼が逮捕され勾留されているのか、まだ逃げ続けているのかは分からないらしい。ただしその後響子は、その事件の全貌を知り愕然《がくぜん》としたという。

連合赤軍・山岳ベース事件は七一年の暮れから、七二年の初頭にかけて、彼らが同志に対して起こした、史上最悪の集団リンチ殺人事件だ。総括という名のもとに、粛清・処刑された人間は十二名にも上る。それに関連して連合赤軍による、あさま山荘立てこもり事件などもあり、これら一連の事件後、学生による左翼活動は一気に沈静化に向かった。

俺はまだカップに半分ある冷めたコーヒーに、スプーン一杯分の砂糖を入れて一気に飲み干した。冷たい甘さがじんわりと、苦い心に染みてゆくのを感じながら、何故その白ヘルを自分への戒めに持っているのか、響子に聞いてみた。

「う〜ん、上手く言えないけど。結局さ、私も彼も、この社会に甘えていただけなんじゃないかなって最近思うのよね。考えたら、本気でこの国が学生達の闘争を抑え込もうとしたら、ひとたまりもないわよね。国家権力ってそういうもんでしょ？　潰せるのに国は簡単には潰さない。どうぞ自由に活動して下さいな。こちらはいつでも潰せますから……。極端な話、それに私達は甘えて活動していたのかって思ったら、なんか急に力が抜けちゃって。で、追い打ちをかけるように、あの連合赤軍の事件が起きたでしょ？渋谷暴動事件で、私はもうこれ以上無理と思っていたのに、あれが起きてからは完全に目標を失ったわ。革命なんて言葉が子供じみて聞こえちゃってさ……。マルクス・レーニン主義は確かに素晴らしい思想だと思うけど、この国にはマッチしないのかも知れないわね。結局、社会変革という理想に基づく私が夢見た闘争は、麻疹《はしか》みたいなものだったのよ……。それに、革命を起こして変えなくちゃいけないほど、この国はそんなに貧しくないわ。外を見てよ、こんなにカラフルで自由な国って他にないと思わない？」

グラビアから躍り出たような、派手なファッションのカップルが店の前を通り過ぎて行く。淡々と話す響子に、もう迷いはないのだろう……。

「不思議よね。ベトナム戦争反対を叫ぶ人間がさ、どうして同じセクトの仲間と内ゲバという戦争を繰り返すんだろう……そんなこととして、市民の共感なんて得られるわけないのに。市民闘争、市民革命と言いながら、私達は市民から一番遠い所で騒いでいただけじゃないかしら。だから、響子！　目を覚ませ！　現実を見ろ！　革命なんて幻想なんだ！　そういう戒めを込めて、私は白ヘルを捨てないで持っていたのかも知れないわ」

そうだったのか……。俺の場合、今まで音楽以外に、真剣に考えたことなど何一つなかったけど、響子は社会変革という問題を、自分なりに真剣に考えていたのだ。そんな響子に頭が下がる思いだが……続けて響子は、ちょっと淋しげに自嘲《じちょう》の笑みを浮かべながら、つぶやいた。

「彼が私に言い放った最後の言葉を今でも覚えてるわ。このブルジョワジーがって思いきり罵倒《ばとう》され、なじられた。分かってはいるけど……なんだかとても悲しかったわ」

遠くを見つめる響子……心なしか涙ぐんでいるようにも見える。

人は生まれる場所、親、環境を選ぶことは出来ない。その中で自己が形成されて行くわけだから、裕福な家に生まれた響子が悪いわけではない。

あのマンションも親がかりだと聞いていたし、福山家の大事な一人娘を守るために親は手段を選ばない。マンションだって、留学だって、出来ることは何でもしたいのだろう。無償の愛がそこにはある。ふと、今朝二日酔いの俺のために、玉子雑炊を作ってくれた母親の顔が浮かんだ。


「ごめんね。私ばかり、長々と話しちゃって」

「いや、いいよ。響子の本音が聞けて何だかホッとしたよ」

「ホント？　それなら良かった！　じゃあついでに、もうひとつ……」

「何？」

「私達、今日で終わりにしましょう」

「はぁっ？」

「私の二十歳の原点は〝未熟ではあるけど、独りであること〟ではなかったわ。あのマンションも今月で引き払って、パリに行く四月までは実家に戻るつもりなの。少しは家族と居て、親孝行しようかなって……。君には色々迷惑かけたけど……パリに行く前に話をしておきたかったから、今日会えてほんとに良かったわ」

そうか、それでいきなりの電話でも、会いたいと言ってきたのか。

「あの夜、『ＤＪストーン』で偶然君に逢えて良かったわ。なりゆきでああなっちゃったけどね……君が案外ドライで助かっちゃった」

えっ？　ドライ？　全然ドライなんかじゃない。それは違う！　と今ここで思いきり叫びたいくらいだ。響子は俺にとっては、キスも何もかも初めての女で……誰にも言えずかなり悩みまくって、今年などは正月早々煩悶《はんもん》に煩悶を重ねて、引き籠もり状態だったというのに。

しかし思いがけない急展開。突然の響子からの決別宣言に戸惑いながらも、俺は俺で意外にそれを自然に受け止めている。昨日はバンド・メンバーに救われ、今日は響子に救われたような気分だ。相変わらず上手い言葉は出てこないけど、快く響子の申し出は受け入れた。

優しいCメジャーセブンのコードが胸いっぱいに広がって行く……。

「じゃあ……私行くね。実は部屋で待ってる人がいるのよ。ゴメンね。君のことは女友達と会うって言ってあるんだ。ホントにホントにゴメン！　今までありがとう」

響子は部屋で待っているという彼（？）には、昔の友達に留学のこととか話して来ると言って出掛けて来たのだろう……ウインクしつつ軽く舌を出し、さよならと手を振りながら、風のように響子は店を出ていった。電話で響子が妙に明るかった理由が分かった。しかし女子って、笑いたくなるぐらい自由で奔放でそして、したたかなんだなと、つくづく思った。伝票の下には、コーヒー二杯ではありあまるぐらいのお札も忍ばせてあった。何から何まで、男と女の立場が逆の二人だった。

でも不思議なほど、今の俺に喪失感はない。むしろ信じられないぐらいの爽快感に満たされている。

そうか！　たった今、俺の中で響子との恋が〝総括〟したんだ。心残りは彼女にプロデビューの件を話せなかったことだが……。

けだるい午後の昼下がり。俺はもう一杯コーヒーを頼んだ。ついでに厚切りトーストも。

# 第九章　対自核

「練習する曲だけどさ、最近全然合わせてないから、まずは試しに俺達が初めてコピーした辺りのシンプルな曲からやらないか？」

年明けの瀕死状態からすっかり復活した俺は、水曜日にバンド練習する曲を、音楽的な要である義之と電話で相談した。

俺達は結成当初からジャンルを問わず、色々な曲に手を出していた。ポップなロックからプログレ、ハードロックと無節操に自分達の好きな曲をコピーしていたのだ。一応俺がリストアップし、みんなで聞いて全員が納得してからコピーをし始める。完コピが出来る、出来ないは二の次だった。取りあえずやってみることに意義があったのだ。

アマチュアバンドがコピーする場合、義之のような絶対音感のある人間がいることは大きな武器になる。

ただ、義之はロックを殆ど聴かないし、興味もさほどないようなので、コピーしたい曲のレコードをあらかじめ貸さなければならないという面倒くささはあった。

「そうだなぁ。音を聴けば大体わかるけど、どんな曲があったっけ？」

「取りあえず、すぐ合わせられそうな曲ならグランド・ファンクの曲とかステッペンウルフやフリーの曲辺りかな。あとさぁ、慣れてきたら『安息の日々』もやってみたいけど」

「安息の日々」はイギリスのハードロックバンド、ユーライア・ヒープのシングルヒット曲。裏声のコーラスがかなり効果的に使われ、コーラスロックを目指す俺達は十八番《オハコ》の曲にしたいのだが、今の俺達にはやや難易度が高い。特にドラムの啓太は途中のリズムのフレーズをうまく合わせられず、五回に三回はミスをする。それだけ挑戦しがいのある曲でもあるのだ。

ユーライア・ヒープはディケンズの小説『デイヴィッド・コパフィールド』の中の登場人物の名前から命名されたらしく、その点だけを比べてみても、グッド・スメルとは大違いだ。

高三の時こんなことがあった。ユーライア・ヒープの日本でのデビューアルバム『対《たい》自核《じかく》』を義之に貸すために啓太が学校に持って来て、英語の授業中に、皆でアルバムの解説を回し読みしていたのだが、まずいことに新任の若い先生に見つかり、それを取り上げられてしまった。運の悪い事に、その先生はガチガチの石頭教師で、ロックをまったく認めていない。むしろ現代社会のガンだと思っていた。

その日の放課後、レコードを返して貰おうと、啓太と二人謝罪を兼ねて、気は進まないが、職員室へ訪ねて行った。

珍しく職員室は若い先生以外は誰もいない……いやな予感が全身を包み込んだ。若い先生はアルバムを持って、じっと俺達が入ってくるのを見ている。先生の前に進み、傍《かたわ》らで謝罪をしようとしたとたん、いきなりこのアルバム・タイトルについて、酷い訳だなと言い放った。

原題は『ルック・アット・ユアセルフ』で、直訳すれば『自分を見ろ！』になるが、それを『対自核』と訳したのが、英語の教師としては気に入らないらしい。負けじと俺も瞬間湯沸かし器の如く、こんな英語のタイトルより、漢字三文字でまとめた邦題の方が素晴らしいと反論してしまい、そのガチガチな石頭に火を点けてしまったのだ。

ロックなんか聴いているヤツに限って知能指数が低いから始まり、服装の問題から、長髪は不潔で不衛生だとか、さらには関係のない政治経済問題まで広がり、とにかく現代ロック文化の全否定。自分が教えている格調高い英国のクイーンズ・イングリッシュに、騒がしいロックなんて相応《ふさわ》しくないなど、あることないこと、凄い剣幕でまくしたてる。こうなると、逆に俺は冷静になって行く。

「でも、先生……お言葉ですが。このバンド、先生の教えてる格調高いクイーンズ・イングリッシュの国のバンドですよ。英国紳士のね」

その一言で、人間の顔ってここまで赤くなれるのかってぐらい、先生は興奮して怒鳴り散らし始めた。もちろん啓太は黙ったままだ。

あまりにも馬鹿馬鹿しいので、何やら説教を聞いているというより、新種の赤い動物が敵を威嚇《いかく》するために、喚《わめ》いているかのようにも見えてきた。

そんな、どうにもならない状況を救ってくれたのが、ふらっと職員室に戻って来た、倫理・社会のベテラン先生だった。

「何？　どうした？　『対自核』かぁ……ふ～む、そもそも対自とは実存主義の用語でサルトルの『存在と無』に出てくる言葉でもあるよなぁ。それに核をつけて、存在の中心核の自分を見ろという造語だな。かなり飛躍しているが、中々面白い解釈ではないのかな？」

ベテランの先生にたしなめられて、若い先生は怒りの矛《ほこ》を渋々おさめる形になってしまったが、その瞬間から、ユーライア・ヒープというバンドが特別な存在になった。と同時に、今後英語の授業が大分やりにくくなるなぁと、ボンヤリ思った俺だった。

しかし、このアルバムの邦題である『対自核』が、哲学的な意味を持っていたなんて、ベテラン先生のおかげで初めて知ったが、今から思えばまさかサルトルとは……。啓太にサルトルって誰なんだ？　って聞かれたが、俺は明確には答えられなかった。響子に会って初めてサルトルを知り、兄貴の本棚で見かけたのだが……俺はそれを手に取ってまで読むことはしなかったのだ。


「でさぁ、この間のライブの余韻もあるし、ムーディー・ブルースの曲も挑戦してみないか？」

「ＯＫ。その辺の選曲は雅彦に任せるよ。そうそう一応デビューのリード・ヴォーカルって美津夫だろ？　あいつがメインで歌う曲がいいんじゃないか？」

「ああ、今あげた曲とオリジナル曲は、ほぼ美津夫がメインだから大丈夫さ」

「じゃあ、候補曲は多分カセットにダビングしてあるから、水曜までに聴いておけばいいよな？」

「そうしてくれ。義之なら聴くだけで大丈夫だしな」

「でもさぁ、アンプとかどうすんだ？　啓太の家にギターアンプは一台あるみたいだが、ベースアンプはないし。俺のキーボードなんか啓太の家までは運べないぜ？」

そうか、ベースアンプやキーボードの手配までは頭が回らなかった。

「ＯＫ！　その件は、これから啓太と話して、また電話するよ」

練習スタジオならアンプもあるし、キーボードもレンタル出来るが、今回は啓太の実家である教会での練習になるから、それぞれ用意しないといけない。美津夫の部屋で決めた時は、飲んだ勢いもあったから考えもしなかったが、確かに教会でのバンド練習はいろんな意味で制約があり、無理があるのかも知れない。

で、その件で啓太に電話しようとしたら、またタイミングよく啓太の方からかかって来た。

「楽器？　大丈夫だよ。俺に任せてくれ！」

「でも、美津夫のベースアンプや、義之のキーボードはどうすんだよ」

「ベースアンプはさ、ウチの教会に通ってる近所の高校生に借りるよ」

「えっ？　大丈夫かよ」

「平気平気。俺達がデビューするって話をしたら、目を輝かせちゃってさ。是非借りて下さいってさ。けっこう可愛い子だぜ」

「えっ？　可愛いって！　女の子なのか？」

「そうそう、ウチの側《そば》の光輪女子学院の二年生で、奈美《なみ》ちゃんって言うんだけど、女の子なのにベース弾いてんだぜ。だから当日は見学させてやるよ。いいよな？」

啓太らしいといえば啓太らしいが、まぁ誰も見ていないガランとした教会でやるより、見学に女子高校生というのは、まんざらでもない。

「でもさ、キーボードはどうする？　あの義之が珍しく心配してたぜ」

「義之がかぁ……う～む、そうだなぁ～じゃあキーボードは、教会に置いてあるヤツは？　けっこういい音するぜ」

「教会においてあるヤツ？　ってまさか、礼拝で使う教会用の電子オルガン？」

「ピンポン！　そうそう！　アンプ鳴らしたら聞こえないかも知れないけど、ないよりましだろ？」

「その話さ……啓太が義之に直接話せよ。俺はパス！」

「対自核」の歪んだオルガンが胸いっぱいに鳴り響き始めた……。

# 第十章　懺悔

快晴の水曜日。久々のバンド練習に相応しい天気だ。家を出る時、スキー旅行から帰った姉貴が寝起きのパジャマのまま、何浮かれてんのよ、もしかしてデート？　なんて聞いて来たが、彼氏と正月旅行して来た姉貴に言われたかないよという台詞《せりふ》を呑み込んでニヤニヤしてたら、あんた気持ち悪いよ……と、逆に突っ込まれてしまった。

姉貴も来年の春で大学は卒業の予定だが、就職活動にはそれほど積極的ではなかった。何処に就職するのかも、ちゃんとは聞いてない。

もしかしたら、卒業と同時に結婚？　まさか、あんなお転婆でやんちゃな姉貴がお嫁さん？　想像するだけで笑いが出る。姉貴は彼氏に、まだ本性を隠しているんだろうな。

今日のようなスッピンでボサボサな頭は、絶対に見せていないはずだ。あの姉貴ならそのぐらいは計算出来るはず。

　大体、料理も下手だし、ボタン付けすらままならない。いつだったか、母親が風邪で寝込んだ時、姉貴が代わりに作った味噌汁が、この世の物とは思えないほど酷かった。食卓で兄貴と二人、思わず吐き出すほどしょっぱかったのだ。味噌汁が考案されてから、まさに歴史に残るほど最悪の味だという兄貴の意見にすかさず俺は同意した。とはいえ、そこまで言われても、動じない姉貴の精神力。俺とは違う計り知れない強さがあるような気がしてならない。

　最近、響子といい姉貴といい、所詮《しょせん》男は女には敵《かな》わないと思い始めている。女性の方がしたたかさも含めて、一歩も二歩も男の先を行っているのは間違いないのだ。あっ、でも美佐子さんはきっと違うだろうな……と、思い込んでしまう所が男のアホな部分かも知れないが……。

　そう言えば、昨夜十時過ぎぐらいに島田加奈子から電話があった。原宿の「ＤＪストーン」以来なので、かなり久しぶりだ。

「明けましておめでとう。元気だった？」

「元気だよ。そういや去年、大分前になっちゃうけど、原宿では悪かったな……とんだ醜態《しゅうたい》だったよ」

「ううん、私は大丈夫。彼女綺麗な人ね。ちょっとお邪魔そうだったから、先に帰っちやったけど」

「ほんとにすまん。彼女は高校の時からの知り合いでさ……」

「ＤＪストーン」で、偶然出逢った響子が彼女だったことや、その後別れたことは面倒なので加奈子には言わないでおいた。

「風間君、あれ以来学校来ないから、ちょっと心配してたわよ」

「まぁ、バンドのこととか、色々忙しくてさ。曲なんかも新たに作らなくてはいけなかったしね」

俺はまた嘘をついた。まさか響子のことで、ずっとモヤモヤしてて学校に行く気が起きなかったなんて、彼女には口が裂けても言えない。

後は、デビューに向けて明日久しぶりにバンドで練習する話や、練習場所がメンバーの実家の教会だとか、当たり障りのない会話をして切った。

加奈子の歌舞伎町のクラブでのバイトは、まだ続いているらしい。今度お店をやめるかもしれないから、その前に来れば？　なんて言ってたが、スタジオ代もままならない学生の分際で、高級クラブなんて行けるわけがない。加奈子にはまた「ＤＪストーン」に行こうぜとは言っておいたが、多分二人ではもう行かないだろうな……。

それにしても、今日はいつもの練習の日よりワクワクしている。早く音を出したい気持ちでいっぱいだ。練習の楽曲は、この間義之と打ち合わせしたように、洋楽のコピーものを何曲か合わせてから、オリジナルをやってみよう。完成したオリジナルはまだ三曲しかないが、デビューに向けてドンドン書きためるつもりでいる。どんな作詞家が来ようとも問題ないぐらいの曲を作ってやる。それが、デビューに向けての俺、風間雅彦の矜持《きょうじ》になっていた。

高円寺は、最寄りの赤羽駅から赤羽線で池袋に出て山手線に乗り換え、新宿で降りてから、中央線の快速で二つ目の駅だ。駅の南口から出て、商店街を抜けるが、表参道とは全く違う様相の商店街。惣菜屋の天ぷら油の匂いに混じって、セール中の靴屋の革の匂いが鼻をくすぐる。庶民的な香りに満ちたこっちの方が、俺の性《しょう》に合っているようだ。

徒歩十五分ぐらいで啓太の実家である教会に着く。周りは閑静《かんせい》な住宅街。教会と言っても、公民館をさらにこぢんまりさせたような、天井は高いが集会所のような建物だ。啓太の家族が住む家はその裏側に建っている。

約束の時間は三時。時計を見るとまだ二時半だ。教会に近づくに連れて、遠くから小気味良いというか、キレのあるドラムが聞こえてきた。かなり正確なビートを刻んでいる。啓太のヤツ腕をあげたなと思いつつ、教会の正面入り口のドアを開ける。おや？なんと祭壇の前でドラムを叩いていたのは義之だった。音楽的才能はこのバンドでは一番だが、まさかドラムまで叩けるとは思っていなかった。

「なんだよ義之だったんだ。啓太より上手いじゃん」

「ああ、音の広がりをドラムを叩いて調べてるんだけど、かなり音がライブっていうか、自然のエコーがけっこういい感じかもな」

「啓太は?」

「あいつは近所にベースアンプ借りに行ってるよ」

時間前に来て、音のチェックをしているなんて、義之もやる気満々だ。そう言えば入り口辺りに義之のバイクが止めてあったのを思い出した。

「でもさぁ、これは使いもんになんないぜ。啓太は学校にあるパイプオルガンに負けないぐらいの音が出るってほざいていたが……とてもとても、これは使えない」

義之は教会備え付けの電子オルガンを指さした。所詮礼拝や、賛美歌などを歌う時の伴奏に使うので、ロックバンドの楽器として使用するには、どうしても無理があるのだ。

「だから俺、今日はキーボードは弾かないで、バンド全体の音のバランスとか聞いて気がついた点をアドバイスしようか? まぁ啓太が疲れたら俺が叩いてもいいしな」

むしろ、その方がリズムが安定するな……と、密かに俺は思った。

その時だ。お待たせ! と言いながら、教会の正面入り口から啓太がベースアンプを持って入って来た。今日はコンタクトをしている。啓太の後ろには、小柄な女の子が……彼女がベースアンプを借りた女の子なのだろう。啓太から聞いていなかったら、とても高校生には見えないぐらい幼い感じだ。

「この子は奈美ちゃん。こいつは雅彦で、こっちが義之」

ちゃんと苗字で紹介しろよと啓太に言いつつ、風間です、神林です、と紳士的に俺達は自己紹介した。背も小さく、本当に可愛らしい子だ。目が大きくパッチリしていて、一瞬シマリスのチップとデールを思い出してしまった。

「すいません！　今日は見学させて頂きます」

「全然かまわないよ。むしろ大歓迎だよ。奈美ちゃんもバンドやってんだって？　どんなバンドなの？」

義之が持ち前の、お調子者特有の人当たりの良さで聞いた。

「あっ、私はバンドというより、高校のサークルで弾いているだけで、全然ロックとかではないんです。どちらかというと、フォークっぽい曲をやってます」

「高校はさ、そこの角にある光輪女子学院だよ。そこも小、中、高の一貫教育のミッションスクールなんだぜ」

啓太の説明では、奈美ちゃんの兄貴が前にバンドをやっていたらしく、ベースもアンプも兄貴のお下がりだそうだ。アンプはエース・トーンのB5‐3。これなら啓太でも一人で持って来られる大きさだ。

何でも、今日のために奈美ちゃんは学校を早退したらしい。

「美津夫はまだか？　相変わらず時間にルーズなヤツだなぁ」

と啓太は言うが、まだ三時にはなっていない。それから、三人と奈美ちゃんとで祭壇の前の椅子などを隅に片付け、ベースアンプを置いて、何とかバンド練習が出来る場所を確保した。ギターアンプは啓太の私物のフェンダーのスーパーリヴァーブだ。信者のアメリカ人から安価で買ったと前に聞いたことがある。ギターもろくに弾けない啓太には、宝の持ち腐れでしかないのだが、今のところ俺に譲る気はないようだ。

「なぁ啓太。ヴォーカル用のマイクはどうすんだよ」

義之の言うように、そう言えばマイクがない。

「まさか、マイクなし？　ベンチャーズじゃないんだから……」

呆れた感じで義之がぼやいた。

「うーん……まぁ今日のところは教会のマイクで我慢してくれ。これ一本しかないけど」

教会のマイクとは、啓太の親父さんが礼拝の時に聖書を読んだり、説教したりするために使う細長いマイクだ。けして歌用のマイクではない。

「えっ？　これか？」

「でも、無いよりマシだろ？」

まぁ確かにそうだが……。仕方ない。今日はコーラスは無しで、メインの歌は美津夫に任せよう。俺達の音出し初めは、何とも中途半端な感じにはなったが、教会でやるという非日常感が、俺のやる気モードを全開にさせ、早くギターを弾きたくてウズウズしている。本気で美津夫が待ち遠しい。

それぞれが音のチェックをしようとした時、美津夫が珍しく三時ピッタリに、教会のドアを勢いよく開けて入って来た。ところが、ちょうどその場所が逆光になっていて、まるで光の中から背の高い中世の騎士が現れたように、美津夫の登場は妙にドラマチックになってしまった。

その時一瞬だけ、奈美ちゃんの頬がパッと紅潮したようにも見えた……。

啓太に促《うなが》されて、義之が美津夫に奈美ちゃんを紹介した。美津夫が使うベースアンプは、彼女から借りた事も合わせて説明した。

あきらかに彼女は、俺と義之の前とは態度が全然違う。確かに、美津夫の睫《まつげ》毛の長い瞳でヨロシクと見つめられたら、大抵の女の子は参ってしまうのかも知れない。それからは、奈美ちゃんは心ここにあらずという感じで、俺達がいるのにお構いなしで、ずっと美津夫を見つめている。やはり女は凄い……そして正直だ。

美津夫をリード・ヴォーカルにする瀬川の案は、わりと当たりなのかも知れない。そんなことを思いながら、俺はソフトケースからギターを出し、音叉を耳に当ててチューニングを始める。

ギターはグレコのＥＧ－３６０レスポールのコピーモデルだ。美津夫のベースも、メーカーは俺と同じグレコのＥＢ－３５０。ＳＧ型のコピーモデルだ。さぁ音を出す準備は整った。

あれだけ拒否していたのに奈美ちゃんがいるからか、義之は電子オルガンの前に座って音を調整している。やはりギャラリーはいないよりいた方がいい。特に女の子なら尚更だ。

「なぁ啓太、ホントにここで音出していいんだな？　近所迷惑ってことないよな？」

義之が念を押すように啓太に聞いた。

「大丈夫だって。お前の親父がやってるニュース番組に出るような事件にはならないって」

「そんな事はいいんだけど、ここはさぁお前の親父さんっていうか、神父さんが信者の皆さんと聖歌とかを歌う神聖な場所だろ？」

「おっと！　鉄道マニアの義之くん。そこちょっと違うなぁ～。この教会はプロテスタントなんで、私の親父さんは神父さんではなく牧師さんですよ！　で、ここプロテスタント教会では聖歌とは言わず、賛美歌って言います。学校でも賛美歌って言ってたでしょ？　アナタハ、カミヲシンジマスカ？　モウスコシ、セイショヲベンキョウシナサイ！　アナタハ、コウコウノトキ、セイショノテストハ、アカテンスレスレデシタネ～」

啓太が外国人宣教師風に義之をからかうと、奈美ちゃんは思いきり笑いこけた。さすがに女の子の手前、義之はあえて言い返さなかったが、側にあった俺のギターのシールドを軽く無造作に蹴り上げ、そのまま教会の電子オルガンの前に座った。

しかし……実は俺も知らなかった。宗派によって、呼び名が違うんだ。俺は牧師の上が神父と勝手に解釈していた。学校で聖書をちょっとかじったぐらいでは宗教は語れないな。俺は自分の無知さを隠すように、わざとらしく大声を出した。

「まぁいいじゃん！　取りあえず音を出そうぜ！　近所になんか言われたら、ここの神父さん……あ、いや牧師さんの馬鹿息子に、そそのかされたと言えばいいしな！」

美津夫も義之もイェーと拳《こぶし》を振り上げた。

さぁ記念すべき、俺達の今年最初の演奏だ！　まずは高校の時よくやってたステッペンウルフの「ワイルドでいこう！」。ワン！　ツー！　スリー！　フォー！　啓太のスティックのカウントで、イントロのギターリフを俺は思いきり弾く。久々の高揚感だ。マイクは一本だけだが、美津夫の透き通ってはいても、突き抜けるような鋭い声は、教会の備え付けマイクでも遜色《そんしょく》ない。曲が始まってからも、奈美ちゃんは美津夫に釘付けだ。予想通り義之の電子オルガンは、殆ど聞こえてこない。

この曲は映画『イージー・ライダー』のタイトルバックに流れる曲で、高一の時、午後の授業をサボって啓太と有楽町のスバル座まで観に行った事がある。映画の最初のシーンで、主役のピーター・フォンダが何やら白い粉を鼻から吸っているのを見て、啓太も俺も顔を見合わせて大笑いした。

無邪気な事に二人とも、それを麻薬とは思わず、砂糖か小麦粉を鼻から吸っていると勘違いしていたのだ。映画が始まっても最初は台詞もなく物語が進んで行くから仕方がないのだが、無知で無垢な高校生にとっては、何の説明もない映画は、かなり難解だったのだ。

その映画の冒頭、大型バイクのハーレー・ダビッドソンに乗って旅に出る場面で、ピーター・フォンダが腕時計をおもむろに捨てるシーンがあるのだが、何故かそれが無性に格好良かったのを覚えている。直後にこの曲がかかるから尚更だ。

「ワイルドでいこう！」は、全体的にエイトビートのギター・カッティングが印象的な曲で、意外にシンプルなため、あらゆるアマチュアバンドの練習曲になっていた。バンド名のステッペンウルフとはヘルマン・ヘッセの小説『荒野のおおかみ』から名付けられたという。そういえば、兄貴の本棚にこのタイトルの本もあったような……。

それから立て続けに何曲か洋楽コピーをやってみたが、教会だとギターとベースの音が普通のスタジオより立体的に聞こえる。全体的にリヴァーブが効いている感じで、弾いていて何だかとても気持ちいい。

演奏する環境としてはベストではないにしても、教会という空間が丁度いい具合に音の広がりを演出してくれるからだろう。久々の音出しでこの感触は悪くない。全員そんな顔つきだ。

一息ついた時、

「そろそろ『時間《とき》の翼《つばさ》』でもやんないか？」

義之の意見に全員で頷いた。

この曲は俺が高二の春休みに、初めて作ったオリジナル楽曲だ。

「でさぁ今日はマイク一本だし、細かいコーラスとかは出来ないから、美津夫にはヴォーカルに専念してもらって、この曲は俺がベースを弾こうか？」

「えっ？　義之ってベースも出来んのか？」

俺が驚いて聞くと、

「まぁな、ベースって弦が四本だろ？　コードを辿ればそんなに難しくない」

「なんやそれ、なんかめっちゃムカつくやないか」

すかさず美津夫は反発するが、目は笑っている。

この環境では、それも仕方ないかも知れない。真ん中で歌う美津夫のリード・ヴォーカルも見て、聞いてみたいし。オリジナル楽曲として奈美ちゃんの反応も見たい。

美津夫はスタンドからマイクを外し、俺と義之の間に立った。長身の美津夫が真ん中にいるだけなのに妙に新鮮だ。バンドにとってメンバーの配置はかなり重要なのだ。

「時間の翼」はミディアムテンポのシンプルなラブソング。啓太のカウントに続いて、ギターのアルペジオ・フレーズからベースの八分の刻みが入ってくる。普通ならここでキーボードも絡んで来るのだが、ギターだけのイントロもシンプルで中々良い感じだ。

しかし、マジに義之のベースがかなりいい。天性のものなのか、リズムのセンスが抜群だ。そして美津夫の歌。キーはやや高めに設定してあるのだが、美津夫にはジャストフィットしていて自然に無理なく聞こえる。

天井の高い教会の空間に、美津夫の艶っぽい声が響き渡る。まるで天使が天上界から降臨して来るような気持ちになる。

コーラスがない分、歌詞が際立ち、より力強い歌に聞こえて来るから不思議だ。今後は三人とも歌えるからと言って、何でもかんでも曲にコーラスを入れるのは、少し考え直さないといけないのかも知れない。

そしてひとり、教会の真ん中辺りの長椅子に腰掛けて、俺達の演奏を聴いている奈美ちゃん……さらにうっとりと美津夫の歌に釘付けだ。

夜明けを求めて　星が流れて行くように
時間の翼を広げ　君に逢いに行こう
星の海を越え　流れる涙のセレナーデ
時間の翼を広げ　君を迎えに行こう

演奏が終わった。奈美ちゃんは拍手しながら、何やら涙目になっている。

「凄い！　いい曲ですね。これ私好きです」

「俺も、この歌詞好きやけどな。これのどこが瀬川さんは弱いっちゅうのやろか」

美津夫の意見を受けて、

「でもまぁ、これがシングルというわけでもないし。また新しい曲を作ってから考えればいいんじゃないか？」

正直言って曲の良し悪しは、今はもう自分では判断出来ない。多少強がって、そうは言ってみたが、不安の裏返しでもあるのだ。ただ美津夫の言うように、確かにこの曲の歌詞は個人的にも変えたくはない。この曲にだけは、密かに響子への思いが込められている。

「だからさ、今のうちに俺達で出来る限り完成度を上げて、意見など挟めないようにアレンジして行こうぜ」

　確かに俺もそう思う。それにしても今日の義之は前向きだ。バンド名変更を提案されたミーティングの時も、このくらい積極的になってくれていればな……と、チラッと思った。

　その時だ。

「ごめん……ちょっと頭が痛いから休憩させてくれ」

　いきなりスティックを放り投げて啓太が座り込んだ。

「おいおい、大丈夫か？　あんまりドラムがバタバタうるさいから、神さまに叱られそうでビクついてんだろう」

　義之がさっきのお返しとばかり茶化《ちゃか》す。

「懺悔《ざんげ》や！　懺悔をすれば、神さまは許してくれるんやろ？」

　美津夫が突っ込むと、啓太が横になりながらいきなり歌いだした。

「ざんげの〜♪　値打ちもないけ〜れど〜♪」

　あまりの調子っぱずれの啓太の歌に、俺達全員顔を見合わせ、のけ反《ぞ》るぐらい爆笑してしまった。

　啓太は横になれば楽だというので、みんなで祭壇の下に椅子を並べて簡易ベッドを作

った。美津夫が横になった啓太を上から覗き込むようにしながら、

「祭壇の側で横になってると、なんや啓太……生け贄《いにえ》みたいやなぁ」

「ここんちの神さまは、生け贄受け取り不可やねん！」

変なイントネーションの大阪弁で啓太も対抗する。まぁ冗談が言えるようなら、大したことないと思うのだが……やはりちょっと心配だ。そう言えば、前々から啓太はコンタクトしていると、頭が痛いとか言っていたな。今もコンタクトのままだ。

せっかくの教会での練習だが、今日はもうやめにしようと提案すると、啓太が俺に言った。

「いやいや、もう少しやろうぜ。ここで練習なんてそうは出来ないし、俺は横になって聴いているからさ、ドラムは義之の『何でも屋商店』に任せればいいんじゃん？」

義之と俺は顔を見合わせ、それも有りかと、義之はベースを置いて、今度は啓太のドラムセットに座った。しかし義之は器用すぎだ。

待てよ……そうか義之は生粋《きっすい》のビートルズマニアなんだ。中でもマルチプレイヤーのポール・マッカートニーの信奉者《しんぽうしゃ》でもあるから、色々な楽器をやることは当たり前なんだよな。でも、それがサラッと出来るのは才能に他ならない。

おそらく義之の音楽的才能は、持って生まれたものだろう。これぱっかりはどんなに偏差値の高い音楽学校に通ったとしても、そのセンスを学ぶことは出来ない。ギターしか弾けない俺とは大違いだ。

少し休憩を挟んで、取りあえず三人で音を出してみる。キーはAに決めて自由に演奏するジャム・セッションだ。歌がない分演奏に集中出来る。

義之のキレのいいドラムに合わせて、美津夫のベースがドライブする。そのリズムに乗って俺はAのペンタトニック・スケールでフレーズを積み上げて行く。ドラムの義之は、さらに手数の多い、激しいフィルと共に熱いビートを叩き出す。

しかしこんな感覚は初めてだ。俺達ってこんなに上手かったっけ？　夢中でアドリブを弾くが、頭で考えるより指が勝手に動く感じだ。

コードはAとDとEの三つだけなのに、音の広がりは無限だ。いわばギターとベースとドラムのバトル・セッションになっている。美津夫のベースも今まで聴いたことのないフレーズを叩き出し、それに呼応するかのように、俺もアドリブで対抗する。そしてこのセッションの舵取りはドラムの義之だ。

今まで感じたことのない高揚感。まさにあいつのリズムが道標となって、ギターとベースを未知の領域に踏み込ませている。

不思議な事に演奏に集中すればするほど、何だか音が聞こえるというより、音が見えてくる気がしてきた。ジャズミュージシャンは、それぞれの楽器の音でお互いに会話をするんだと、音楽雑誌で読んだ事があったが……それって、こういう事なのかもしれない。とにかくギターフレーズの合間に入ってくる、ドラムのフィルが抜群にいい。義之って、もしかしたらとんでもない音楽の天才なのかもしれない。完全にドラムの腕は啓太より上だ。

さらにバンドの音が一体となり、極点に達する寸前……。

「キャー！　啓太さん！」

奈美ちゃんの悲鳴で、俺達は演奏を止めて啓太を見た。啓太は椅子から落ち、床に這《は》いつくばり吐いている。少し体が痙攣《けいれん》を起こしているようにも見える。

「えっ？　えっ？　啓太！　大丈夫か！」

一瞬、俺達は楽器を持ったまま立ち尽くし、何が起きたのか把握《はあく》出来ないでいた。そんな中、奈美ちゃんだけは、真っ先に啓太に駆け寄って、頭を抱え膝に乗せると、自分のハンカチで啓太の口元をぬぐっている。こういう時に頼りになるのは、やはり女性だとあらためて思う。奈美ちゃんの膝の上で、啓太は苦しそうに息をしている。これは、あきらかに緊急を要する、かなり危険な状態だ。

「救急車よ！　救急車！　アタシ電話して来る！　雅彦さん、こうやって啓太さんの頭をそっと持ってて！」

そういうと一目散に教会を飛び出していった。

義之も美津夫も真っ青だ。今日の啓太の家は、牧師である父親の出張礼拝に付き添って母親も不在だ。啓太の姉貴である美智恵さんも大学に行っていて家にはいない。とにかくここには、今は俺達しかいないのだ。あと奈美ちゃんだ……。

どうした啓太！　頑張れ！　もうすぐ救急車が来るから！　一体どうしたって言うんだ。ハッキリいって俺もパニック寸前だ。それは、義之も美津夫も同じだろう。俺の腕の中で啓太は、必死で何かと闘っているかのように、苦しそうに息をしている。啓太にかける言葉が見つからない。

やがて、遠くからサイレンの音が聞こえてきた。啓太！　頑張れ！　すぐ病院に連れて行くから。俺はそう繰り返すのが精一杯だった。

# 第十一章　破戒

もう春の足音は聞こえているのに、今日の午後には雪が降るという。あてにならない天気予報に舌打ちしたところで、無駄な所作《しょさ》には違いない。

出来る事なら春なんて来ないでくれと願っている。このままずっと冬が続くなら、どんなにいいだろう。春の息吹《いぶき》とか、新芽沸き立つ季節とか、昔から俺の性に合わない。特に今年はそれを強く感じている。新しい季節の到来に心を弾ませる理由など、いまの俺にはないのだ。

啓太が倒れて、ちょうど二ヶ月経った。あの時の状況を思い返しても、悪い夢を見ていたようで記憶もバラつき、鮮明には思い出せない。いや思い出したくもない。俺自身未だ軽いパニック状態なのだ。

あの日現実に起きたこと。その後の出来事などを冷静に受け止めるには、まだまだ時間がかかりそうだ。

駆けつけた救急隊員から、事務的な口調で啓太がどのように倒れたのかを聞かれ、俺が口ごもっていると、横から奈美ちゃんが的確に説明してくれた。

救急隊員は啓太の自発呼吸を確認した上で無線を使い、慣れた仕草で患者の容態を診《み》ながら受け入れ先の病院を見つけてくれた。すぐにここから程近い、阿佐谷にある『喜多川総合病院』に搬送が決まった。

救急車に付き添いは一人だけなので、奈美ちゃんにお願いして、俺は義之のバイクの後ろに乗り、その後を追いかけた。

義之は俺を病院に届けたらUターンして美津夫も連れてくる段取りになっている。その間、美津夫には楽器やアンプなどを、教会の隅に片付けてもらった。

予期せぬ出来事の中、俺達が意外にスムーズに行動を起こせたのも奈美ちゃんのおかげだろう。チップとデール似の小さな可愛い女の子が、堂々と救急隊員と応対しているのを目の当たりにすれば、さすがに図体《ずうたい》のデカい俺達としても、オロオロしてはいられない。

病院独特の生暖かい消毒液の匂い。それだけでどこか悪くなりそうになってしまう。

啓太は、そのまま応急処置を受け続けている。この病院には脳神経外科があり、杉並界隈では歴史もあって、設備も整いかなり評判が良いという。

当然俺達は病室には入れないので、病院の二階、広めの廊下に背中合わせの椅子が真ん中に置いてある場所で、美津夫も含む四人でじっと待機している。

何とも言えない虚脱感が入り交じった沈黙。言葉では到底表現出来そうにない、無機質な恐怖感。いずれも初めての体験だ。

そんな中、奈美ちゃんは機転を利かせて、啓太の両親に彼女の母親経由で連絡してくれた。啓太の両親の出張先が名古屋らしく、すぐ戻るとは言っていたそうだが、多分夜になってしまうだろう。姉の美智恵さんだけは連絡がつかないままだが、学校の授業が終われば家に戻ると思うので、美津夫が美智恵さん宛てに、住居の玄関ドアに簡単な状況を書いたメモを一応貼り付けて来た……あとは待つだけだ。

例えようのない茫漠《ぼうばく》とした不安と、チクチクした痛みを伴う静寂の中で、ここにいる全員が心配しているのは啓太の容態だ。

奈美ちゃんが親戚を装って医者から聞き出した話では、とにかく早急に手術をしないと危ないらしい。それを聞いただけでも、目の前が真っ白になってしまった。

まずは脳がどのような状態なのか、首の血管から血管造影剤を入れて、啓太の脳の状態を調べているようだ。ただし、手術には親族の同意が必要だ。

啓太はそんなに重体なのか？　どうか無事でいてくれ！　祈るように目をつぶったが

た。

……心の不安を煽《あお》るかのように、聞こえて来たのはステッペンウルフの

「ワイルドでいこう！」だ。目を閉じるたび、頭の中でイントロのギターフレーズが執拗《しつよう》に繰り返される。こんな時に何でだ！　耳を塞《ふさ》ぎ頭を抱えながら、その場で俺はへたり込んでしまった。

突然、ツンとしたホルマリンやアンモニアの強い刺激臭に襲われ……

Eマイナー・ナインスのコードがゆっくりと心に響き始めた……。

啓太とは高校三年間同じクラスだった。あいつの長所はどんな時でも、人を不快にさせないところにある。たとえ初対面でも、旧知の仲だったような雰囲気にさせてくれる。人に優しいのだ。

啓太とは席も前後という事もあってか、いつの間にか話すようになり、気がついた時にはかなり打ち解けていた。そのあげく、お互い隙《すき》を見つけては、悪戯《いたずら》を仕掛け合う間柄にもなっていた。

高一の秋、期末テストの前だったと思う。国語の授業中、居眠りしていた俺の机の上に、啓太が「平凡パンチ」のグラビアページを開いて置いた。何も気づかない俺は、ふと目を覚ました瞬間、目の前に開かれたブリジット・バルドーのヌード写真に驚き思わずワッと声を上げてしまったのだ。当然先生に見つかり「平凡パンチ」は没収。放課後、職員室に呼び出されるハメになった。

振り向いた啓太がニヤニヤしながら小声で、声を出すなバカ！　と言った時の、してやったり顔が忘れられない。

ムカつくけど憎めない。女の子が好きなわりに、臆病で声がかけられない。賑やかしで、時にはうるさいぐらいに思うのに、いないとそれはそれで場が盛り上がらない。何かにつけて、いつもいつでも一緒にいたのは啓太だった。

そんな啓太が、いまはひとりぼっちの病院のベッドで、生死の境を彷徨《さまよ》っている。

何とか助かってくれ。またあの憎たらしい笑顔を俺に見せてくれ。

胸が張り裂けそうな思いでふと顔を上げると、廊下の壁にはインフルエンザの予防注射の張り紙。何年も打っていないなと思いながら、暮れから予防接種はしたの？　と、口うるさい母親の顔が一瞬チラついた。


どのくらいの時間が経ったのだろうか？　静寂を破り、廊下の奥の階段を走りながら登ってくる音がした。美智恵さんだ！　俺達は思わず立ち上がって迎えた。

美智恵さんは俺達を見つけると同時に、

「一体何があったのよ？　啓太は？　どうしたの？　君達何してたの？」

恐ろしい勢いでまくし立てたのを、かろうじて受け止めた俺が、

「すいません……バンドの練習をしてて……啓太が突然倒れて」

「何処《どこ》で⁉」

「教会の中で……」

「えっ？　あんた達、ウチの教会でバンド練習してたの？　もう何考えてんのよ！　バチがあたるわよ！」

啓太も姉の美智恵さんも、両親とは違いクリスチャンではない。バチがあたるという仏教的概念はキリスト教にはない。こんな緊急時に、そんなどうでもいいことが思い浮かぶ自分に辟易《へきえき》しつつ、続く言葉を探していると、横にいた奈美ちゃんが、

「すいませんでした。アタシがベースアンプを啓太さんに貸してしまって……てっきりお家の方には許可を貰っているものと思っていました。本当に申し訳ありませんでした！」

と涙目になりながら深く頭を下げた。それにつられて俺達も頭を下げた。

奈美ちゃんの素直な謝罪の言葉が功を奏したのか、美智恵さんも少し落ち着いた口調で、

「大丈夫よ。奈美ちゃんは全然悪くないわ……で、どうなの啓太は？」

その後は奈美ちゃんが啓太が倒れた状況を含め、経緯を事細かに美智恵さんに説明してくれた。

奈美ちゃんの話を横で聞きながら、俺はボンヤリ今後の事を考え始めていた。

変えようのない現実として、啓太が倒れた。バンドデビューの話はどうなる？　当然、啓太の快復を待つべきだ。しかし……もし啓太が……快復しなかったら？

いや！　それはない！　根拠のない否定を繰り返すたびに、出口のない暗く寒々とした迷路に引きずり込まれそうになる。義之や美津夫の不安げな顔を見ても、思いは俺と同じだとわかる。

特に美津夫の深刻な顔は、彫りの深い陰影と相まって、まるで憂《うれ》いを帯びたダビデ像のように見えた。

先週ムーディー・ブルースの初来日公演を四人で観に行き、あらためて結束し、誓い合ったデビューへの絆が、啓太が倒れた時点で狂い始めた。

高速道路を気持ちよく走っていた車のフロントガラスに、いきなり小石が飛び込み、蜘蛛《くも》の巣状にヒビが入り、思わずハンドルを取られた感覚――。フロントガラスは砕け散り、車がクラッシュする妄想の中で、四人であるという掟が、ガラガラと音をたてて壊れ、崩れて行く。

心のメトロノームはテンポを加速させながら、左右に激しく揺れ始め、それに呼応するかのように心拍数は頂点に達した。俺はわけもなく思いきり叫びたい衝動に駆られた。が……声は出ない。

打ち拉《ひし》がれた静寂の中で、啓太の言葉が胸を突く……。

「コンタクトしてるとさぁ……夜たまに頭が痛くなるんだよ」

前々から啓太が、時々コンタクトを外して、黒縁の眼鏡にするのが気にはなっていたが、まさかそれが倒れる前兆だったなんて……。

そんな啓太の病名は「脳動静脈奇形」だった。普段あまり耳慣れない病名だが、俺達のような若い世代にも希《まれ》にあるという。いわゆる脳溢血《のういつけつ》のようなものらしい。

夜になって、啓太の両親も駆けつけ、病院の担当医師と相談し、脳神経外科を得意とする東京医大に転院し、すぐに手術を受けた。

十二時間にも及ぶ大手術ではあったが、何とか手術は成功し、啓太は命を取り留めた。

術後、二、三日は意識が朦朧《もうろう》としていたようだが、啓太は少しずつ快復に向かっていると聞いた。

しかしながら、脳のダメージはかなり大きく、姉の美智恵さんから聞いた話では、啓太は後遺症が残ってしまった。

が、幸いにも言語野《げんごや》の損傷は免れた。いずれ、元のように話は出来るようになり、日常生活に支障はないという。

ただし……今後は激しい運動は、絶対に避けなければならない。

つまり、ドラマーとしての未来は絶望的となったのだ。

黒く巨大な音叉が頭の中であり得ない不協和音を奏で始めた……。

# 第十二章　現状と惨状

啓太の意識が戻ったと聞いて、義之や美津夫と共に二月の初め頃に、一度だけ見舞いに病院へ行った。

しかし、啓太は人が変わったように無口になっていて、俺の呼びかけにも反応は全くない。天井をじっと凝視しているだけで、俺達の誰とも目を合わさない。

啓太が目指したプロドラマーの道が、突然カットアウトされたのだと思うと、かける言葉すら失ってしまう。

俺達は、重い足枷《あしかせ》を付けられた罪人のような足取りで、暗鬱《あんうつ》な心を引きずりながら病院を後にした。雪がちらついて来た。衣服に雪の結晶が纏《まと》わり付く。雪の結晶には同じものが二つとないと聞いたことがあるが……啓太だって同じだ。アイツの代わりなど他にはいないのだ。

啓太が倒れた直後、ビクトリーレコードのディレクターである瀬川には電話で、その経緯《いきさつ》を報告した。

その際、いつも冷静沈着に見えた瀬川が、思わず声がひっくり返るぐらい高い声で、ひーっ！　と電話の向こう側で反応したのには驚いた。あ、こんな声も出るんだ……それ程、瀬川も動揺したのだろう。

その時はまだ、啓太の容態が安定していなかったので、脳の手術が成功したことしか話してはいないが、瀬川からも、あれから一切連絡がない。

瀬川には何らかの結論を出して、こちらから連絡を取らないといけないのだが、再び引き籠もり状態の俺はメンバーとも疎遠になったまま、今日に至っている。

何とかこの現状を打破しようにも、最近ため息をつくたび、無性にむしゃくしゃして、当たり散らしている。たまには酒でも飲んで、思いきり酔い潰れたい気分だが、一人で飲んでも面白くない。かと言って義之や美津夫とも、いまはそういう気分ではない。当然、ギターを弾く気にもなれない。

年頭の最低最悪の精神状態だった自分に逆戻りしたようだ。いや……あの時より酷《ひど》いかもしれない。俺の思考回路は停止したまま、全身が憂鬱《ゆううつ》な音色に支配され、家でも横柄で反抗的な態度が続いている。

あんなに口うるさい母親でさえ、ここ数週間、俺に小言を一切発していない。結局、ふてくされたガキが思い通りに行かない事に腹を立てているだけなのだ。そんな事は自分でもよく分かっている。しかし、これぱっかりは自分でも、どうにもならない。周りが腫《は》れ物《もの》にでも触るかのように接しているのも、何だか鬱陶《うっとう》しい。

以前、ギターを買う資金が足りなくなり、母親にねだったが無下《むげ》に却下され、仏頂面《ぶっちょうづら》してふて腐れる俺に、姉貴がこんなことを言った。

「詰まる所、あんたは甘ったれなのよ。俺は反抗期だ！　なんて旗を振ってるだけで、全然行動が伴わないじゃない。ちゃんちゃらおかしいわよ。親がいないと何にも出来ないくせに、何いきがっててんのよ。そうやってブーたれていれば、周りがフォローしてくれるとでも思ってるんでしょ？　あんたは末っ子特有の内弁慶そのもので、チュウサン階級的ボンボンの典型でしかないわ。中産階級のことではないわよ。頭の中身はいまでも中三ってこと。好きなギターぐらい自分で何とかしな！」

舌鋒《ぜっぽう》鋭く毒づく姉貴、あっけにとられる俺。返す言葉などなく、抵抗も出来ず、無視を決め込むしかなかった。

とにかく、口では母親同様、姉貴にも敵わない。それに、姉貴の言っていた意味がいまは少しわかるから、余計情けない……どうにもならない俺の現状という名の惨状だ。

そのままベッドでうたた寝していたら、母親に電話よと起こされた。

誰から？　とも聞かず電話に出たら、あの島田加奈子だった。

「元気？　久しぶりね。いま何してるの？　バンドは順調？」

加奈子は啓太が倒れたことは知らない。ただ、いまの俺には同世代の女性の声は、ちょっと救いの鐘のように聞こえた。

「あぁ、元気だけどさ、色々あって……」

「何？　色々って？」

「色々は色々だよ」

「あ、そう。ねぇ近いうちに会わない？」

「何で？」

「何でって、風間君ってほんとに鈍いのね」

「………」

「私はさ、デートに誘ってんのよ。普通逆でしょ？」

苦笑しながら話す加奈子の長い髪が、かすかに揺れた気がした。

「えっ……あ、ゴメン。俺はいつでも大丈夫だけど」

「女心を全く理解しない風間君だからね。まぁいいわ、明日はどう？」

「明日？」

「別にさ、ロマンチックなデートというより、一緒に飲まない？　ってことよ」

そうか、加奈子はかなり酒が強かった。原宿のロック喫茶「ＤＪストーン」でバーボン入りの缶ビール、ボイラー・メーカーを数本飲んでも動じなかったくらいだ。俺は酔い潰れたが……。

「いいよ」

「じゃあさ……夜の八時頃は？　ちょっと遅いかしら？」

子供扱いされたようで、ムッとしながら声を荒げ、

「何だよ、大丈夫に決まっててんじゃん。で、何処にすんだよ」

「六本木の『パブ・カーディナル』って知ってる？」

「えっ？　知らん……」

我ながら対応がガキっぽい。一呼吸おいた後、加奈子から、

「日比谷線で六本木駅のアマンド近くにある出口から出て、そのまま六本木の交差点を溜池方面に渡ったらすぐ右。東京タワーが見える、飯倉片町《いいくらかたまち》の方へ歩いて行けばすぐわかるわよ。お店は外苑東通り沿いだから」

六本木をよく知らない俺には、加奈子の説明はいま一つ要領を得ない。

「わかった。何とか探して八時に行く」

「じゃね！　明日」と、言うやいなや、彼女の方から、少し怒ったように電話を切った。

電話を切った残響音が耳に残る。先に切られるのはあまり好きではない。

結局、勢いで加奈子と会う約束をしてしまった。本音を言えば、少し面倒だ。でも、まぁいいか、どうせ暇だし、彼女と飲んで話でもすれば少しは気も紛れるかも知れない。小遣いも最近全然使ってないから、割り勘ぐらいの金は出せるだろう。

しかし、バイトとはいえ、歌舞伎町のクラブでホステスをやっている加奈子に子供扱いされないよう、念には念で、帰宅した姉貴に調子良く弟風を吹かせてすり寄り、拝み倒してさらに二万円を借り明日に備えた。

準備は万端だ。

その夜……久しぶりに美佐子さんの夢をみた。紗《しゃ》がかかった映画のスクリーンのような夢の草原の朝靄《あさもや》の中で、美佐子さんは微笑みながら、俺に向かって大きく手を振っている。大学の構内で会った時に着ていた花柄のワンピース姿が、強烈に悩ましい。その笑顔すらも、心を揺さぶるほどセクシーだ。

たまらず俺は、全速力で駆け寄り手を差し延べる。でも、何故か美佐子さんの体に触れる事が出来ない。そのもどかしさは、みるみる欲求不満という予測不能なマグマに変貌し、若さで迸る《ほとばし》欲望は、体中からいまにも溢れ出そうに膨張し始めた。

その時だ！　ティンパニーのロールと共に、キング・クリムゾンの「エピタフ」が頭の中に流れ込んで来た。イントロ部分……もの悲しくも気怠《けだる》いギターが、次第に官能的な波動となり、全身の細胞と脳髄《のうずい》を執拗に刺激し始める。

やがてそれは、痺《しび》れるような快感と妄想の中で、「エピタフ」の幻想的なインターリュード（間奏）に激変……メロトロンの天界へと駆け昇るような美しいフレーズに誘《いざな》われながら、身の置き所のない恍惚《こうこつ》という極みの果てで、思いきり強く門脇美佐子を抱きしめた。

そして……夢の中で昇天した。空虚な時間と深淵《しんえん》という静寂。

久しぶりに俺は熟睡した……。

翌日の昼過ぎに、今度は珍しく義之から電話があった。

「なぁ、ちょっと話したいことがあるんだが……いまから会えないか？」

「えっ！　今日か？」

「なんか予定でもあんのか？」

加奈子に会うのは夜の八時だから、その前なら余裕だろう。

「いや大丈夫だ。渋谷でもいいか？」

「じゃあ五時に『エルシド』にしよう」

「エルシド」は俺達が高校の時から通っている喫茶店で、渋谷駅の宮益坂近くのビルの一階にある。

そのビルの五階にはボウリング場やゲームセンターがあり、高校の頃は土曜の午後など、何度もそこで義之や啓太と遊んだ。学校が白金なので放課後、仲間と遊ぶとなると、目黒駅経由で渋谷になってしまうのだ。

「エルシド」で、義之が俺に話したいという件は、おそらくバンドの今後だろう。いずれメンバーとも、話し合わないといけない。今日はその前哨戦《ぜんしょうせん》にでもなればいいかと思う。

音楽の要である、義之の意見を先に聞いておくのも、有意義なはずだ。

部屋の窓から見る限り、空に雲は少しあるが、天気はほぼ快晴。

一応、今夜は加奈子とデートではあるので、いつものツイードのジャケットに黒のタートルと去年買った黒のベルボトムのジーンズを穿き、慌ただしく家を出た。靴は履き慣れたコンバースのハイカット。

外に出ると、昨日の雪が道路脇に少し残っているが、コートなしでも暖かい。街行く人も心なしか、背筋が先月より二センチ程度伸びて見える。こうやって毎年コートを脱いだり着たりする季節の変わり目の中で、人は少しずつ年齢を重ね、大人になり、やがて静かに老いてゆくのだろう。

赤羽線で池袋に出て、山手線の電車の吊革につかまりながら、これからどうする？ と、自分の未来に問いかけてみた。

何の答えも聞こえてこない。それでも懲《こ》りずに自問自答していると、歪《ひず》んだG弦が単音で鳴り出した。次第にその音がクレシェンドするように増幅され、電車のゴトゴト音と重なってゆく。頭の裏側では、それがエンドレステープのように繰り返し鳴り響き始めた。

しかし大人になるって何なんだ？ 夢の範囲が狭くなり、あきらめることを知って、それに耐えられるようになることか？ 勝手な循環論法だが……もしそれが大人への条件だとしたら、俺はまだならなくていい。俺の未来に、答えなどまだないのだ。

軽い睡魔に身を任せながら、俺は規則正しい電車の揺れに合わせそっと目を閉じた。

次第に電車は、出口のないトンネルへと引き込まれたかのようにスピードを上げ、いまにも脱線しそうな勢いで、左へ左へと曲がり始めた。電車が何処に向かっているのか、わからないぐらいグルグル回っている……白日夢《はくじつむ》のようだ。

暫くすると、キィーという金属音……摩耗《まもう》したブレーキ特有の悲鳴を上げながら、ゆっくりと電車は止まった。五時丁度に渋谷駅に着いた。

# 第十三章　亀裂

広い「エルシド」の店内は、平日の夕方ということもあってか、かなり混んでいる。店に足を踏み入れると、エルトン・ジョンの「グッバイ・イエロー・ブリック・ロード」が流れていた。店内の席は、それぞれボックス席のような作りになっているが、前後とは上手く遮断《しゃだん》されているので、カップルで話をするには最適の店。

店内を見回し、真ん中よりやや後ろの席に義之を見つけた。フレアのデニムに、白いTシャツの上は革のライダース。義之もそれなりにお洒落だ。

先に来ていた義之は飲みかけのコーヒーを右手で持ちながら、目を閉じている。

「何やってんだよ」

「おう、いま流れている曲のコード進行を取っていたんだが、結構この曲いいな」

「へぇ～、お前この曲知らないのか？　これって有名なヒット曲だぜ。エルトン・ジョンの曲だけど、これが入っているアルバムの邦題が『黄昏のレンガ路』でさぁ、原題の

『グッバイ・イエロー・ブリック・ロード』の方が断然いいのにな」

「そうなんだ。これからは俺も、もっと曲を聴くようにしないと……」

「そうしてくれよ。義之が色々聴くようになったら、鬼に金棒だな」

「鬼に金棒？　お前って、たまに表現がオッサンくさいよな」

「うっせぇよ」

いつもの嫌味なジャブを受けながらも、心が少し軽くなっていた。

コーヒーを頼み、まずは俺から切り出した。

「義之から会おうなんて珍しいな。どうしたんだ？」

「いや、啓太があんな状態だろ？　今後の事を雅彦と話しておこうと思ってさ」

俺の予想は当たった。

「そうだよな、俺もそのことが気がかりでさ。でも、どう考えればいいのか、皆目見当がつかなくて、また家で引き籠もってたよ」

「またかよ……」

呆れるように、小さくため息をつきながら、

「雅彦ってさ、瞬間湯沸かし器のように直情型のくせに、意外に暗いし、弱いよな」

「はぁっ？」

「お前って気に入らないと、すぐむくれて無口になる。しまいには自分の殻に籠もって、中々出てきやしない。扱いづらくてガキっぽい」

容赦ない義之の言葉。いきなりボディブローを食らわされた気分になった。

「啓太がよく言ってたぜ。雅彦はああ見えて、意外にナイーブな所があるから、こっちでおだてて盛り上げないと中々腰を上げない。その上、一度むくれると手がつけられない。でも、一旦立ち上がるとその行動力は目を見張るものがあるってな」

「啓太が？」

「あぁ……。一月に行ったムーディー・ブルースだって、啓太が俺に、雅彦が瀬川さんに会ってから急に落ち込んで、年が明けても学校に来ない。どうやら家で引き籠もっているらしいから、何とかしようぜって相談に来てさ。

で、色々伝手《つて》を頼ったら、たまたまオヤジの知り合いに、コンサート関係の人間がいてさ、外タレのスケジュール調べてもらったら、ムーディー・ブルースの公演が一月でドンピシャだった。オヤジのコネを使うのは抵抗があったけど、啓太がお前の事になると真剣でさ。渋々オヤジを通して譲ってもらったんだよ」

「啓太が？　俺のために？」

「そう。この話は言わないつもりだったが、啓太がいまはあんなだろ？　今後の事は雅彦にかかっているから、あえて話そうと思って」

啓太と義之の間でそんな会話があったのか……。

そうか、いくら義之のオヤジが有名キャスターだからといって、玄人《くろうと》好みのプログレバンドのチケットを、俺達メンバー分、タイミングよく贈られるはずがない。チケット代は、義之の父親が払ってくれたらしい。

　そういえば、コンサートに誘われた時も、啓太は電話でさり気なく俺のことを心配する素振りを見せていたし、バンドのミーティングの時など、いつも一人暴走する俺を啓太は、頃合いを見て手綱を締めていた。

　いままで義之も、美津夫も、黙ってるだけで、何も言わない意見のないヤツと思っていたが……すべての原因は俺にあったのかも知れない。

　ヒリッとする孤独を飲みかけのコーヒーの苦みに感じた。確かに言い得ているが、面と向かって言われると、当然の事ながら気分は良くない。

「お前はさ、バンドリーダーなんだから、しっかりしてくれなきゃ困るんだ。これからどうするか、本気で考えようぜ」

　そんなことは百も承知だ。だから俺も色々考えて……。

　うん？　待てよ、義之がこんなに前向きってことは、バンドは存続させるつもりって事だよな？　それはそれでいい。が……義之の物言いは、まるで俺の痛い部分をわざわざ広げて、そこに平然と塩を塗りたくっているようだ。テーブルの角にある小さなヒビ割れが、俺の心のように見えてきた。

　続けて義之は、

「でさぁ、瀬川さんのことだけど。あれから連絡は？」

「ないね……ずっと家にいたけど、俺から啓太の事を話して以来、連絡は取ってない」

「なぁ、それってまずくないか？　一応俺達の姿勢とか方向性だけでも、早めに伝えておかないと失礼だぜ」

失礼？　義之からそんな言葉が出るなんて驚いた。友達以外には、それなりに気を遣うヤツなのか？

そういえば、教会で練習した日も、義之だけが音を出す直前まで近所への騒音を気にしていた。気を遣う義之。俺にしたら、可笑しいくらい新しい発見だ。

失礼かどうかは別にして、明日以降、俺から瀬川に連絡すると確約した。

ついでに、はす向かいの席へ飲み物を運んで来たウェイターに、追加のコーヒーを頼んだ。

確かにバンドとして何らかの姿勢を示さない限り、俺達の未来は何も進展しない。義之は新しいコーヒーを手に取り、ブラックで一口飲んでから、

「啓太をどうする？」

おもむろに聞いて来た。

「どうするって、どうするんだ？」

「だから、雅彦はどういう風に扱えばいいと思う？」

「……………」

「現実問題、あいつはもうドラムは叩けないんだぜ」

それはわかっている……だからあえて触れないでいたんだ。

そこを考えると、どうしても思考が凍結してしまう。とはいえ、元々このバンドは啓太が作ったバンドであり、バンド名のグッド・スメルは最低のネーミングとはいえ、彼が命名したものだ。

手持ち無沙汰《ぶさた》な俺が、煙草に火をつけようとしたその時、

「啓太には申し訳ないが、ここは辞めてもらうしかないかもな……」

思わず煙草に火をつけるのを止め、義之のストレートな言葉に、俺はかぶりをふりながら義之を睨み返した。

「お前本気で言ってんのか？」

「じゃあどうすればいいと思うんだ？」

黙る俺にたたみかけるように義之は、

「なぁ、仮にも俺達はプロになろうとしてるんだぜ。いままでは俺も甘かったと反省してる。だから、もしバンドをこのまま続けるなら、心を鬼にしてでも決断しないと、前には進めないいんじゃないか？」

義之の意見はもっともだが、俺としては承服出来ない。ここに来て啓太を首にするなんて、そこまでドライに考えられないし、考えたくもない。

俺は声を荒げ、

「どっちにしても、いまここでは決めらんない。美津夫の意見だってあんだろうし」

「そりゃそうだ。俺だっていま決めようなんて思ってない。ただ、時間はもうあまりな

いってことは、お互い知っておこうぜ」

現実とは、常に人間の痛い所を狙って、待ち構えている鋭利なナイフのようだ。見て見ぬふりをすれば、何日かはやり過ごせるが、後回しにした分倍になって襲いかかってくる。義之の言っていることは、けっして間違ってはいない。むしろ正論なのだろう。しかし、だからといって啓太抜きでバンドを続けるなんて、いまの俺には出来ない。

「雅彦の言いたいことはわかるよ。俺だって同じ気持ちだ。出来ることなら四人でデビューしたいと思っている。でも、実際どうなんだ？　いいか、あいつはもうドラムは叩けないんだぜ」

いまにも暴発しそうな感情を抑えていると、

「こう言うとお前はさぁ、何時ぞやのビクトリーレコードの会議室でのように、すぐキレてデビューしなければいいんだ！　と短絡的に結論を出すだろうな」

「短絡的？」

「あぁ、お前はいつも短絡的だ。思慮深さというものが全くない。キレると制御不能になる。手が付けられないガキと同じなんだよ」

勢いに任せ、思わず義之につかみかかりそうになった。それを押しとどめたのは、店内に流れて来たジョン・レノンの「イマジン」だった。ジョンの力の抜けたヴォーカルを聴くと、そんな激情はゆるやかに沈静化し、穏やかに抑え込まれた。

気まずく重い空気が、俺と義之の間を流れている。目には見えないが強固なはずだったバンドの絆に、ピシッと一本の深い亀裂が生じ始めている。

息苦しい。短絡的という言葉が、俺の胸を圧迫している。じんわりと焦燥感という名の汗が心に噴き出して来た。心の汗は拭《ふ》く事が出来ない。義之との会話は途切れ、沈黙が真空状態になり、さらに息が詰まって来た。何分経ったのだろうか、義之が口火を切った。

「なぁ、雅彦……覚悟を決めないか？」

「覚悟？」

「あぁ、俺達に欠けているのは覚悟じゃないかと思う。勿論《もちろん》俺だって、いままでは雅彦や啓太任せで、バンドのことは二の次だったから、そんなことを言える筋合いじゃないけどな。でもさ、いまのままだったら何にも進まないし、こんなんじゃあ、デビューなんて出来っこない。俺は啓太が倒れて現実を思い知らされたんだよ」

覚悟か……。プロになる覚悟？　ギターを弾く覚悟？　曲を創る覚悟？

頭の中で覚悟の文字がグルグル回っている。

「俺さ……一月にみんなでムーディー・ブルースのライブに行った後、ニューロックやアートロックと呼ばれる曲をかなり聴き込んだんだ。で、最近ようやく、雅彦や啓太が夢中になっていたブリティッシュ・ロックの良さが、俺なりにわかるようになったよ」

あんなにビートルズと鉄道以外は興味を示さなかった義之が、やっとロックに目覚めたってことなのか？　それはそれで朗報ではあるが、いまこの雰囲気の中で義之とロック談義をするつもりなど毛頭ない。

「俺は本気で音楽をやろうと思う。これからは、俺もバンドに対して色々口を出すけど、いいよな？」

「いいも悪いもない……言いたいことは言えよ」

しかし、義之の以前とは違う前向きな物言い。この変わりようは一体何なんだろう？

「だからさ、雅彦も覚悟を決めて、この状況を何とか乗り越えて行こうぜ。なっ？」

返す言葉が見つからないのは、完全に義之の迫力に押されているからだ。

「それと雅彦……もし、このままプロデビューしたとしたら学校はどうすんだ？」

「まだ、ちゃんと決めてないが……」

「俺は辞めようと思う。親にも話して許してもらったよ。だからこれからは、いままで以上に、音楽を突き詰めようと思うんだ」

義之が言う覚悟って、そういうことなのか？　しかし、義之がここまで強く自分を主張した事には、正直言って驚いた。

「あとさぁ、この二ヶ月ぐらい、バンドの事を客観的に捉えて、色んな角度から考えてみたんだ」

俺の思考は完全に停止している。義之は続けて、

「で、俺なりの結論！　この際ハッキリ言うけど、やはり俺達のオリジナル曲は詞が弱いのかもな」

「………」

「瀬川さんがお前に言ったことって、案外間違ってなかったんじゃないか？」

義之の独善的、且《か》つ上から目線の意見に、腹の底から苦く熱いものが込み上げて来た。

「雅彦って洋楽の影響を受けすぎてない？　歌詞が抽象的すぎて、どれも洋楽の和訳みたいなんだよ。俺は歌詞を書くことは出来ないけど、音の事はわかる。でね、歌詞とメロの対比で考えると、雅彦には独特な言葉のセンスがあると思うんだよ。そこを、もうちょっと突き詰めて考えていけばさ、いまの邦楽にはないオリジナルな歌詞が書けるんじゃないか？」

啓太を外すという衝撃的な発言の後は、俺が作った歌詞の批判だ。俺の感情は、じんわりした緩い曲線を描くような怒りから、ぐらぐら煮えたぎるような激しい怒りに変化しつつあった。

大きなお世話だ！　そこまでいうならお前も曲を作ってみろよ！　そう言いたい所をかろうじてこらえて、

「じゃあ、義之が納得する曲って、どんな曲なんだ。文句だけなら何とでも言えるぜ」

「そりゃそうだ。そう言われると思って、これ……」

義之はポンと、テーブルの上にソニーのカセットテープを置いた。

「これに俺が作った曲が入っている。メロだけだが、ピアノで簡単に録音したものだ」

えっ？　義之が曲を作った？　こいつの音楽センスがあるなら、曲ぐらい作れるだろうと前々から思っていたが、いま、目の前でそれが現実になった。

「なぁ雅彦、別に俺はお前と喧嘩をしようとしているわけじゃない。一緒に俺達らしい、世界中に一つしかない、独自のバンド・サウンドを作りたいと思ってるんだ」

テーブルに置かれたカセットテープにはOp.1とOp.2と手書きで書かれている。

「俺なりに二曲書いてみたんだが、あれだけお前の歌詞に言いたい放題言ったんだから、この曲にもガンガン言ってくれてかまわない。で、もし雅彦がこれを聴いて何かピンと来たら、これに詞をつけてくれないか？」

思いがけない提案に驚きを隠せないでいると、そのまま義之は続けた……。

「啓太が倒れ、いま俺達のバンドは休止状態だよな。ここからデビューに向かおうとするなら、新たな展開が必要なんじゃないか？　もう人任せではなく、こっちで準備して、俺達の意志を提示して行こうぜ」

言葉が出てこない……戸惑う俺の心情など、お構いなしに義之はまくし立てる。

「バンドの意志は、やっぱオリジナル曲だよな。そこが洋楽のコピーばかりやって来た俺達の弱い部分でもあるだろ？　さっきも言ったが、これからは曲作りにも、積極的に関わっていこうと思うんだ」

いつぞやの会議とは逆に黙ったまま、歌を忘れたカナリヤのような俺……。

「でさぁ、俺達が前向きにバンドの将来を考えているって事を、病院にいる啓太にも伝えたいんだよ。自分が倒れたからバンドの活動が停滞したとか、デビュー自体がご破算《はさん》になったとか、後ろ向きな話は、絶対にあいつの耳にはいれたくない。俺達だけでも前向きに出来るってことがわかれば、逆に啓太へのエールにもなるんじゃないか？」

エール？　何言ってんだこいつは。啓太はいま必死に病気と闘っているんだぜ。俺達だけで出来るってどの口が言ってんだ。義之の意見は絶対に受け入れられない。啓太を置き去りになんか出来っこないんだ。勿論、義之なりに啓太の事を心配しているのはわかる……。

去年、学院のカフェテラス「エデン」で、鉄道の乗り物酔いが激し過ぎると、啓太の事を辛辣《しんらつ》にこき下ろしたのは義之だった。あの時は二人の間のたわいもないじゃれ合いにも見えたが、いまとなって考えれば、既に、啓太は頭痛に悩まされていたのだろうし、以前から乗り物酔いが酷かったのも、今回倒れた予兆だったのだろう。

そうとは知らず、啓太を茶化した義之は、後ろめたさを感じ、こいつなりに心を痛めているのだろう。

だから啓太がもうドラムを叩けないなら、早めに決断し、啓太にバンドが停滞する責任を感じさせないよう、俺達なりの新しい道筋を見つけようという事なのかもしれない。

でも、俺には無理だ。

会話が途切れたまま、俺がじっとカセットを見つめていると、

「おいおい、そんな深刻な顔すんなよ。この曲、雅彦が気に入らなきゃボツにすればいいし、駄目ならまた作ってくる。お前が気に入るまで、何度でも作ってくるから」

いままでの義之とはまるで別人だ。

「なっ？　覚悟を決めてやってみようぜ。瀬川さんに俺達の楽曲を認めさせようぜ」

義之の覚悟と本気度に、俺はいま完全に圧倒されている。まだ頭の中では、整理出来ずに混乱はしているが……こいつがどんなメロディを書いたか、興味津々だ。

義之の持って生まれた天才的な音楽センスは、一体どんな音を紡《つむ》ぎ、それを五線譜の中にどのように織り込んだのだろうか……。

それにしても、タイトルのOp.1、Op.2って何の略なんだ？


その後、三杯目のコーヒーを頼んだ辺りで、ようやく俺は少し落ち着きを取り戻し、

「お前の言いたいことは大体わかった……。とにかく、これは後で聴いてみる」

「あぁそうしてくれ。ここは、いままでの物は全部捨てる覚悟でやってみようぜ！　なっ？」

それからは、義之もバンドの件は話さず、沈黙と気まずさが入り混じった時間が過ぎて行った。義之は話題を変え、いきなり美津夫の話をし始めた。

義之は先週、金曜日の昼過ぎ、神宮外苑の銀杏《いちょう》並木をバイクで流していたら、突然呼び止められた。最初誰だかわからず、美津夫と気付くまで数秒かかった。美津夫があまりにも派手で、まるでファッション雑誌のグラビアから抜け出したような格好だったからだ。

ただでさえ背が高いのに、美津夫はロンドンブーツを履き、レイバンのティアドロップ型のサングラスをかけ、髪も茶系に染めていたというのだ。ロンドンブーツという事は、仮に一〇センチのヒールだとしても、美津夫は優に一九〇センチを超えていた事になる。

最初は、背の高い外人かと思った義之の印象は、あながち間違っていない。美津夫はバイトの休憩中に、ちょうど目の前を義之のバイクが通ったのでつい声をかけたらしい。義之も急いでいたので、何のバイトだったかは聞きそびれたようだが、近々会う約束をして、ほんの数分で別れた。

この二ヶ月の間、美津夫にも何らかの変化があったのは間違いない。いずれ会えば解明出来るだろうが……。

義之も美津夫も次のステップのために、新たな扉を自らの手で開けようとしている。年の初めには、俺の闘争の始まりと意気込んだが……啓太のアクシデントで引き籠もり、二人に完全に遅れをとった俺がここにいる。

# 第十四章　舞姫

思いがけず、義之との話が長くなり、「エルシド」を出たのが、七時五十分。加奈子との約束には、電車ではもう間に合わない。とりあえず俺は、宮益坂と明治通りの交差点でタクシーを拾った。

義之からは何処へ行くんだ？　と聞かれたがそれには答えず、じゃあなと、声をかけて、そこで別れた。

ちゃんとカセットの曲を聴けよ、という義之のジェスチャーにＯＫサインをタクシーの中から出して六本木に向かった。

この時間、六本木通りは大渋滞だ。六本木の交差点に近づくにつれて、益々酷くなってゆく。六本木の交差点の手前、老舗《しにせ》のスーパーマーケット「明治屋」の辺りで俺はタクシーを降りた。既に八時二十分を回っている。

俺は交差点にある本屋の誠志堂まで全速力で走った。ちょうど信号が青になったので、そのまま突っ切り、右側にある飯倉方面の信号が青になるまで息を整えた。周りを見回すと、かなり大人の雰囲気のお洒落な人が多い。外国人のカップルも二組ほど信号待ちしている。街というのは場所によって集まる人間も違うんだなと、あらためて思った。地元の赤羽とは大違いだ。

信号を渡り、外苑東通り沿いを東京タワーが見える方向に歩いて行く途中で足が殆《ほとん》ど見えないマキシコートを羽織ったモデルのような女性とすれ違った。振り返って後ろ姿を眺めながら思った。こういうコートって着る人を選ぶよな、誰もが似合うってわけではない。

　交差点から数十メートル歩いたところで、ステンドグラスのウインドーがきらびやかな「パブ・カーディナル」に着いた。加奈子が言うように、これならすぐわかる。しかし約束の時間を大幅に過ぎてしまっていた。

　しかしこの店、原宿の「レオン」より入りにくい。俺は気後れしそうになるのを抑え、ドアを開け中に入った。

　もし待ちくたびれて、加奈子が先に帰ってしまっていたらそれはそれで仕方がない。むしろ、ちょっとラッキーかな？　と思いながら店内を見回すと、客はかなりファッショナブルな人達で溢れている。あれ？　やっぱり遅刻しすぎたか？　加奈子が見当たらない。二回ほど見渡してもいない。さすがに探すのをあきらめて、帰ろうと踵《きびす》を返した時、目の前に、

「風間君！」

　あっ、加奈子！

「あれ？　いま来たのか？」

「違うわよ。遅いじゃない！」

「ごめん、ごめん……」

　加奈子は俺と会うのは久しぶりだし、食事でもしようと、二階のレストランを予約して上で待っていたらしいのだ。この店は入り口を入ると、階段と左側にあるドアに分か

れる。左側のドアが一階のパブ専用で、階段が二階のレストラン専用になる。約束の時間を過ぎても俺が来ないから、はたと二階と言わなかった事に気づき、もしかして一階にいるかなと何度か降りて来ては確認していたらしい。

なんでこの前の電話で言ってくれなかったんだ、と軽く抗議したが……俺の電話の態度にちょっとカチンときて、言い忘れたとのこと。いずれにしても、電話での態度も遅れた事も、俺が悪いのは確かだ。そこは素直に謝った。

二階のレストランは一階よりも静かで、ジャズが流れ、より大人のムードが漂っている。加奈子が予約した席は窓際のテーブル席。椅子も革張りでかなり豪華だ。座り心地もいい。席に着いてあらためて加奈子を見たが、ちょっと会わない間に、メイクのせいなのか加奈子は随分大人っぽくなった。いや、綺麗になったと言った方が正しい。

少し痩せた？　と聞いたが、そんなことはないと言う。加奈子は淡いベージュのパンタロンスーツだが、ことのほかよく似合っている。もともと背も高いし、スタイルもいい。何でも着こなせる加奈子は、さらに洗練された大人の女性のように見えた。

走ったせいか喉がカラカラだ。何飲む？　と聞かれたので、まずはビールを頼んだ。運ばれて来たビールと、既にオーダーしてあった加奈子のカクテルとで、再会に乾杯した。俺は一気に飲み干した。

「久しぶりよね」

「そうだな」

「今年になって初めてよ」

そっか、今年になって、俺は殆ど学校に行っていないし、加奈子とは啓太が倒れる前に電話で話しただけだった。

「風間君って不思議ね」

「何が？」

「だって、デートに遅刻して、少しは悪びれるのが普通なのに、平然とビールを飲んでる」

笑いながら加奈子はソルティドッグに口をつけた。その口元に淡いセクシーっぽさを感じながら、

「いやいや、悪いとは思ってるって。なんでここは、俺が持つよ」

「えっ？　いいわよ。無理しなくても」

「今日は無理じゃない。去年の原宿の件もあるしさ」

「へぇ〜気にしてんだ」

加奈子は悪戯っぽく笑いながらも、あの夜の事を嫌な感じで蒸し返したりはしない。引き際のわかる女性なのかもしれない、「ＤＪストーン」でバッタリあった響子の事も興味本位で聞いてこないし、加奈子の中で多分、あれは完結しているのだ。

そんな加奈子との会話は、ビールのほろ酔い気分も手伝ってか、さっきまでの義之との話し合いで、ガチガチに固くなっていた心をほぐしてくれる。

会うまではちょっと面倒だなと思っていたが、撤回しよう。

加奈子に会えば会ったで楽しい。何処までも自分勝手な俺だ。

少しはバンドの問題を加奈子に聞いて貰ってもいいかな。俺一人では抱えきれない問題が山積みになっている。今夜は誰かと分かち合いたい気分なのだ。

そういえば加奈子は、かなりのロック通だ。

「最近、何か聴いてる？」

「そうね……もうすぐ日本でも一枚目のアルバムが発売になるらしいけど、いまちょっと気に入っているのがクイーンというイギリスの新人バンド」

「クイーン？　なんか大げさなバンド名だな」

「でも、サウンドは最高よ。二枚目のアルバム『クイーンⅡ』が三月にイギリスで出たばかりでね、待ちきれなくて輸入盤で買っちゃったわ」

「どんな感じ？」

「う〜ん、一言で言えば、とにかく曲が素晴らしいわね。いままで聴いたことのない曲ばかりで、コーラスがオペラのように重厚で効果的なのよ。ユーライア・ヒープより私は好きかも。特に新しいアルバムのB面が素晴らしいわ。一曲目の『オウガ・バトル』はテープの逆回転から始まって、先の展開が読めないほどカッコいいの。その後の曲も、コンセプトアルバムとでも言うのかしら、息もつかせないほどよ。多分風間君は気に入るわよ。あっ！　それとギターの多重録音も斬新だったわ」

クイーンか……今度手に入れて聴いてみよう。こういう音楽の趣味も加奈子とは合う。

「それで、風間君達はいつ頃デビューするの？」

タイミング良く加奈子から聞いてきた。俺は今年に入ってからのバンドに起きた顛末を話した。啓太が倒れた件を話した時は、流石《さすが》に加奈子も、驚いて顔色が変わった。

啓太とはバンド活動を始める前からずっと一緒につるんで遊んで来たこと、俺をバンドに引き入れた張本人であること、あいつ抜きにバンドなんて考えられないってこと、だから、先刻渋谷で義之が言い放った啓太外しなんて絶対に出来ないってことなど、洗いざらい加奈子にまくし立てた。

「風間君って、やっぱり優しいのね」

加奈子の一言は、瞬間会話を止めたが……義之が今日初めて曲を書いて来た話もした。

「これが、そいつにもらったカセットテープだけどさぁ。手書きタイトルの、Op.1という意味がいまひとつわからないんだ」

「あら、これってオーパスワンってことじゃない？」

「何それ？」

加奈子の説明によると、Op.とはクラシック用語で、オーパスと読み、作品番号という こと。つまりOp.1とは、作品番号1ということになる。元々はラテン語らしいのだが、加奈子も幼い頃、義之と同じようにクラシックピアノを習っていたので知っていたらしい。

「バンド、何だか大変ね……」

「ああ、プロになるって、そんな簡単ではないってことだな」

「そうよね。でも応援するから、絶対頑張ってね」

いままで気がつかなかったが、加奈子って意外に可愛いんだな。会話も聞き上手で話しやすいし、さり気なくこちらを気にしながら喋っていることに好感が持てる。これは歌舞伎町でのホステス経験があるからだけではない。本来持っている加奈子の性格によるものだろう。

結局、二人でオーダーした料理は殆ど手つかずで、俺達は話に夢中になっている。ビールも三杯目だ。

「何も食べないで、またそんなに飲んで大丈夫？」

「大丈夫だよ。あの時はボイラー・メーカーだっけ？　あれを一気に飲みすぎたからな」

バーボン入りの缶ビールはもう懲り懲りだよと言って二人で笑い合った。

「そう言えば、前の電話……一月だっけ？　その時は店を辞めるとか言ってたけど」

「そうよ。もう辞めたわ。ついでに学校も辞めちゃった」

「えーっ？　ホントかよ」

「ホントよ。人生一度きりなら、無駄な事はしないって決めたの。いまの私には、学校の勉強は無駄って判断したのよ」

思い切ったというか、かなり潔《いさぎよ》い決断だが。目の前の加奈子が、急に頼もしく見えて来た。

義之も、いずれは学校を辞めて音楽に集中すると言っていた。周りの人間は、それぞれ自分の道を選択し、立ち向かおうとしている。

俺だけ決断を常に先送りにして、問題を正面から受け止めずに、引き籠もってやさぐれている。そんな甘ったれた自分の性根に、軽くため息をつきながらも加奈子には、

「随分と思い切ったなぁ。歌舞伎町の店も辞めて、学校も辞めて、その後どうするんだ？」

「実は私ね、お店を変わるのよ。来週から銀座なの」

えっ？　銀座？　加奈子は銀座のホステスに転身？　歌舞伎町のクラブでさえハードルが高いのに、銀座となったらいまの俺では雲の上の上だ。

「その報告も風間君にしたくて、今日会って貰ったというのもあるわ」

そっか……。学校を辞めたということは、もうキャンパスで会うチャンスはないってことになるから、今日会って正解だったのだろう。

「風間君はホステスって聞いて、なんか偏見を持ったりする？」

「いや、俺は全然そんなこと思ったことない」

「そうよね。歌舞伎町で会った時から、風間君はそんな感じがしたのよ」

「なんで、そんな事聞くんだよ」

「いやいや、やっぱりね世間的に、夜の仕事っていうと、そういう目で見る人が多いの

よ。その点、風間君はフラットな目で私を見てくれてるし」

「フラットも何も、そもそも島田は学校の同級生じゃん」

「はは、そうね。でもね、いままではバイトの女子大生だったけど、今度から本業。夜の蝶って感じかしらね」

「う〜む、島田は夜の蝶って感じじゃないな……アイアン・バタフライって感じ？」

「何それ。それって、アメリカのサイケバンドじゃない」

「そうそう、島田ってサイケな女だよ。酒もメチャ強いし」

「ひっどーい」

　サイケな女と言っても、嫌な顔一つしないで微笑む加奈子。何をぶつけても受け止めてくれる度量の深さに、俺はほのかに安らぎを覚え始めている。

「それにさ、繁華街のネオンって、ちょっと色彩がサイケっぽくない？　こうなったら、島田は銀座でサイケデリック・ホステス目指せよ」

「風間君て面白いわね。でも確かに銀座って、昼間のメインは晴海通りだけど、夜は一変して、並木通りやすずらん通りが主役よね。あの狭い一角に、一体いくつお店があるのかしら。まさにサイケデリック天国ね。うん、何とか私なりに頑張ってみるわ」

　響子にしろ加奈子にしろ、この決断力と行動力の源は一体何処にあるのだろう？　いまの俺などは、逆立ちしたってかないっこない。

　このままいったら、遠い将来、文化も政治も経済も女性が牽引《けんいん》して行く時代が、本当にやって来るような気がしてならない。

「実は私ね、いつか自分でお店を持ってみたいのよ。それが、いまの大きな夢かな？　大学は英語が好きで英文科に入ったんだけど……まぁ英語の勉強は、働きながらでも出来るし、生きた英語の勉強なら、直接外国の人と接しないと駄目よね」

確かにそうだ。大学の英文科に通っている人間が全員流暢に英語が話せるわけではない。俺達は文法にこだわり過ぎて、生きた英語というものを知らなすぎる。

その点聖マリアンヌ学院は、高校の頃から外国人講師による、英会話の授業があった。だが……それをまともに受けている生徒は、俺を含めて殆どいなかった。生きた英語の場さえ、生かす事が出来ない中途半端な世代が俺達なのだ。

「風間君の夢って何？　やっぱりバンド？」

「そうだなぁ……」

そう思って来たが、いまの俺の夢って何だろう？　啓太が倒れる前は、この四人でデビューする事に執念を燃やしていたが……いまはどうなんだ？　正直な所、義之ほどはバンドに対して、前向きになれないでいる。

いまは啓太の事を考えると、いてもたってもいられなくなる。かといって義之のように、ドライにも割り切れない。

加奈子にどうしたらいいか、さり気なく聞いてみた。

「そうねぇ、そうやって思い悩むところは風間君らしいけど……どうすればいいかは、みなさんで決めないといけないわね。

でもね、古澤君が一番風間君のこと分かっているんだったら、まずは彼と話した方がいいんじゃないかしら？　そこから始めないと、この先の答えは引き出せない気がするわ」

加奈子の言葉でザワついた気持ちは少し治まったが、義之が言うように啓太のためといいながら、こうやって結論を先延ばしにしていることが、実は啓太を苦しめているのだろうか。俺は目の前のスプーンを取り、冷めたビーフシチューを一口食べた。

結局、オーダーした料理は全部平らげて、俺達はほろ酔い気分で外に出た。約束通り、この店の支払いは俺がした。ご馳走《ちそう》さまと言いながら、加奈子は、自然に腕を組んで来た。まだ冷たい夜の風が、酔った身体にはちょうどいい。

もう一軒行こうという加奈子のリクエストに応えて、俺達はタクシーで赤坂方面に向かった。外堀通りが青山通りにぶつかる交差点のかなり手前でタクシーを止め、そこで降りた。外堀通りを挟んだ反対側には、赤坂東急ホテルが見える。そこから歩いて五、六分で、これから二人で行こうとしている店に着いた。

『赤坂ビブロス』

オープン当初はかなり厳格な服装チェックがあったらしいのだが、いまはそれほど厳しくはなく、入り口の黒服と懇意《こんい》になれば、意外に簡単に入店できるという。ただし、カップル以外の入店は中々ハードルが高いとのこと。

当然、俺は初めてだが、加奈子はもうかなりの常連のようだ。入り口前の服装チェックの黒服は加奈子を見て、笑顔で軽く会釈した。

入り口から洞窟《どうくつ》のような通路を抜けて店内に入ると、一階のフロアにはあまり人がいない。キョロキョロする間もなく、こっちよと言う加奈子の後をついて行く。左側にある階段を登ると、そこは一階とは違い人で溢れていた。右側の奥にはバーカウンターがあり、その手前に円形のＤＪブースがある。驚いたことに、そのＤＪブースは、エレベーターのように上下に移動するのだ。中二階にも、三段ぐらい上がった小上がりに踊るスペースがあり、いまはレッド・ツェッペリンの「移民の歌」に合わせて、数人の男女が体を揺らしながら、ビートに取り憑《つ》かれたように踊り狂っている。

俺達は中二階よりさらに階段を上がり、ボックス席というより、洞穴のような寝転がれるスペースに入り、地べたに座るようにして腰掛けた。ここは基本キャッシュ・オン・デリバリーなので、バーカウンターで飲み物を買ってくると言って、バッグを置いて加奈子は下の階まで降りて行った。

「ビブロス」は吹き抜けという空間を最大限生かした、最先端の不思議なディスコなのだ。客層も外国人の割合が高く、それに加えて、テレビで見たことのある芸能人や、有名モデル達が普通にたむろしている。ヨーちゃんがいた歌舞伎町の「プレイランド」と

*Bunshun Bunko*

文藝春秋

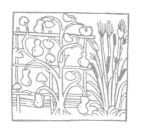

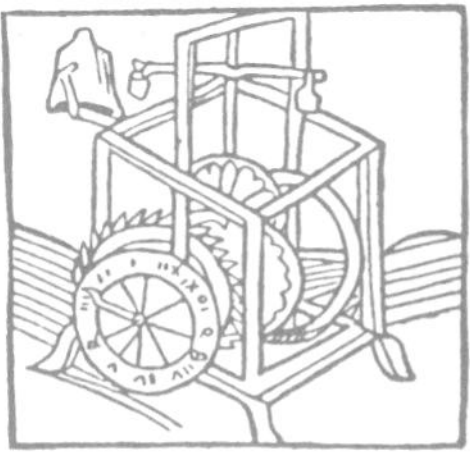

文春文庫

は、大分趣きが違う。とにかく、俺以外全員ハイセンスだ。内装もかなり凝っていて、壁などは白くデコボコしているが触ると柔らかい。選曲も、ニューロックを中心に俺好みだ。

暫くして、加奈子が戻って来た。

「トム・コリンズにしたけど、これでいい？」

「ああ何でもいいよ……しかしこの席は凄いな、横になれるぜ」

「よくここで寝てる人もいるわよ」

「こんな大音量で？」

「そう、この空間ってなんか別世界って感じでしょ？　きっと寝てる人は、異次元の世界で、横になってるってイメージじゃないのかしら？」

異次元か……確かにそれは言える。

「じゃあ乾杯！」

「何に？」

「そうね……あっ！　風間君のバンドの未来に！」

「じゃあ銀座のアイアン・バタフライに！」

笑いながら、二人で乾杯した。

トム・コリンズは初めて飲んだが、ジンベースで、サッパリして飲みやすい。

「このカクテルって、確かサリンジャーの小説に出てくるのよね。タイトルは思い出せないけど。でも飲みやすいからって、調子に乗って一気に飲まないでよ」

「わかってるって」

一口飲んだあと、俺は左手で、優しく加奈子の肩を抱き寄せた。何の抵抗もなく、ゆっくりと彼女は俺にしなだれかかって来る。甘い香水の匂いがたまらない。

そのまま二人は、磁石《じしゃく》が引き合うように、目を閉じ自然にキスを交わした。それは時空を越え巡り逢えた恋人同士のようでもあり、突然出逢った行きずりの旅人のようでもあった。

愛しい……そう思う時、男は心から幸福を感じる。まだ何も始まってはいないのだが、加奈子とは波長が合いそうだ。

今夜、加奈子に会うまでは、このような感情など一切なかったのが不思議なくらいだ。彼女とは大学で初めて会い、その後、偶然歌舞伎町で会った。

そして今日は、「ビブロス」で寝そべりながらカクテルを飲んでいる。傍から見れば俺達は、親密な恋人同士そのものだ。

女性の扱いに慣れているとは言えない俺。アプローチもすべて、加奈子の方からだったが、もしかして、すべては加奈子の術中にまんまとはまっているだけなのか？　だとしても、今夜はもうそんな事どうでもいい気分だ。

出会って一目で恋に落ちるのもいいが、こうやって、気がついたら恋に落ちていた……こんな恋があってもいいのではないか？

まぁ何もかも受け身で、男としてはどうなんだ？　って自分でも思うが、所詮恋なんて、我が儘《わがまま》で、身勝手で、そして自由なもの。男だからだとか、女だからとか関係ない。こうやって徐々に距離を縮めて、お互いを確かめ合うのも、けっして悪いことではない。

気がついたら、二人で既に三杯目のトム・コリンズを飲み干していた。異空間の中、激しいビートに抱かれながら甘い時間が流れて行く。手を差し延べたその指先から、加奈子の暖かい体温を感じている。

店内に流れる激しいロックとは裏腹に、俺の身体には、優しく美しいメロディが溢れている。これは二人の未来を祝福するためのセレナーデなのか？

いずれにしても、たまさかの恋を彩るには相応しい音階だ。

夢のような甘い旋律《メロディ》は、突然衝撃の律動《リズム》に変わる……。

二人だけの甘い時間にまどろみながら、何気なく階下のダンスフロアを見た。かなり激しいステップで、外国人と踊っている女性がいた。

白い超ミニのワンピースに、白のニーハイブーツで、彼女は陶酔《とうすい》の海に身を投げ出して、一心不乱に体を揺らしている。幻想的な照明が彼女の超ミニワンピースの腰のラインを、怪しく悩ましく際立たせている。まるで月下で踊る妖精のように……。ムーンダンス……ヴァン・モリソン。舞姫……森鷗外。脈略のないタイトルが頭の中で、浮かんでは消えて行く。

最初は後ろ姿だったので、顔は分からなかったが、フロアで踊る舞姫が、ステップを踏みながら回り込み正面になった時、俺は思わず息を呑《の》んだ。身を乗り出して、その女性を凝視《ぎょうし》した。

門脇美佐子だ！


心拍数は急上昇し、甘いメロディは消え去り、ツーバスの激しいドラムが全身で鳴り響き始めている。俺は思わず加奈子の手を強く握った。

訝《いぶか》しむ加奈子。

「どうしたの？」

「いや、何でもない」

「でも……汗かいてるわよ」

「出よう！」

ディストーションの効いたE弦の音が鳴り響く中……

その場所から逃げるように俺は店を出た……。

# 第十五章　沈黙

四月になっていた。もうすっかり春だ。大学二年になったが、まったく実感はない。学校に行っても、啓太は勿論の事、義之も美津夫も来ていない。彼らは彼らなりの方向を決めたのだろうが……俺としても、もはや、ここにいる意味を探し出すのは難しい。

二年になり、少人数のゼミに出ても、英語の授業に全く身が入らない。そもそも俺は、英文科を出て何になるつもりなんだ？　未来の見えない不安は、俺だけではないだろうが、最近、授業の時間が殊《こと》の外《ほか》無意味に思えて仕方がない。

三月の終わりに、瀬川から連絡があった。社内事情を説明していたが、かいつまんで言えば、俺達の春から夏にかけてのデビューは白紙になったという。その結論を聞いても、俺は意外にサバサバしていた。啓太が倒れたいまでは予想された結果だからだ。ただ、瀬川には、俺達のバンドへの執着はまだあるようだ。彼は彼なりに、俺達の音を認め、先々の事も考えてくれている。

それを受け、俺が中心になって暫く冷却期間を置き、お互い今後の事を考えるという結論を出した。

美津夫は相変わらず、暖簾《のれん》に腕押しだったが、義之はバンドを続けることに前向きだ。渋谷で会った後も、いくつか曲を作っているらしい。

肝心の俺だが、義之に預けられたカセットはまだ聴いていない。というより聴こうとしていないという方が正しい。義之に煽られ、今後バンドをどうするかを決断しないといけないのだが……。啓太の件を、上手い形で昇華させる事が出来ないでいる。近々、美智恵さんに、その後の啓太の様子を聞いてみようと思うのだが、中々それも腰が重く実行出来ていない。

ただ、いままでの俺だと、こういう事態が起きると必ずと言っていいほどやさぐれ、家から一歩も出ないという引き籠もり野郎に成り下がるのだが……。

今度ばかりは違う。俺に彼女が出来たのだ。

恋の効果は抜群だ。日常生活のそこかしこに、恋という光がキラキラ輝き、反射し、心を明るく照らしてくれる。恋をした、それだけで俺は変わりグレードアップした気でいる。単純と言えば単純だが、これが俺達という世代の最大公約数的な男の心情だろう。

島田加奈子。

彼女の事は何とも思っていなかった。が、あの夜に会って以来、まるで操られたかのように恋に落ちた。いままでは俺の方が彼女に執着している。加奈子は悪戯っぽく笑いながら、実は惚《ほ》れ薬《ぐすり》を入れたのよ、トム・コリンズにね……と耳元で囁《ささや》いた。そんな仕草さえも愛しく感じる。

そして彼女は、いまや銀座のホステスとして、学校を辞めて働き出しているのだ。クラブでのバイト経験があり、接客は慣れているが、やはり歌舞伎町と銀座では客層がだいぶ違うらしい。それなりに時事ネタも知っていなければならないし、経済新聞にも目を通さないといけない。時にはアフターといって、店が終わった後でも、大事な客から誘われたら店のママと共に食事に付き合わないといけない。学生だった加奈子には、かなりの激務だ。

当然、彼女と会う時間は限られるが、それでも会いたい。加奈子もそう思ってくれている。

結局、いつも加奈子の店が終わって会う場所は、六本木の「パブ・カーディナル」になる。そこは朝の四時まで営業しているので、深夜にしか会えない俺達には好都合な店だ。他にも朝まで営業している店は、六本木には山ほどある。六本木不夜城とはよくいったものだ。「パブ・カーディナル」で週に一回待ち合わせ、そのまま加奈子の部屋に行く。そうなったのも、あの夜の事があったからだ。

あの夜、俺は逃げるように「ビブロス」を出て、いきなりタクシーをつかまえ乗ってしまった。行き先は？　と運転手が聞き、俺が答える前に、加奈子が代官山と告げた。

タクシーの中では二人は終始無言だった。加奈子は俺に、どうして突然店を飛び出したのかは聞かない……いや、あえて聞かないのだ。そういう加奈子の気遣いが嬉しくもあるが、冷静に考えれば、いくら門脇美佐子を見かけたからといって、急いで店を飛び出す理由など何処にもない。説明のつかない動揺に、思わず子供じみた行動に出てしまったのだ。

一心不乱に踊り狂う彼女と、夢の中とはいえ草原で微笑む彼女とのギャップはショックだ。ずっと黒だと思ってしまっておいたコートを、久しぶりに出してみたら変色して真っ赤になっていたような驚き。ただ単に、俺の頭がついていかなかっただけなのだが、それだって、一方的に思っていた俺の妄想なのだから、門脇美佐子にしたらいい迷惑だろう。

タクシーは加奈子が引っ越したばかりの、代官山のマンションの前で停まった。代金を支払った加奈子が降りて行ったのにも気づかず、俺はバックシートに座ったまま、放心状態で微動だにしなかった。運転手が振り返りあらためて到着を告げる。我に返った俺も車を降りた。

無言で加奈子の後をついて行き、二人でマンションのエレベーターに乗った。ゆっくりと三階のボタンを押した加奈子を、そっと優しく後ろから抱きしめた。時間が止まるように、さらに優しくキスをした。

翌朝、俺はベッドの中で、横で眠る穏やかな寝顔の加奈子を見て、自分の中で何かが変わったのを感じた。門脇美佐子への憧れや思いがすべて消えたわけではないが、本当に大切な存在をあらためて知ったのだ。

例えば、夜空で光る星が美しいのは、手が届かないくらい、遥か彼方で輝いているからだろう。そんな星を間近で見ても、きっとゴツゴツした鉱物の塊にすぎない。

自分にとって大切な星とは、遠くで眺める美しい星よりも、自分の心をキラキラ照らし、いつでも手が届くような存在だ。それは案外、身近にいた。

加奈子だ。

その日以来、彼女とは色々な話をした。考えたら、俺は加奈子が同級生というぐらいで、実のところ何も知らない。加奈子は長崎の平戸《ひらど》出身で、両親ともクリスチャンだということだった。そこで、ミッション系である聖マリアンヌ学院大を受験することで、東京へ出る事を両親に許してもらった。しかも、その入学金も自分の部屋の家賃も親がかりではなく、すべて自分で貯めた預金でまかなったという。平戸から出たい。その一心で、高校の時からバイトに精をだしていた加奈子は、何から何まで俺よりも、ずっと大人だったのだ。

「風間君、平戸ってどんな所か知ってる？」

「えっと、江戸幕府が鎖国の時に作った人工の島がある町だっけ？」

「それは長崎の出島。平戸は長崎市よりもっと上の北西にある島よ。フランシスコ・ザビエルが初めて布教した場所でもあるけど、隠れ切支丹《キリシタン》の村があった所よ」

「隠れ切支丹？」

「そう、島田家はその末裔《まつえい》らしいわ」

歴史的な事柄が関わると、加奈子の存在がより重くなってくる。加奈子ってブリティッシュ・ロック好きな、隠れ切支丹の末裔ってことか……。

加奈子は東京を拠点に生活するために、まずは自立を目指し、バイトとはいえホステスになり、そして学校を中退し、銀座のホステスに転身した。すべては自分の意志を尊重した結果なのだ。そんな決断力はいまの俺にはない。

加奈子も義之も、それぞれに二十歳前という、世間的にはまだ青い世代の真っ只中で、重要な人生の選択をした事になる。

俺も加奈子に刺激され、まずは大学に行き、そこで自分のこれからを模索しようとした。学校に通い出した俺をみて母親はホッとしたようだが、俺の居場所はここにはないと思い始めている。

四月の大学は新入生で溢れ活気づいていた。しかし、キャンパスの風景はこの一年で大分変わった。

学生運動の立て看はほぼ撤去され、構内でのアジテーションも聞かれなくなった。各地の学園闘争が潮が引くように終息するにしたがい、灰色のキャンパスは少しずつカラフルになっていったが、学生運動の波が全く消え去ったわけではない。たまに特定セクトの名前のあるヘルメットを持って歩く女子学生を見かけると、ドキッとして振り返ってしまう。

響子はいま頃パリなのだろうか……。

加奈子の部屋に泊まった何度目かの朝。というより昼に限りなく近い朝。そんなまどろみの中で思い切って俺は、ベッドの中の加奈子に聞いてみた。

「あのさ、俺の歌詞って、どう思う」

「どうって、風間君のオリジナル曲の歌詞？」

もう何度か、俺達のバンドのオリジナルは加奈子に聴かせている。

「つまり感想ってこと？」

「そうそう、島田が感じる、率直な意見が欲しいんだ」

しばらく、黙っていた加奈子は、コーヒーいれてくるわねと、裸の上に淡いグレーのシルクガウンを着てキッチンに立った。ほどなくしてコーヒーの香りが部屋を満たして来た。加奈子の部屋はワンルームマンションで、まだ新築の香りがする。現在都内では、好景気の影響かどんどんこういったワンルームマンションが建設されている。

彼女の部屋は綺麗に整頓されてあり、無駄なものが一切ない。ここを選んだ理由は部屋の大きさの割に収納に余裕があること。仕事柄、洋服が増えて行くことを考えたらしい。加奈子は、前の部屋にあった無駄な物はすべて処分してきたという。

いまの部屋にあるのは、ベッドとその向かい側に置かれた、コンパクトなステレオコンポと、その横のレコードラック。さらにその横にある本棚には、最新の女性ファッション雑誌と音楽雑誌が数冊。学生時代に揃えた本なども綺麗さっぱり捨ててしまったらしい。

そして、ベッドサイドには小さなテーブルがある。そこに加奈子はコーヒーカップを二つ置いた。

「言いたいこと言っちゃっていいのかしら？」

「勿論。なんか気がついたらズバッと言ってくれよ」

コーヒーを一口飲んでから、

「風間君はさ、詞のテーマをもっとハッキリさせた方がいいんじゃないかな？　バンドの方向性も含めて、今後はどういうサウンドで何を表現し、どんなバンドを目指すのかを、先に考えた方がいいんじゃないかしら。そうすれば、おのずと歌詞の世界というか、表現方法も見えてくるんじゃない？　いまのままだと、自己満足で終わってしまう気がしてならないわ」

「だから……？」

「うん、生意気な事言ってゴメンね。つまりね。いまのままの歌詞では、プロでは通用しないんじゃない？」

核心をつかれても、黙って素直に聞いている俺。

「風間君って邦楽はあまり聴かないみたいだけど、『はっぴいえんど』ってバンド知ってる？　日本語のロックとか言って、私達が高校の時に結構話題になってたバンドだけど。

聴いたことある？」

「ない……」

と答えたが、実は高校二年の頃に、一度だけ千駄ヶ谷の日本青年館で開かれた「聖ロック祭」というイベントで、啓太と一緒に観たことがあった。

かなりパワーのある音に圧倒された記憶がふと甦《よみがえ》った。啓太が言うには全部メンバーのオリジナル曲で、詞はドラムの松本隆《まつもとたかし》って人が殆ど作ってんだぜと教えてくれた。センスのいいサウンドに私小説のような歌詞が印象的だった。

ただ、レコードをちゃんと聴いたことはなかったのだ。

「『はっぴいえんど』のサウンドって、あなたの好きなブリティッシュ系ではないけど、ウエストコースト系というか、とにかく、アメリカンなサウンドが最高ね。日本語の歌がなかったら、音はまるで洋楽。こんな凄《すご》いバンドも日本にいたんだって、初めて聴いた時はまさに目から鱗だったわよ」

そんな説明より、加奈子が俺のことを「あなた」と初めて呼んだのが新鮮で、ちょっとドキッとしたが、心はフワッとした。

「特に、詞の世界観が独特なのよ。日本語のロックって意味がストレートに伝わるし、聴いてるほうが恥ずかしくなるときがあるけど、彼らの歌詞は違ったわ。日本語なのに、ちゃんとビートを感じられるし、何だか文学的なの。こういう詞を書いてとは言わないけど、こういう世界観もあるってことを、あなたも知っておいた方がいいんじゃないかしら」

要するに加奈子も俺の歌詞では弱いと言い放った、瀬川や義之とほぼ同じ意見なのだろう。黙っていると……、

「でも、全然良くないってわけじゃないのよ。あなたには、あなたの表現方法があるし良さもある。そこは信じていいわ。『時間《とき》の翼《つばさ》』も素敵な歌詞だと思う。でもね、プロデビューしようとするなら、何かバンドのカラーというか、メッセージが欲しいわね。そのメッセージが足りない、そんな気がするわ」

確かに、そういう意識には欠けている。プロになる。そこで決め手になる俺達のメッセージ。その欠如は致命的だ。義之が言った「詞が弱いのかもな」、その台詞がよみがえる。しかし、加奈子に言われるのと、義之に言われるのとでは、俺の受け止め方が百八十度違う。これも恋の魔法がなせる業だとは思うが……。

「私、『はっぴいえんど』のアルバム持ってるわよ。持ってく?」

「うん？　いやいい。影響されたくないし、ここは冷静になって、もう一度バンドのことをどうしたいのか見つめ直してみるよ」

と言いながら、未だ啓太の処遇《しょぐう》に悩んでいる俺。そんな俺の心を察知したのか、

「そうね。古澤君の事もあるから、そこは慎重に考えないといけないわね」

いまは加奈子が、側で寄り添ってくれることが、俺にとっては唯一の救いだ。

弱い部分も駄目な部分も、すべて受け止めてくれるような……そんな気持ちにさせて

くれる。

いままで俺が洋楽志向だったのは、日本語だとビートが感じられないからだ。当然日本語によるオリジナルへの執着なども皆無《かいむ》だった。結果的に、響子への届かぬ思いがオリジナル曲創作という扉を開き、プロの道へと導く結果になったが、ここはもう一度本腰をいれて、自分達のサウンド、言葉、それらを包み込んだ独自のメッセージを追求しないといけない……と、何度も考えるものの……。

啓太を思うことで、すべての思考は停止してしまう。

啓太が倒れたことを運命とか宿命とか呼ぶなら、やはり神などこの世にはいないと思うしかない。

おい！　神！　お前は何で、大事な時に人間を助けてくれないんだ！　試練とか言って人間を試すけど、全員耐えられるわけじゃない！　俺みたいな弱い人間だっていることを忘れんな！

イエスだって、ゴルゴタの丘で処刑された時、何故すぐに神は助けなかったんだ？　いつもあんたは勝手なんだよ！　一体何処にいるんだよ！　そうやって高い所から眺めているだけなんだ！　黙ってんじゃねーよ！　何とか言え！

子供のように意味もなく喚《わめ》きのたうち回っても、神は沈黙し続けるだけ……。

# 第十六章　少年期

高校一年の時だ。九月にジミ・ヘンドリクスが死んだ。そして、十月には女性ロックシンガーのジャニス・ジョプリンも相次いで亡くなった。両者とも麻薬の過剰摂取によるものらしい。

放課後、俺達四人は目黒駅前の喫茶店「ドリーム」で、話し合ったことがある。外国のミュージシャンって、死ぬのがわかってんのに、何のために麻薬なんかやるんだ？　まずは俺が口火を切った。啓太は、やはりサイケデリック文化の象徴はドラッグだから、経験しないと目には見えない何かを感じることが出来ないんじゃないか？　と何処かの音楽雑誌の受け売りみたいなことを言った。

義之は麻薬をやって死んだのなら、自業自得だろ？　別にいいじゃん、好きでやったんだからと投げやりだ。まだこの時、義之はロックを殆ど聴いていないから、もしかしたらジミヘンも、ジャニスもどんなアーチストだったか知らなかったのかもしれない。

しかし、その後の美津夫の放った言葉が意外に核心を突いていて、いまでも強烈に覚えている。

「死んで花実《はなみ》が咲くものか……やな」

何だそれ？　時代劇かよ！　とみんなに失笑され突っ込まれはしたが、後々考えてみたら、美津夫の意見が誰よりも的を射ている気がした。確かに命あっての物種《ものだね》だ。生きているからこそ、いいことだって起きるのだ。いくら良い演奏をしても、素晴らしいレコードを出しても、死んでしまえば一巻の終わりなのだ。

そんな俺も麻薬とロックの関係には否定的だ。多分、父親が赤羽警察署の副署長ということもあるだろう。法律を犯してでもという気には到底なれない。

どんなに反抗的態度でアウトサイダー気取りでいても、基本的に親の顔に泥は塗りたくない、期待にも応えたい……と密《ひそ》かに思っている。

何処かはみ出せない俺達は、自己破滅型ロッカーの素養や気質など微塵《みじん》もない、何処にでもいるようなロック好き少年だったのだ。

死んで花実が咲くものか……午後の英語ゼミの講義中、美津夫があの時言った言葉が、いきなり頭の中へ降りて来た。啓太は倒れはしたが、手術が成功し命を取り留めた。しかし、後遺症が残り、ドラマーとしてあいつはもう二度とドラムスティックを持つことが出来ない。

啓太の気持ちを急に知りたくなった。こうやって生きていればこそ、季節の移り変わりも感じられるし、気持ちだって変化してゆく。

もう躊躇《ちゅうちょ》している場合ではない……啓太と話をしよう！　それしかない。

俺は講義を途中で抜け出し、急ぎその足で新宿の東京医大に向かった。

いまも啓太はリハビリを兼ねながら入院している。最近は大分落ち着いて来たという情報は、美智恵さんに先日電話で聞いたばかりだった。しかし、いきなり行って面会出来るのだろうか？　色んな感情が込み上げてくるが、まずは啓太に会おう！


自分の高ぶった思いとは裏腹に、啓太とは会えなかった。本人が、いまはまだ誰にも会いたくないと言っていると、啓太の母親から聞かされた。

じゃあとばかり、俺はノートを破り、そこに「死んで花実が咲くものか！　グッド・スメル啓太へ！」と殴り書き、二つ折りにして、これを啓太に渡して下さいと啓太の母親に預けた。病院からの帰り道、訳もなく涙が溢れて止まらなかった。


その日の夜。俺はようやく義之のカセットを聴いてみた。Op.1、Op.2と書かれた義之の初作品だ。

流れて来たOp.1は、バラードだった。ピアノのシンプルなイントロのあと義之の柔らかいタッチのピアノのメロディが流れて来る。目を閉じて聞いていると、心の中に立ち込めた霧が静かに晴れてゆくような感覚にとらわれた。俺には思いつかないメロディ展開に、思わず息を呑んだ。自然と心に流れ込んで来る。つまり覚えやすいのだ。特に

Bメロからサビのメロに向かう部分のコード展開がいい。そして極めつきはそのサビの高揚感を伴った、懐かしさを呼び起こすメロディ……まさにそれが義之の個性なのだろう。

曲は1コーラスだけだったので、思わず巻き戻して、もう一度聴いてみた。この一曲を聴いただけで、あらためて義之の本気度が伝わって来た。素晴らしい曲だ。

Op.1を三回聴いた後、Op.2を聴いた。一転して軽快なピアノがエイトビートを刻んでいる。激しいタッチでGマイナーの分散音を右手で奏でている。ピアノだけなのに、ドラムやベースが聞こえてきそうなイメージだ。かなりハードポップだが、Aメロから心を摑まれる。サビになっていきなりマイナーからメジャーに転調。さらにメロディはキャッチーになり、自然に身体が浮き上がる感じがした。

これにハーモニーを付ければ、かなり良い曲になりそうだ。二曲とも、申し分のない出来だと思う。悔しいが義之の才能には脱帽だ。俺ではこういうメロディは書けないだろう。あれからも作り続けているというし、俺もうかうかしていられない。義之に頼まれた、Op.1とOp.2の歌詞を早々に考えないといけない。

夜の十一時を回っていたが、思いきって義之に電話をかけた。

最初に出た母親は、音楽をどうか頑張って下さいとか、今度一度家に遊びにいらしてとか、散々話してようやく義之に替わった。

「すまんな。オフクロうるさかったろ？」

「いや、俺んちも似たようなもんだから、気になんないよ。で、聴いたぜお前の曲」

「遅《お》っせいよ。でもやっと聴いてくれたのか。全然返事がないから、ちょっとムカついてた」

「ゴメンゴメン。でも、いいじゃん！　義之の言ってた覚悟が伝わる曲だよ」

「そっか、それで歌詞は出来たのか？」

「あっ、いやそれはまだ……。ただ、曲の感想を義之にまず伝えたくて」

「何だよ、あれから随分時間が経ってるんだぜ……いままで何やってたんだよ。まさか、またアレか、冬眠中のクマみたく家で引き籠もってたんじゃないだろうな」

と、義之は相変わらず嫌味を言いながらも、曲の評価が高かったことに、まんざらでもないようだった。続けて義之は歌詞の方は頼んだぞと、強く念を押した。俺としても、これだけの曲を義之が書いたのだから、それに応えないといけない。負けるわけにはいかないのだ。詞を書く！　これも形を変えたひとつの俺の闘争なんだなと、あらためて感じた。

「そう言えば、今日啓太の病院に行って来た」

「えっ？　そうなのか、で、どうだった？」

「まだ会いたくないそうだ」

「そっか……待つしかないな」

「あぁ、とにかくやれることは、こっちでやっておかないと」

「そうだな。あっ、そうそう、美津夫だけどさ。ホラ前、あいつんちで飲んだ時、夜中に帰って来た二階に住んでるっていう女いたじゃん？」

「えっ？　ああ、ハイヒールの？」

「そうそう！　美津夫のヤツさ、その女と付き合ってるらしいぜ」

「え〜っ？　ホントかよ」

「美津夫が言うには、デザイナーの卵で、あの日は勤めてるファッションブランドのコレクション発表の準備で遅かったんだってさ」

「そうなんだ」

「俺達が予想したような、風俗でもホステスでもなかったみたいだぜ」

義之の言った、ホステスでもなかったという言葉が心に引っ掛かった。あの時といまでは俺も違う。義之は、まだ加奈子の存在を知らない。

「でさぁ美津夫のやつ、彼女の関わるコレクション発表を観に行った会場で、ファッション雑誌のモデルとしてスカウトされたらしいぜ。前に俺が、神宮外苑で会ったとき派手な格好をしてたって言ったろ？　あん時は、その雑誌モデルとして撮影中だったみたいだぜ。あいつったらモデルのバイトしてるって言うのが恥ずかしくて言えなかったんだって」

そうなんだ。美津夫にも相当な変化があったんだな。

義之の話では、その彼女の名前は吉村《よしむら》希美子《きみこ》。デザイナーを目指しつつ、バイトで雑誌のスタイリストもやっているという。アンアンやノンノなど女性向けのファッション雑誌が立て続けに創刊され、その忙しさは尋常《じんじょう》ではないらしい。
義之、美津夫、啓太、そして俺……高校を卒業して一年経ったいま、それぞれが岐路に立っているのは間違いない。

それから数日後。今夜は加奈子と待ち合わせだと思いながら、惰性《だせい》で通っている大学から軽い足取りで家に帰ると、最近無断外泊の多い俺に対し、刺すような視線を放つ母親が、無言で俺に封書を差し出した。何だよいきなり……感じ悪いなと思いながら、それを受け取り、裏返して差し出し人を確認した。差し出し人は……古澤啓太だった。
驚いた俺は着替えもせず、その場で急いで手紙の封を開けた。読みながら二階の部屋に上がり、自分のベッドに倒れ込み夢中で啓太からの手紙を読んだ。

雅彦へ
この間はわざわざ病院に来てくれたのに、会わずに帰してしまい、本当にすまなかった。
リハビリで少し疲れていたというのもありましたが、母に伝えてもらった通り、正直言ってまだ誰とも会いたくなかったのです。
でも、母から渡された雅彦のメッセージを読んで、僕なりに思うことがあり、こうやってペンを取った次第です。

死んで花実が咲くものか。放課後、駅前の喫茶店で美津夫が言った言葉だよな。あの時はみんなで大笑いしたけど、破ったノートに書いてあったそれを見た時、今回は笑えなかった。むしろいまの自分の心にやたら響いてしまい、何だか急に訳もなく泣けてきました。

あんな風に倒れたのに、僕は生かされた。この命は再び授かったものでしょう。これからは多少不自由になりますが、日常生活に支障を来さないよう、リハビリを頑張っています。

僕がこんなことになって、デビューが白紙になったこと、姉貴から聞きました。一番迷惑をかけたのは雅彦達だったんだよな。本当に申し訳ない。

以前から頭痛に悩まされてはいましたが、まさかこうなるとは思いもしなかった。偏《へん》頭《ず》痛《つう》は、コンタクトが合わないせいだとばかり思っていたから……このことは雅彦だけに話したよな。コンタクトを何度か替えてはみたのですが、改善はしなかった。まぁこれもなるべくしてなったと、その事実は真摯《しんし》に受け止めています。しかし、倒れて意識が戻っても、最初は何が起きたのか、全然理解出来ませんでした。みんなが来てくれた時も、まだ朦朧《もうろう》としていて、良く覚えていないのです。

それから、暫《しばら》くして後遺症のことを聞かされた時は、本当にショックでした。歩けるようにはなっても、二度と激しい運動は出来ない。

分かっているとは思うけど、僕はもうドラムを叩くことは出来ません。その現実を受け入れることが、中々出来なかった。悔しくて悔しくて……だからみんなにも会いたくなかった。

でもね、雅彦から貰ったメモを見たら、急に吹っ切れたんだよ。ここで躊躇してはいけない、時間を止めてはいけないんだと思った。僕が止まるということは、雅彦達も止まるということになってしまう。みんなが立ち往生しないためにも、僕は正式にバンドから脱《ぬ》けます。これは僕の意志です。でもバンドを脱退したからといって、友達をやめるわけではありません。雅彦とはずっと友達だ。そこからは僕は脱退しません。

これからのことは自分なりに考えています。退院したら、洗礼も受けてみようと思います。入院して色々気がついたことを、今後の人生に生かして行ければいいかなとも思っています。あっ、奈美ちゃんって覚えてる？　彼女は倒れた後も心配してくれて、色々と家族では出来ないことをサポートしてくれています。何かあったら、奈美ちゃんから連絡して貰います。姉貴だと気を遣うでしょうからね。

これからは、生かされた命を大切にして、いまの自分にしか出来ないことにチャレンジして行こうと思います。風向きはいつか変わるしな。

なんか手紙だと、どうしても固い感じになるので、元気に会えるようになったら詳しく話します。

僕はバンドを脱退しますが、何度も言うように雅彦やみんなと切れるわけではありません。

しかし、雅彦がメモに書いたグッド・スメル。やはり最低なバンド名だったな。あの頃、僕らにバンド名なんて何でもよかった。みんなで一緒にいることの方が大切だった。みんなと出会い、共に過ごした僕らの少年期。ジュブナイルは永遠だ！

最後に……おい！　雅彦！　もう引き籠もるなよ。俺はいないんだぞ！

これからは俺の分まで頑張って、絶対デビューしてくれよ！

そして、でっかい花実を咲かせてくれ！

それじゃまた、義之や美津夫にもどうかよろしく。

古澤啓太

啓太の手紙を読み終えた俺は、そのままベッドから起き上がれないでいた……。上を向いているのに、涙がとめどなく溢れて止まらない。

そうだ！　啓太がバンドを脱けたとしても、俺達四人の絆は消えない。

バンド名を『ジュブナイル』とすることに決めた。

# 第十七章　前奏曲

ショパンの「雨だれ」を聴くと、条件反射のように思い出す場面がある。小学生の頃、姉貴のピアノの稽古についていったときのこと。

音大に通う若い女の先生は、俺達の顔を見るなり今日は雨模様ねと言って、いきなり「雨だれ」を弾き出したのだ。最初、先生は笑みを浮かべながら弾いていたのだが、曲の途中から急に肩が小刻みに震えだした。

あっ、泣いてる……思わず姉貴と顔を見合わせた。ただならぬ雰囲気は子供にも容易に理解出来る。居心地の悪い薄気味悪さの中、「雨だれ」の美しい旋律《せんりつ》を聴きながら、姉貴と俺はこっそり抜け出し、家に帰ってしまった。

あれ以来姉貴はピアノを止めた。

そんなどうでもいいことを思い出しながら、店内に「雨だれ」が流れている渋谷道玄坂、百軒店《ひやっけんだな》にある名曲喫茶「オリオン」で、義之と美津夫を待っている。

この名曲喫茶は戦前からある有名店だ。入り口入って正面にはかなり大きく重厚なスピーカーが設置してあり、前の方の席はスピーカーに向いて並んで置かれていて、最高の状態でクラシックを楽しめる。俺は後方の四人がけのボックス席に座った。壁には誰もが知っている作曲家達の肖像画が掛けてある。

場違いな雰囲気は、店に入った瞬間に察知した。ここでバンドのミーティングは無理だろう。

そもそもこの店を指定したのは、バイトでモデルをやっている美津夫だ。

この近くの撮影スタジオでファッション雑誌の撮影があり、終わったらすぐ行けるから、わざわざここにしたのだろうが、あいつの店選びのセンスを疑ってしまう。

しかし、約束の時間を三十分過ぎても二人は来ない。先週ようやく三人でデモテープを作ったばかりだというのに、このルーズさは一体何なんだ。

遅れるなら遅れるで、電話ぐらい入れて欲しい。だんだんムカムカしてきたが、鬱陶《うっとう》しい梅雨の時期に、退屈なクラシックを一人で聴いていることにもイライラしてくる。

二人には新しいバンド名をジュブナイルにしたいと、それぞれ電話で伝えた。一方的な命名なので内心不安だったが、両者とも快諾してくれた。

ただ、啓太の手紙の詳細は伝えなかった。啓太自らバンドを脱退したいという意志があること……それを俺は尊重し受け入れたい旨だけは伝えた。二人の反応は、驚いたり沈黙したりそれぞれだったが、これから三人でやっていくことで意見は一致した。何度目かの再スタート。やるしかないのだ。

新しいバンド名は、義之も美津夫も気に入ったようだが、特に美津夫はかなり乗り気だった。

美津夫といえば、少し前に乗った山手線で、ファッション雑誌の中吊り広告に大きく写っていた。驚いたことに俺が知っている美津夫とはまるで別人だ。髪は茶色に染め上げ、得意気にポーズをとっている。

後日、本屋でその雑誌を取ってパラパラ立ち読みしたが、グラビアでも何ページにもわたって美津夫が写っている。最新ファッションに身を包んだ美津夫の姿は、俺が見てもかなりインパクトがあった。

義之にバンド名の件で電話したとき、余談でその話をふると、美津夫は新進気鋭のモデルとして今やファッション業界でも注目の的らしい。

ただし、モデルはあくまでも副業であって、本業はプロのミュージシャンを目指しているとプロフィールには記載してあるという。

ファッション雑誌の美津夫を見ていると、別世界の人間に思えてくる。

ジュブナイルにとって、リード・ヴォーカルである彼が注目されること自体は良いことだ……が、エンターテイメントの世界において、美津夫に先んじられた感じがしないでもない。

三本目の煙草に火を点けたところで、店のドアを開け義之が入って来た。

急ぎ足ならまだしも、のんびり手を振って歩いて来るからカチンときた。

「遅えよ！」

「雨でさぁ、バイクはやめて久々に電車で来たからさ……」

「そんなの関係ねえだろ！　お前やる気あんのかよ！」

あまりの俺の剣幕《けんまく》にひるんだのか、ビックリした顔で、

「何だよ雅彦、そうカリカリすんなって。ホント悪かったよ。あれ？　美津夫は？」

「まだっ」

「えっ？　まだ来てない？　しょーがねーな」

「お前に言われたかないわ」

「そりゃそうだ……」

さすがに義之も遅れたせいか、いつもの毒舌は鳴りを潜め、コーヒーを頼んで一服したあとで、ようやく店内に流れている曲に関して話しだした。

「これさぁ雨の日に聴くと、意外にスカッとしていいよな」

「聴いたことあるけど、なんて曲だ？」

クラシックはよく聴くのだが、タイトルと一致しない曲ばかりなのが玉にきずだ。

「ハチャトリアンの『剣の舞』。確かハチャトリアンってソヴィエト三大巨匠の一人だったと思う」

さすがクラシックには詳しい義之だ。

「この曲をロックにアレンジしても面白いかもな」

「……」

正直、俺にはよくわからない。確かにリズミックだし、良く知られている曲ではあるが。これをバンドでやってどうなるかは皆目見当がつかない。

しばらく黙っていると、義之が切り出してきた。

「まぁその話は後にして、実はさ……言い訳になっちゃうけど、遅れたのは親父のツテでフジヤマTVのディレクターに会ってたんだよ」

「えっ？」

「ジュブナイルが始動するには、やはり弾みをつけた方がいいと思ってさ。この間三人で作ったデモ音源を渡して来た」

遅刻の原因は売り込みだったのか？　以前は父親のコネを使うのは嫌がっていた義之だが……。

「石山《いしやま》さんといってさ、むかし親父が初めてテレビに出た番組のADだったらしいんだ。でも、今や演出もやるディレクターになってて、フジヤマTVの中でもけっこう力があるみたいでさ。曲を聴いて気に入ってくれたら、日曜の夕方五時からやってる音楽情報番組『ライブ・ヤング・5《ファイブ》』に出られるかもしれない」

いきなり先制パンチをくらったように呆然としている俺を見て、

「おい雅彦！　どうした？　ハトが豆鉄砲くらったようにキョトンとして」

「そりゃ驚くさ。いきなり相談もなしに話を進めちまって」

「おっと！　すまんすまん、そいつは悪かった。成り行きでこうなっちゃってさ。事後報告になったけど、別に悪い話じゃないだろ？」

確かに義之の言うように悪い話ではない。ただ何の相談もなく話を進めたのが気に入らないだけだ。まぁバンド名は、俺の一存で決めてしまったわけだし、今はそんなことを言っている場合ではないのかもしれない。

「で、いつわかるんだ？　出られるかどうかは……」

「う～んそれは、石山さん次第だけど、かなり脈はあるぜ」

義之が言うには、石山は番組に出すバンドを毎週募集していて、彼の目に止まればOKらしいのだ。

デビューに向けて義之は、あらためてテレビの世界を見学させて貰おうと、今日になって強引に父親に頼み込み、テレビ局までついて行った。

ただ、ニュースキャスターである父親は報道関係。直接エンターテイメントには関わりないのだが、以前可愛がっていた人間が今は音楽バラエティで成功しているらしく、それが、フジヤマTV第二制作部・チーフディレクター石山秀太郎《しゅうたろう》だったのだ。

「テレビ局の廊下をさ、夏物のセーター首に巻き付けて偉そうに歩いてるがたいのデカいヤツがいてさ、典型的なテレビマンっぽかったけど、親父の顔見るなりペコペコしちゃってさ。いきなり芸能界って感じだったよ」

ただ、父親に紹介されて石山と話をしてみると、意外に音楽をよく知っていて、見た目より有能で仕事が出来そうな印象を持ったという。

しかも、ジュブナイルというバンド名をいたく気に入ってくれたうえ、偶然にも、巷《ちまた》で話題の男性モデルとして美津夫のことも知っていた。

いずれ美津夫には、最新ファッションのコーナーにモデルとして出演して貰おうと考えていたようだ。

「でさぁ。美津夫が、ジュブナイルのリード・ヴォーカルだって言ったら目を細めてニヤニヤしちゃってさ」

石山の口癖は「面白い！」らしく、バンド名を言ったときも「面白い！」、美津夫の件も「面白い！」を連発。

「バンド編成は三人で、俺がドラムとキーボード担当って言ったら、面白いを二回続けて言ったんで噴き出しそうになったよ」

とにかく石山は話し上手で、多少話がデカイ傾向にあるが、興味深いアイデアをたくさん持ってるようだ。あとは、俺たちのデモ音源を聴いた結果の判断になるが、楽曲に関してはそれなりに自信があるので、まずテレビ出演は決定で間違いないだろう。

しばらくして、撮影が大幅に遅れた美津夫がほんま、ごめん！　と大慌てで駆けつけて来た。義之のときより断然可愛げがある。許せる登場だ。

義之は美津夫にもテレビ出演の概要を話し、三人でそのための戦略会議を行った。当初ここでのミーティングは無理だと思ったが、お互い声を抑えて冷静に話し合えば出来ないことはなかった。むしろ余計なロックやポップスがかからない分、話し合いにはうってつけの場所だった。美津夫の店選びのセンスは間違っていなかったのだ。基本的な編成は、ギターは俺で、ベースは美津夫。当然ドラムは義之だが、曲によってはキーボードも担当するという、変則的な編成にした。義之がキーボードを弾くときは、ドラムレスになるが、そのときは俺もアコギに替えたりして変化をつけるのも面白いかもしれない。

デビューの計画が大幅に遅れているとはいえ、親のコネまで平然と使う義之には恐れ入った。美津夫に続き、義之にも一歩遅れを取った気分だ。しかし、この流れに乗らない手はない。番組に出ることを前提に、俺たちは翌週のリハスタでのスケジュールを確認し合いミーティングを終えた。

二人にこのまま渋谷で軽くビールでも飲まないかと誘ったが、美津夫はこの後も撮影があるそうだ。一時的にスケジュールを管理して貰っているのが小さなモデル事務所のためか、オファーが来る仕事は全部受けてしまうらしい。義之も今日は早めに家に戻り、父親のご機嫌取りで夕食を共にするという。

三人で店を出て、灰色の絵の具をぶちまけたような、東京の空を見上げた。何だか無性に啓太に会いたくなった。ただ、手紙を貰ってからまだ一度も会いに行っていない。

面と向かって話す勇気がないのだ。それでも迷いながら二人とは渋谷駅で別れ、俺は一人池袋方面の山手線に乗った。

電車のドアのすぐ横に立って、後方に飛び去って行く景色を見ている。梅雨に濡れた夕暮れの都会……行こうかどうしようか代々木を過ぎても決めかねていたが、新宿でドアが開き流れる人波に背中を押されると、自然に俺はホームに吐き出された。

この巨大な駅は地下鉄や私鉄が入り交じり、世界一乗降客の多い駅とも言われている。雑踏につぐ雑踏……そんなカオスの中で、さまざまな人間とすれ違う。悲劇も喜劇も、希望も絶望も紙一重なのが人生なのだろうが、大学すら辞める覚悟がない俺の人生……未だ中途半端のままだ。

都会の喧噪《けんそう》の中、重い足取りで西口方面に向かおうとしたとき、後ろからいきなり呼び止められた。

「雅彦君？」

振り返ると、啓太の姉の美智恵さんだ。

「どうしたの？」

「あっ、これから啓太の所へ行こうかと」

「あら、そうなの？　ありがとう。啓太もスッカリ元気になったから安心して」

美智恵さんも後から顔を出すが、その前に友だちと会う約束があるらしく、じゃ後でねと会話もそこそこに、その場で別れた。もう迷うことなく、俺は東京医大に向かって歩きだした。

雨は小降りになってはいたが、東京の空は相変わらず、俺の心と同じように鉛のように重く、どんよりしたままだ。

# 第十八章　恋愛革命

ノックをし、ゆっくり病室に足を踏み入れると、淡いブルーのパジャマを着た啓太がベッドから体を起こしながら、やぁ！　と手を上げ笑顔で俺を迎えてくれた。黒縁眼鏡をかけた啓太。四ヶ月前に見舞いに来たときとは大違いだ。以前は個室だったが、今は四人部屋の窓側が啓太のベッドだ。美智恵さんが言うように、啓太は驚くほど回復している。

最初、啓太と目が合ったとき、突然訪れた気まずさが病室全体に沈殿していたが、会話を続けるうちに自然とそれは濾過《ろか》されていった。

「雅彦、元気そうじゃないか……」

「うん、まぁぼちぼちだよ」

それから啓太はベッドから降りて窓際に佇《たたず》み、外を眺めながら、

「この間はゴメンな……」

「いいって、それより具合、大分いいみたいだな」

啓太はベッドに腰掛け、俺に丸い椅子を勧めて、

「あぁ、心配かけたけど、もう大丈夫だ。リハビリも順調でさ、もうすぐ退院出来るよ」

「そっかぁ、それは良かった」

「みんなは元気か？」

「あぁ、元気だ。ピンと来ないかも知れないけど、美津夫は今や売れっ子モデルでかなり忙しくしてるよ。義之も作曲に目覚めちゃってさ、曲を作り出してもう五曲ぐらいになんのかな？　一応俺が歌詞を考えてんだけど、中々追いつかなくて焦ってるよ」

「へぇ～みんな、ちょっと会わないうちに大分変わったんだな。話を聞いているだけで、浦島太郎になったような気分だよ」

そう言いながらフッと横を向いた啓太の瞳に、一抹《いちまつ》の淋しさがよぎったのを俺は見逃さなかった。

「てことはさ、俺の入院もバンドにとっては、いい刺激になったみたいだな。俺のことも、かなり刺激的だったが」

啓太は自分の頭を指さして苦笑いした。俺もつられてうなずいたが……冗談も言えるほど回復した啓太を見て、泣きそうになった。

その後、啓太から貰った手紙を読んで、新しいバンド名をジュブナイルに決めたこと

や、義之も美津夫も、それを快諾してくれたことも告げた。

「ジュブナイル……少年期ってなんかいいだろ？　元はと言えば、啓太がクラスの仲間を集めて、十六のときに結成したわけだからさ」

これでいつも啓太と一緒だなと、そこまでは言わなかったが、俺の思いは啓太には伝わったようだ。

啓太はうつむきながら静かに頷いた。

「結局さ、グッド・スメルもジュブナイルも啓太が命名ってことになったよな」

「でも決めたのは雅彦だから、純粋には俺じゃないよ」

「いやいや発想はお前だし、やっぱ命名者は啓太だよ。最低と最高で、お前らしいじゃん」

「はは、そっかぁ、まぁいいや、とにかくこれからは三人で頑張れよな！　俺がつけた最高のバンド名を無駄にすんなよ」

「もちろん！」

ついでに、義之が親のコネを使って、テレビの音楽情報番組に出るかもしれない件も話した。啓太もそれには大いに賛同し、是非出演して名前を売るようにと言ってくれた。自分が倒れてデビューが白紙になったのを、啓太なりに気にしているようだった。

啓太は退院後、大学を辞めて神学校へ進み、いずれ洗礼を受けて父親のように牧師を目指すという。

「俺だってさ、ずっと雅彦達と一緒に同じ夢を追いかけたかったよ……でも、ドラムが叩けないんじゃ無理だしな。マジにあきらめるのは結構キツかったよ……本音を言えば、今だってあきらめきれていないのかもしれない」

そう言いながら遠くを見る啓太に……かける言葉が見つからない……。

「でもさ、ホントにお前の殴り書きで救われたんだよ。手紙にも書いたけど、生かされたこの命は、もう自分だけのためには使いたくないんだ。ドラマーとしての夢は叶わなかったけど、新たな夢に向かうことで、この命は無駄ではないんだと証明したいんだ。まさに、死んで花実が咲くものかだな。

これからはさ、俺は俺の道を行くから、お前もジュブナイルで絶対にデビューしろよな。俺の分まで頑張ってくれないと困るぜ……なっ？」

思わず鼻のあたりがツンとした。頷くだけで精一杯だ……。

それぞれの決断は、それぞれの未来にどのように関わってくるのか。今の俺達にはまだそれは見えない。

それから暫く二人で黙ったまま、窓の外を見ていた。同じ空間に生きていることを感じながら、俺は少し優しい気分に浸っている。

「あら、どうしたの？　二人とも黙ったままで、話はすんだの？」

さっき、新宿で別れた美智恵さんが、開いているドアから花束を抱えて病室に入って来た。そんな美智恵さんの後ろについて来た人間を見て、いきなり心臓が止まりそうになった。

門脇美佐子……E弦の高い音が、鼓膜を揺さぶるように激しく鳴り始める……。

美智恵さんは、ベッド脇にある花瓶の横に花束を置きながら、

「雅彦君、私の高校の頃からの友達でミサよ。こちらは啓太の友達で雅彦君」

「こんにちは。あらっ？　前に一度、学校でも会ったわよね」

俺のことを覚えてくれている。それだけで、カーッと体が熱くなって来た。啓太は、門脇美佐子との突然の出会いに、どぎまぎしている俺を見て、

「美佐子さん、あらためて紹介しますね。彼はバンドでギターを担当している風間雅彦。こいつ前々から美佐子さんに憧れてて、紹介しろってうるさくて。あれっ？　雅彦、美佐子さんに会えて興奮してんのか？　おいおい、マジに顔が赤いぜ！」

言われるまでもなく、俺は完全に舞い上がっている。何度も夢に出て来たセクシーな美佐子さん。ビブロスで狂ったように踊っていたワイルドな美佐子さん。色んな妄想世界の門脇美佐子が、現実として目の前にいるのだ。ミサって呼ばれていることも新鮮に響いた。

「あら、そうなの？　嬉しいわね。雅彦君、学科は？」

「英文です」

「一緒じゃない」

たわいもない会話に心がフワフワし、情けないほど浮き立った俺……。

すっかり目の前の美佐子さん、いやミサに釘付けだ。

ミサは、バーバリーのチェック柄スプリングコートに、膝丈の上品な紺色スカート。足下はトラッドなローファーで、上はオーソドックスな白いシャツという、典型的なニュートラ・ファッションできめている。

新宿で美智恵さんと会った後、啓太の病院に行くと知り、ついて来たという。

「元気な顔見たくて来ちゃったけど、突然だったから何も持って来なくてごめんなさいね。でも、啓太君良くなってホッとしたわよ。美智恵もずっと心配してたから、ホントに良かったわ」

「ありがとうございます。もう大丈夫ですから」

和やかな会話が続く中、頃合いを見て美智恵さんは、花を替えに花瓶と花束を持って病室を出て行った。

取り残された三人……弾まない会話。俺を気にしてか、あえて会話に立ち入らない啓太。そう言えば加奈子のこと……啓太は知らない。

制御不能なほど浮ついた俺の恋心は、時間が経てば経つほど加奈子の存在を無視して、ミサに傾いている。最低な俺だ。

しばらくして、美智恵さんが花瓶に新しい花を入れて戻って来た。俺はそのタイミングで、暴走しそうな危うい恋の炎に水をかけ、帰ろうとした。

「じゃあ俺、そろそろ行くよ」

「何だよ。もう帰るのか？」

「ああ、今度は義之と美津夫と一緒に来るから」

「じゃあアタシもおいとまするわ、美智恵また今度ね」

「あらミサも……？」

このまま相部屋に四人でいるのはかなり窮屈だ。さらにこの後、ご両親も来るという。ミサも、その前に立ち去る方が賢明だと思ったに違いない。

結果、先に帰るつもりが、一緒に病室を出るはめになってしまった。

エレベーター前まで美智恵さんが送ってくれ、二人きりでエレベーターに乗った。五階から一階に下降して行ったが、至近距離で感じるミサに、俺の心拍数は急激に上昇していった。

病院を出ると雨は上がり、大分暗くなりかけていたが、雲の切れ間から星が見え隠れしている。俺が駅に向かって歩き出そうとすると、

「ねぇ、雅彦君この後時間ある？」

「えっ？　はぁ、大丈夫ですけど」

「じゃあ、ちょっとつきあってくれない？」

そう言って、ミサはタクシーを止めて、一緒に乗り込み、運転手に行き先を告げた。

「赤坂へ」

えっ？　赤坂？　まさか……。

予感は的中した。行き先は、あの「ビブロス」だった。

ミサが俺を誘ったのは「ビブロス」はカップルでないと入れないからだろうか。彼女は入り口で二人分の入場料を払い、慣れた感じで二階のバーカウンターへ。

「雅彦君は何飲む？」

とっさに俺はトム・コリンズを頼み、ミサはウオッカ・コリンズを頼んだ。俺達は席にはつかず、そのまま二階の手すりに寄りかかって軽く乾杯した。

「ごめんなさいね。突然つき合わせちゃって」

「いいえ、僕は大丈夫です」

「帰るつもりでいたけど、急にここで飲みたくなっちゃって……そういえば、雅彦君はバンドでギターをやってるんだって？」

「そうです」

それから、どんなギタリストが好きなのとか、どんなロックを聴いているのとか、ミサは熟練でちょっとシニカルなインタビュアーの如く矢継ぎ早に質問を浴びせかけて来た。酔いが回ると、まるで自白剤を飲まされたかのように俺も饒舌《じょうぜつ》になり、会話にのめり込んでいった。彼女もロックが好きなようだ。

二人で飲んでいるという夢のようなシチュエーション……チラッと加奈子の顔が浮か

んだが、店内に流れるブラック・サバスの激しいビートとギターリフが、俺の後ろめたさを粉々に破壊してゆく。曲は「パラノイド」。まさに今夜の俺は、恋する偏執狂《へんしゅうきょう》なのかもしれない。

　ミサのピッチは早い。ウオッカ・コリンズの後、バーボンソーダを立て続けに頼み、すでに三杯目だ。俺も緊張が解けるにつれ、酔いに流されたい一心でウイスキーロックの杯を重ねている。そんなとき、

「Hi Misa, What have you been up to?（ハイ！　ミサ、今まで何してたのよ？）」

　いきなり外国の派手な女性二人にミサは英語で話しかけられ、流暢な英語で受け答えした。ほぼ完璧なネイティブ発音だ。英文科とはいえ会話が苦手な俺とは雲泥《うんでい》の差だ。

「凄いっすね、英語ペラペラじゃないですか」

「まだまだよ。でもアタシ、将来は通訳になろうかと思って。そうそうあの娘《こ》達、キャバレー『月世界』のダンサーよ。休憩時間はいつも、ここにいるみたい。アタックすると意外に落ちる確率が高いかもね。試してみる？」

「えっ？　いやいや僕なんか英語も下手だし……」

「何言ってんのよ男でしょ？　別にこの先ずっとつきあうわけじゃないし、今だけ楽しめばいいのよ」

　かなり酔っているのか、ミサの様子が変わった。その場限りの恋にずいぶん積極的なのだ。目も心なしか虚ろになっている。夢に何度も現れた、天使のような門脇美佐子か

らはどんどん離れ、以前ここで偶然見かけた、踊り狂う小悪魔的なイメージに近くなってきた。

ミサは三杯目のバーボンソーダも飲み干すと、踊るわよと言って俺の手を取りフロアに降りて行く。正直言ってダンスは苦手な俺。酔った勢いでビートに身を任せ体を揺らしてみたが、内心やけくそな気分だ。

スレイドの「グッバイ・ジェーン」。ポップで小気味いいロックンロールが酔った体にザラッとまとわりついてくる。二曲目もスレイドの「カモン‼」だ。今夜のＤＪはスレイドマニアなのか？　この曲もシンプルだが、タイトなリズムと脳天から湧き出ているような高音が気持ちいい。スレイドっておとなしく座って聴くより、酔って踊りながら聴く方が断然いい。三曲目、ザ・スイートの「ティーンエイジ狂騒曲」で身も心も頂点に達したが、四曲目でいきなりチークタイムになってしまった。

フロアから降りる人間がパラパラいるなか、俺も降りようとすると、ミサが俺の手を再び取って引き止めた。

チークタイムの曲は、最近ヒットしたスタイリスティックスの「誓い」だ。

耳元でミサが、「アタシこの曲好きなのよね」と囁《ささや》く……。ゾクッとする高揚感に襲われた。ミサと体を寄せ合って踊る俺は、今にも暴発するベレッタＭ１９３４のような興奮状態……もうどうにでもなれだ。

再び加奈子の姿がチラチラよぎるが、それを振り払うかのように目を閉じて、ミサの体を両手に感じた。彼女に触れて気がついた。ミサって小柄なのにドキドキするほど肉感的なのだ。

突然、牙を隠した野性が理性を凌駕《りょうが》し始めてゆく。マズイ！　このままだとキスまでいってしまいそうだ。おいっ！　大丈夫か雅彦！　自問した途端に曲が終わった。あっさりミサはフロアから降りて行く。無残《むざん》に取り残される俺。

「あぁ気持ち良かったわ。さすがギタリストね、君ってリズム感いいわよ。どう？　楽しい？」

「もう最高に楽しいです」

「なら良かったわ。今を、若さを楽しまないとね」

今を？　若さを？　奔放《ほんぽう》なミサからそんな言葉を聞くと、どこか刹那《せつな》的《てき》に聞こえる。それに……君……響子の口癖がミサからも聞けると思わなかった。ミサと響子では大分ニュアンスが違うが……。

「ねぇ、もうここ出ない？」

断る理由が見つからない。

そうと決まると彼女は素早い。さっさと出口に向かうミサを、俺は慌てて追いかける。出口周辺で背の高い派手な六人グループとすれ違った。

「あれ、雅彦かぁ？」

「えっ？　おっ、美津夫じゃん！」

美津夫は撮影が終わりモデル仲間や友人達と来たという。今日の午後渋谷で会ったときは感じなかったが、確かに義之が言うように、いきなり会うと美津夫は華やかで、今までとは別人に見える。雑誌モデルとして人に見られるということで、存在自体が洗練されるのだろうか。一緒にいる人間もモデル関係らしいからよけい華やかに見える。美津夫に腕を絡ませている女性を紹介された。

以前、義之から聞いていた美津夫と同じアパートの二階に住む、デザイナー志望の吉村希美子だ。二つ年上らしいが、彼女も一見モデルのように背が高くスタイルもいい。かなりの美人で感じもいい。美津夫とは、まさにお似合いのカップルだろう。

美津夫は、今すれ違った人って雅彦の彼女か？　と聞いてきたが、そこはうまく誤魔《ごま》化《か》して、来週リハのときにまたなと言ってそそくさと店を出た。

外で所在《しょざい》なげにミサが待っていた。

「雅彦君のお友達？」

「ええ、あいつもバンドのメンバーで、今バイトで雑誌のモデルとかやってるんですよ」

「あら、そうなの。初めて会ったけど、けっこう派手な人ね」

実は以前、学校のカフェテラスで俺と同じタイミングで会っているのだが、あのときの美津夫と比べるとあまりにも正反対なイメージ。すれ違っただけではわからなかったのだろう。ミサにも細かいことは話さず、今日の午後渋谷で会ったことだけをサラッと説明した。

それからタクシーを拾って、南青山三丁目界隈へ。前に加奈子が教えてくれたのだが、外苑西通りと青山通りが交わる三丁目交差点周辺は、最近キラー通りと呼ばれているらしい。

その三丁目交差点の手前で降りて、外苑西通り沿いにあるレストラン「SARA《サラ》」へ。店には通りから階段を数段降りた扉から入る。こぢんまりした店ではあるが二十四時間営業なので、深夜族には最適の店だ。

中に入ると、まだ早い時間なのか店内はガラガラだ。一番奥の二人用の席に座った。この席はへこんだ壁にすっぽり入っていて、半個室的でちょっとしたスペシャル感が味わえる。ミサはバーボンソーダを、俺はウイスキーソーダを頼んだ。

二人は乾杯することもなく、そのまま「ビブロス」の続きで、ロック談義に突入。話を聞いていると、ミサはかなりのロック通であり、その筋の関係者の知り合いも多い。さっき「ビブロス」でかかった、スレイドやザ・スイートなども、ミサがポップでハードなロックンロールが好みだと知っているDJが、あえて彼女のためにかけたのだ。

さらに、来日した外国の大物アーチストとも、「ビブロス」で出会って交流があり、その招聘元《しょうへいもと》のスタッフや洋楽担当のレコード関係者など、話を聞くだけで、ミサの交友関係や人脈は、信じられないくらい幅広い。

「で、バンドは、いつ頃デビューするの？」

「いや、色々あって今は白紙なんですが、今年中には何とか……」

「美智恵からもチラッと聞いたけど、啓太君が倒れちゃったから大変よね」

「でも、これからは残った三人で頑張ろうと思ってます。もちろん啓太も承知の上ですが」

「そうなの。じゃあ頑張ってね。デビューが決まったら応援するわ。アタシの知り合いにも宣伝して、色々な場所でレコードをかけてもらいましょう」

こんな心強いプロモーターはいない。緊張していた心が思わずほころんだ。

ゆるやかに夜は更《ふ》けてゆくが、「ビブロス」で散々飲んだからか、俺もミサも一杯目の酒を持て余し気味だ……。

グラスを置き、ミサはジッと俺の目を見ながら、

「そういえば雅彦君って彼女いるの？」

「えっ？　あ、はい。いますが……」

「そう……」

それ以上の質問はなかったが、彼女がいると聞いて、何やらホッとした感じにも見えた。話の流れから察すると、どうやらミサは、今夜、人と待ち合わせをしているようなのだ。さっきから腕時計をチラチラ見てはソワソワしている。話の合間に店の公衆電話で、二度も何処かへ電話していた。

「待ち合わせですか？」

「う〜ん、そういうわけじゃないけど、ちょっと話があって、人を呼び出しちゃったわ」

「じゃあ僕は帰りますよ」

「あっいいのよ、でもちょっと待っててくれない？」

それは、無理だろう……。もしミサの彼氏なら、俺はどんな顔して、ここに座っていればいいんだ？　俺が躊躇していると、

「そうよね、ここには居づらいわよね。そうそう、この通りの向かい側で、交差点近くの路地を曲がったところに『O&O《オーアンドオー》』という店があるから、そこで待っててくれない？すぐすむ話だから、十五分ぐらいで行くわ」

十五分？　それも無理だろう……だが断りきれず俺はその店で待つことにした。店を出るとき、グレーのスーツを着た三十歳前後の男とすれ違った。待ち合わせの相手だろうか？　店の前には黒いポルシェ９１１が駐車してあった。

「O&O」も深夜レストラン。ただ、こっちの方が店も大きく入りやすいのか、俺ぐらいの世代の客でテーブル席はいっぱいだった。

仕方がないので、カウンター席で待つことにした。

一時間くらい経ってもミサが来る気配はない。このままフケても問題ないよなぁと、会計を済まそうと立ち上がったところで、ミサが息を切らして入って来た。

「ごめんなさい！　待たせちゃったわね。大丈夫？　取りあえず出ましょう」

そう言うと、俺の手から伝票を乱暴に奪い取り、オーダーした飲み物の代金を支払ってしまった。

それから店を出て、通りを横切りタクシーをつかまえた。

「さぁ乗って」

言われるままに乗り込んだが、行き先は明治通り沿いらしい。番地を運転手に告げると、距離が近いので運転手は若干不機嫌だ。

「待ったわよね。ホントごめんなさい。埋め合わせはするから」

「いや、いいですよ。今日は全部ご馳走になってるし、全然大丈夫ですから」
二、三分で目的地に着いた。そこは原宿の東郷神社より少し先、明治通り沿いにそびえ建つかなり豪華な高級マンションだった。

## 第十九章　狂詩曲

「本番十秒前……五、四、三、二、……」

フロアディレクターの合図で演奏が始まった。

七月十四日、日曜午後五時からの音楽情報番組「ライブ・ヤング・5」。今週のスポットライト・ミュージックでのジュブナイル初演奏だ。

まさに、お披露目ライブがテレビという、俺達にしては画期的なデビューになった。曲は二曲任されている。まずは義之の最初のデモに俺が歌詞をつけたアップテンポな「ブラック・カラー」。イントロのキャッチーなギターリフに続いてドラムとベースが絡む、典型的なハード・ポップナンバーだ。

内容は、イエロー、ホワイト、レッドすべての色をミックスしたらブラック！　恋も愛も涙もすべて混ぜてブラックにしてしまえ！　という単純明快な歌詞だがシニカルな面も織りまぜた。それにコーラスで色づけをして、グラムロック的にキラキラさせながらも攻撃的でハードなアレンジにした。

スタジオで聞いている番組観覧者の反応も良く、特に仕込みのモデル嬢達の乗りが驚くほどいい。リード・ヴォーカルの美津夫が動く度に、彼女達の嬌声《きようせい》が上がる。

今や、美津夫はモデル業界では知らない人はいないくらいの有名人。もちろん、仕込みのモデル嬢達も美津夫のことは知っている。乗りがいいのは当然だ。

それがかなり良い相乗効果を生み出している。テレビを見ている人間には、なぜこんな無名のバンドにスタジオが盛り上がっているのか、理解不能、意味不明に映っているだろう。

本来ロックとは若者文化の象徴であり、大人に理解出来ない現象が、若い世代には新鮮で素晴らしいことのように映る。まさに今のジュブナイルがそれだ。演奏中にもかかわらず、局には問い合わせの電話が殺到していたと後で聞かされた。

スタジオの中は一曲目が終わった時点で、熱気で溢れかえっている。そんな喧噪を鎮《しず》めるかのように、無言で義之はドラムから離れピアノへ。美津夫もベースを置きハンドマイクに。俺もエレキからアコギに持ち替えた。

続けて演奏する曲のために、俺達は作戦通り楽器のフォーメーションを変えた。これも、ジュブナイルの特長になればいいと思っている。

曲は、義之の作ったバラードに俺が歌詞を乗せた「億の言葉」だ。義之の美しいピアノのイントロに、俺は寄り添うようにアコギで追いかける。

そして美津夫が歌い出した瞬間……スタジオは、完全にジュブナイルに支配された。美津夫の高音がスタジオに響き渡る。

息を吐くように　苦しみを感じて
瞬きするように　怒りが胸を引き裂く
罪を贖《あがな》えずに
鋼《はがね》の十字架《クロス》は囁く
純粋な夢なんてない

彷徨《さまよ》う愛よ永遠に
言霊となって降りそそげ
煌《きら》めく愛よ永遠に
言霊となって突き刺され

世界中の孤独に　捧げる鎮魂歌《レクイエム》
億の言葉を叫べ　億の言葉を叫べ

終わった瞬間、番組はＣＭに切り替わったが、スタジオ内はスタンディングオベーションで、ジュブナイルの演奏を讃えてくれた。一瞬戸惑ったが、手応えは充分だった。

俺達は深く一礼してそれに応えた。


番組が終わり、いち早く駆けつけて来たディレクターの石山は、

「いやぁ最高に面白かったよ！　今局にも問い合わせの電話が殺到しているみたいでさぁ。ちょっと話したいことがあるから、楽屋で待っててくれないか？　そうそう佐伯君、君の衣装最高だよ」

美津夫の衣装は、デザイナー志望の吉村希美子がアレンジした。今流行りのパッチワ

ークの派手なデニムパンツに、ユニオン・ジャックのロンドンブーツ。上はピースマークをあしらったカラフルな絞り染めのTシャツと、腕や胸にフリンジが付いた焦げ茶のフォークロア調ロングジャケット。首にはペルーの民族衣装風のスカーフを巻いている。こんなスタイルが似合うのはそうはいない。それだけでも、美津夫の存在は、ジュブナイルにとって大きい。

演奏の方は自分達で判断出来ないが、周りの反応からして、概《おおむ》ね良かったようだ。義之だけがピアノを二箇所ミスったと悔やんでいるが、俺も美津夫も、それには気づかなかった。完璧主義の義之だからこそ、自分の演奏ミスは許せないのだろう。

俺達は、パイプ椅子が雑然と置いてある物置のような楽屋に戻り、石山を待っている。この楽屋の扉を開けて彼が入って来た後、どんな未来が俺達を待っているのか？

不安と期待が入り交じる中、俺は門脇美佐子に思いを馳《は》せた……。

あの夜、タクシーで着いた高級マンションは、門脇美佐子の自宅だった。両親はヨーロッパへ旅行中で不在。だから遠慮しないで上がってよ、と言われたが、そうも行かず玄関先で躊躇していると、いいから早くと手を引っ張られ無理矢理上がらされてしまった。失礼しますと言って上がる俺。誰に言ってんだ？　かなり滑稽だ。

豪華な玄関を上がり、大理石の長い廊下を抜けると、そこは二十畳ぐらいの広いリビングだった。天井にはクラシカルなイメージの部屋にぴったりな、大きなシャンデリアが燦然《さんぜん》と輝いている。

普通の家にシャンデリアがあるのを、俺は初めて見た。今何が起きているのか、これから何が起きるのか、自分の想像を越えた急展開に、心と体がついて行けてない。

ミサは、そこに座っててと、白く大きなソファーを指して言ったが……居心地悪いこと極まりない。

窓には重厚なベージュのカーテンが重たそうにかかっている。目の前にはガラスのサイドボードに寄り添うように置かれた白いテーブル。何から何まで、アンティークな家具で統一されたリビングだ。多少の酔いも手伝ってか、お伽《とぎ》の国に迷い込んだ小動物になったような気分だ。

パンツルックに着替えた彼女が、見た事もない豪華なボトルとバカラのグラスを二つ持って来た。

「ブランデーだけど、飲むわよね？」

「………」

俺はもういいなりの小動物だ。

「これパパの書斎から持って来ちゃったけど、一杯ぐらいならわからないから大丈夫よ」

えっ？　二人なら二杯で、二回飲んだら四杯だよな……。

そんなことはお構いなしに、ミサはなみなみとグラスにブランデーを注ぐ。

初めてブランデーを飲んだが、目茶苦茶美味い！　するっと入ってしまう。

「これって何てお酒？」

「う～ん、レミーマルタンのルイ十三世とか言ってたかな？」

「高そうなお酒だけど……大丈夫ですか？」

「平気、平気！　それより雅彦君。アタシとつきあわない？」

思わず飲んだブランデーを吐き出しそうになった。

「さっき、彼女いるのって聞いたとき、君って、正直にいるって答えたでしょ？　あれで、君の誠実さを見たのよ。もし、あそこでいないって言ったらバイバイしてたわ」

誠実ったって、つい勢いで自然に答えただけだ。それに彼女がいるのに、こうやって両親不在の自宅に上がり込んで酒を飲んでいるのは、とても誠実とは思えないが……。

「そう固く考えなくてもいいんじゃない？　若さを楽しまないと……時間なんて、あっという間に過ぎちゃうわよ」

それはそうだが、唐突につきあおうと言われても、答えようがない。

「でも、どうして俺なんすか？」

その質問には答えず、ミサは「ＳＡＲＡ」へ呼び出した彼氏のことを語りだした。

彼はアパレル関係の人間で、自分でブランドを立ち上げ、去年のオイルショックもどこ吹く風で、高度経済成長の波に乗って成功した人間だという。

年齢からして当然妻子持ちで、ミサとは不倫ということになる。それに終止符を打つべく呼び出したというわけだが、そこまで赤裸々に語られても、返す言葉など俺にはない。

　ブランデーのグラスを置いて、もう一度ミサに、何故俺なのか聞いた。

「雅彦ってアタシにご執心なんでしょ？　別に彼女との仲を裂こうなんて思ってないし。アタシはアタシ、彼女は彼女でいいんじゃない？」

　とうとう呼びすてだ。ミサのルールだと、まず一夫一婦制は間違ってると言い放ち、恋愛はもっと自由奔放でいいと断言する。例えば平安時代、和歌のやりとりで、夜這《よば》いが日常的だった貴族の恋や、ブルボン王朝の乱れた貴族の恋愛、それらの画一化されていない自由さを熱く語るが、話が飛びすぎてまとまりがつかない。そんな理由でつきあおうなんて、かなり乱暴なロジックだ。

　俺に対しては単なる興味本位だったようだが、話をしたら真っ直ぐで裏表もない男に見えたらしい。それはとんでもない間違いなのだが、この際だから、いい人を演じてみるのも面白いかもしれない。ただ、ミサとつきあうってことは、シンプルに加奈子を裏切ることになる。

　ミサ流で言えば、ごちゃごちゃ考えず、良心の呵責《かしやく》など気にせず、今を若さを楽しめばいいだけのことなのだが……。

「恋は何度でもしたいけど、愛なんて一度で沢山だわ。そうそう雅彦は男と女が生きてるって実感を、どんなときに感じるものだと思う？　絶対に学校の授業では教えてくれないけど。私はずばり、セックスだと思うの」

どんな話をミサから聞いても驚きはしないが……あまりにストレートな意見に思わずミサの顔を見た。その瞬間だ。いきなり彼女は俺に抱きついて来た。

酔った勢いとはいえその強烈なキスは、混迷の森に迷い込んだ小動物を襲う猛禽類《もうきんるい》の鋭い爪のように俺を硬直させ、運命に抗《あらが》う気力さえ消失させた。

俺という個人の意志は剝奪《はくだつ》され、なすがままにミサの部屋に誘われた。

ミサは恋愛をゲームとして楽しむというより、恋を一種のファシズムに変換させ、絶対王政の君主のようにコントロールしようとしている。

夢で見た手の届かない門脇美佐子と、現実に腕の中にいるミサ。そのギャップに戸惑う俺。そんな俺の手をゆっくり振りほどき、彼女は儀式のように、T・レックスのアルバム『電気の武者』をかけ部屋の灯りを暗くした。シンプルなビートが、さらにエキサイトした体に反応してゆく。

一曲目の「マンボ・サン」。マーク・ボランのハスキーな歌声が、心と体を無防備にさせ、繰り返されるシンプルなビートと、印象的なギターフレーズに身を委ねながら、快楽の奈落に沈み込んでゆく。

絡んだ指先から気だるい吐息が零《こぼ》れ、後ろめたい気持ちと裏腹に、熱くなってゆく体。次第に俺は自由で横暴なミサの世界に共感を覚え始めているのかも知れない……。二人は天空を駈け上るように快感をむさぼり合い、やがてこの上ないほどの高みに上り詰めた瞬間、真っ逆さまに夜の深淵に落ちて行った。夢は見なかった。

チリチリという、レコードプレイヤーのノイズに俺は起こされた。A面が終わって針を載せたままターンテーブルが回っていたのだ。トーンアームをアームレストに置いたあと、俺はゆっくり服を着た。部屋にあった置き時計の針は、午前二時半を指している。そのまま俺は軽い寝息をたてているミサに声もかけず、部屋を出てマンションを後にした。

喉は渇ききっているが、不思議なくらい罪悪感がない。これがミサの言う、今を生きる、若さを楽しむということなのだろうか……。

深夜誰もいない明治通り。

原宿方面からタクシーが近づいて来た。

頭の中で『電気の武者』A面最後の曲、「ゲット・イット・オン」のサビが繰り返し鳴り響いている。加奈子の横顔がふと心をよぎった……。

# 第二十章　狂騒と戦略

「違う！　美津夫、そこのきっかけのところ、半拍リズムがずれてる、もっと完璧に合わせようぜ。あと雅彦、イントロのフレーズ、八小節目の四拍目の音はEだからな。ちゃんと決めてくれよな」

義之の指示は的確だが言い方が癇《かん》に障《さわ》る。さっきから、細かい義之の駄目出しに俺は辟易気味だ。美津夫は、相変わらずポーカーフェイスで指示通り弾いているが、内心どうなのかは不明。

「なぁ義之、今はまだデモ段階なんだから、そんな細部にわたって決め込む必要はないんじゃないか？　まずは、曲に慣れることが先決だろ？」

「いやいや、最初から譜面通りに弾いてもらわないと、後ろでドラム叩いていて気持ち悪いんだよ。いずれ細かく決め込むなら、最初から丁寧にやった方が効率いいだろ？」

デビューがほぼ決まり、シングル曲候補のデモ作りが始まってから、義之はずっとこんな感じだ。横柄な物言いに、いい加減ウンザリしてきた。

ジュブナイルのバンドリーダーは一応俺なのだが、義之が曲を作り始めてから、バンドアレンジは義之主導で進むようになった。

義之には絶対音感があり、音が文字を読むようにわかる。バンドにとっては強味だが、今日はあいつの本来持っている嫌味な性格が、悪い形で出ている気がする。大体ミストーンなどは、間違えた本人が一番わかっているのだから、それをいちいち指摘されるとムッとするもの。

頭を切り替え、義之のカウントでもう一度初めからやり直す。間奏手前でまた義之が止めた。

「二人とも、もう少し音に緊張感をもって弾いてくれよ。これじゃあプロの音とは呼べないぜ！」

さすがに、俺が反論しようとしたとき、

「何言うてんのや！　まだ一度も最後までやってないやないか！　全部通して演奏せんで、曲の全体像とか把握なんかできっこないやろ。お前の指示通り弾いてるけどな、そんなんイチイチ文句垂れられたらやってられんわ！」

美津夫が珍しく声を荒げそう言い放つと、ベースを乱暴に置いてスタジオを出て行ってしまった。

こういうとき、以前なら啓太がメンバー同士の緩衝材《かんしょうざい》になって、気まずいムードを一《いっ》掃《そう》してくれたのだが……そんな啓太はもういない。

残された義之と俺は、唖然としつつ顔を見合わせた。まさか、美津夫にこんな激しい感情があったなんて……。

「なんだあいつ。男のヒステリーかよ！　らしくねぇな」

「いやいや、それは違う。お前の言い方にも問題がある。あれじゃあ、美津夫だってやってられんと思うぜ」

美津夫がキレた分、自分でも意外なほど冷静にきりだした。

「義之が曲を作ったわけだから、そうやって細部にわたって指示を出すのはいいと思う。

だけど、もう少し演奏する身になって考えてくれないか？　あいつも言ってたが、まだ一度も曲を最後までやらないで、文句言われたらやりようがない」

「文句じゃねぇよ。あくまでも音楽的な……」

「だから、その音楽的って部分は、作った本人だけしか、まだ理解出来ていないだろ？　それを把握するためには最後まで何度かやって、体に入れるしかない」

義之も黙ったまま、スティックを置いて、そのままスタジオを出て行ってしまった。

こんなバラバラな状態でどうなるんだ俺達のデビューは……。

その場で俺は座り込み、煙草に火をつけながら「ライブ・ヤング・5」に出演した後の目まぐるしい狂騒を思い返し、ため息をついた……。


楽屋にやって来た石山は、興奮気味に俺達の演奏を熱く語り始めた。三声のコーラスが面白いとか、バラードでいきなり義之がドラムからピアノにチェンジしたのが、最高に面白いとも言っていた。石山流〝面白い！〟の連発だ。

極めつけは美津夫の存在感。テレビ映えが抜群なうえに、ファッションも新鮮で刺激的だったとベタ褒めだ。

勢いあまって石山は、美津夫にファッションコーナーの準レギュラーを要請。突然のオファーに美津夫は驚いたようだが、スケジュールを管理しているモデル事務所を通して、少し考えさせて欲しいと冷静に答えていた。

番組終了後も問い合わせの電話が殺到していて、中にはレコード会社を名乗る人間もいたが、彼らはまだアマチュアなので、取り次ぎなどは一切しないと言っておいたと言う。

「でさぁ、これからのことだけど、君達のこと俺に預からせてくれないかな？　デモだけでは君達の魅力に気づかなかったけど、生を聴いてぶっ飛んだよ」

多分これが本音だろう。義之のコネが良い方向に転がった証拠でもある。

石山の、今後のことは誰と話せばいい？　という質問に、二人共リーダーである俺と話して欲しいと答えた。石山はゴルフ焼けの浅黒い顔を俺に向けて、

「ＯＫ！　風間君だっけ？　今何か決まっていることってある？」

ビクトリーレコードからデビューの話があったが、今は白紙になっていること、担当ディレクターが瀬川であることを話した。

「あっ！　ビクトリーの瀬川ちゃんか、彼は風呂敷を広げない人間だから信用出来るね。俺とはまるで正反対だな」

石山は体のでかさに比例するぐらいの大声で笑った。この軽さがテレビマンなのか？　若干石山のペースに戸惑い気味だが、俺達を気に入っていることは、彼の態度からも充分理解出来る。いよいよ始まるという予感に、俺の心は自然に浮き立ってきた。

家に帰ると母親から、瀬川という人から何度も電話があり、折り返し電話して欲しい

と、自宅の電話番号まで残していったと言われた。ただ、石山との会話でかなり疲れてしまった俺は、これから瀬川と話す気力など完全に失せていた。

多分瀬川は、今日のテレビを観て電話をかけてきたのだろう。バンド名の変更や、デビューの件など完全に棚上げ状態だったから、突然のテレビ出演には相当驚いたと思う。

驚いたと言えば、かなり衝撃的なことが家でも起きていた。母親から聞いた話では、姉貴は大学卒業後、会社には就職せずに警察学校に入り、婦人警官を目指すというのだ。

あの姉貴が警官？　なんで？　どうして？　疑問の嵐が俺に襲いかかる。

その夜、二人になったタイミングで、さり気なく姉貴に聞いてみた。

「警察官になるんだって？」

「う～んまぁ普通に就職したって面白くないし、どうせ女なんてお茶汲みかなんかでこき使われたあげく、寿退社でさよならがパターンでしょ？　そういう風潮へのささやかな抵抗でもあるわね。あんたと違って、あたしは自分の力で未来を切り拓きたいのよ。それに制服姿の婦人警官には子供の頃から憧れてたしね。父さんの制服姿も好きだったわ」

なんだ、単なる制服マニアのファザコン女かよ……と、聞こえないように小声でつぶやいた。えっ何？　と姉貴に聞き返されたのでちょっと焦った。

そして兄貴も、やっと今年の司法試験で短答式試験が通り、次の論文式試験も通りそうだという。最後の口述試験は、ほぼ全員合格するらしいので、兄貴も心なしか機嫌が良さそうに見えた。例年の合格率は三％に満たないというから大変な競争率だ。しかも兄貴は弁護士ではなく、検事を目指すという。

何だよ、兄姉揃って警察関係かよ！　しかも兄貴はキャリア狙いだ。

つまり今夜の風間家は、兄貴と姉貴の進路話でもちきりで、俺のテレビ出演など誰も興味を持っていなかったのだ。ここまで末っ子に無関心でいられると逆に気楽だが、多少テレビの感想を期待していた俺には、肩すかしの夜になってしまった。


翌朝、午前中に瀬川から電話があり、今日にでもメンバーと会いたいという。早速二人に連絡したが、美津夫は仕事でNG。結局、義之と夕方にビクトリーレコード本社へ出向くことになった。

退屈な授業を終えて久々に本社の前に立った。相変わらず要塞《ようさい》のようなビルだが、以前のような気後れした感じはもうなかった。

それに今回の打ち合わせ場所は、以前の狭い会議室でも、殺風景なロビーでもない。エレベーターで五階に上がった、奥から二番目の応接室と書いてある部屋だ。

ドアを開けると、正面の窓が障子のようなデザインになっていて、テレビボードの上には連獅子の人形や、浮世絵が描かれた扇子などが飾ってある。

あきらかに外国人を意識したような和テイストな洋室だ。珍しく義之が先に来ていた。

暫くすると、瀬川がフジヤマTVの石山と連れ立って部屋に入ってきた。

「やぁ、昨日はお疲れさん！」

相変わらず石山はデカい声だ。それだけで軽い疲労感に襲われた。

挨拶もそこそこに、瀬川はいつもと違い早口でまくしたてた。昨日テレビを観て驚いたことや、三人での演奏がかなり良かったこと。オリジナル曲のクォリティも以前とは格段の差があることなど、矢継ぎ早に感想を語り出した。

こんな饒舌な瀬川は初めてだ。しかし、すっかり啓太の存在を忘れている物言いに、俺はちょっとムッとした。

瀬川は、昨日のうちに石山とアポを取って、今後のジュブナイルの戦略について、電話で話し合ったという。

「じゃあ、白紙になったデビューの件を再開するってことですか？」

「もちろんだ！　こんな短期間でバンドが進化するとは夢にも思わなかったよ。それに義之君のドラムは、リズムにキレがあっていいね」

以前とは違う瀬川。他のレコード会社には渡さないという、確固たる意志がその言葉に読み取れるのだが、若干それが焦りにも見える……。

「で、今日は具体的にいつデビューして、どのようにプロモーションを仕掛けて行くか、こちらのプランを聞いて貰おうと思ってね」

プラン？　プロモーション？　ちょっと待て、昨日テレビに出ただけで、こんなに急激な展開にまだついて行けてない。ひとつ気になることがあったので聞いてみた。

「瀬川さん、新しいバンド名ってどうですか？」

「いいね！　最高にいいよ。前のに比べたら全然いい」

「でも、これってグッド・スメルを作った、啓太が考えたんですよ」

その話には乗ってこない瀬川。初めから三人だったかのような口調が、さっきからどうも気になる。

「三人というスタイルが新しい。そうそうコーラスの出来るエマーソン・レイク・アンド・パーマーって感じで最高だよ。演奏力も三人になって上がったんじゃないか？」

俺の中で、何かがプツンと切れた音がした。不満と疑問の波が決壊したダムのように大量に流れ出してゆく。

「瀬川さん！　あなたにはどうでもいいことかもしれませんが、俺達は四人から啓太が抜けて三人になっても、あいつはまだバンドの一員だと思っています。啓太は辞めたくて辞めたわけじゃない。俺達はあいつの意志を尊重して、泣く泣く三人になりましたが、いつも啓太と共にあると思ってます。美津夫だって同じ気持ちだと思います。それに、今日の今日でこれからの戦略と言われても、正直言ってピンと来ません」

義之も俺の言葉に頷いた。そこは同じ思いなのだろう。いきなりデビューを白紙にしたり、テレビで少し受けたからといってデビュー話を再開したり、会社の事情はわかるが、何だか虫が良すぎる。しかも今日の瀬川は、あまりにも啓太の存在を無視している。そこが俺にはどうしても許せないのだ。

どうやら雲行きが怪しいと察した石山が、

「まぁまぁ君らの気持ちはわかるけど、ここはひとつ冷静になって、もっと前向きに考えていこうじゃないか」

「もちろん、ありがたいお話だと思ってますが、啓太が抜け、俺達はやっと動き始めたばかり。まだ今後のことを三人できちんと話が出来ていません。それに、他のレコード会社からもデビューの話があるので、少し時間をくれませんか？」

俺はウソをついた。他のレコード会社からのオファーなどない。ここは自分でも、かなり大胆な賭けに出たことに驚いた。

しかし、他のレコード会社というキーワードは相当効いたようだ。瀬川は煙草に火をつけたまま微動だにせず、灰が落ちても気がつかないくらい動揺している。

「君の言っていることはよーくわかった。今までの失礼は謝る。この通りだ」

いきなり瀬川が頭を下げた。頼りない頭髪が今の彼の心情を物語っているようだ。

「ちょっと待って下さい。そんな、頭を上げて下さいよ。ここまで目をかけてくれたのは瀬川さんですから、それを無下《むげ》にしようとは思っていません。なぁ、義之」

「ええ勿論です。ただ、さっき雅彦が言ったように、俺達は三人であっても四人でいるという気持ちは変わりませんから、啓太が脱けてバンドが進化したって言われても全然嬉しくない。むしろ余計なお世話です」

義之の言葉は尚いっそう場を凍らせた。暫くの沈黙の後、バンド名の変更など、一連

の詳細を知らない石山が、

「でもまぁ、それはそれとしてさ、せっかくあれだけの反響があったんだから、無駄にすることないんじゃないかな？」

確かにそうだ。そこで、やるやらないは別にして、一応石山と瀬川で考えたデビュープランに耳を傾けてみることにした。

デビューは十月の臨時発売を想定し、それに合わせ早急に曲の選定をする。この時点で外部からの作家導入はなくなった。俺と義之でシングル曲を新たに書くか、既存の曲で行くかだ。

当然ビクトリーレコードからのデビューになるが、レコード原盤など著作権を預かる出版社はフジヤマTV系列のオーシャン出版を、スケジュールなどのプロダクション業務は、ビクトリーレコード傘下の芸能プロダクション、ウイン企画を薦められた。とにかく、瀬川も石山も反響の大きさから、一日でも早いデビューを目論《もくろ》んでいるようだ。

なるべく多くの曲の中から選びたいので、すぐにでもデモ制作に入って欲しいと瀬川は言い、特例として、ここのスタジオをデモ音源作りに使ってもかまわないと言う。

さらに石山は、ジュブナイルのデビューまでをドキュメントで撮影し、それを番組で小出しにしながら盛り上げてゆく戦略を提案した。

「どうだろう、一緒に日本の音楽界に風穴を開けてみないか？　ドラムの彼が病気で倒れて、四人から三人になって再出発した！　みたいなエピソードを映像に差し込めたら、感動的でドラマチックになるんじゃないかな？　新たにメンバーを補充しないというのもいいね。そこは目玉にしなくちゃ。もちろん、君らは今でも四人であるという気持ちは千%加味して構成するからさ……」

啓太が倒れた話はパスだ。ドキュメンタリーでそこまで明かす必要はない。しかしながら、瀬川も石山もジュブナイルに対する情熱は本物だろう。戦略自体も概ね悪くはない……だが、何かが引っ掛かる。表情を見ると義之も俺と同意見のようだ。

義之のコネでテレビに出ることは問題なかった。そこは計算通りだし、俺達が考えた通りの演奏が出来たと思っている。しかし、その反響の大きさは予想を遥かに越えていた。とどのつまり、俺も義之も面食らっているのだ。

これにどのように対処すればいいのか……このまま安易に彼らの提案する戦略に乗っていいのだろうか？

結局、一旦持ち帰って検討することにした。ただしあまり時間はない。一両日中に何らかの答えを出さないといけない。

帰り際、玄関前で義之と、俺達で最良の方向を見つけようぜ、二度と操り人形的な話になるのはゴメンだからなと確認しあった。いつの間にか、義之との間に巣くっていたわだかまりは氷解していた。あいつも啓太の件に関しては俺と同じ気持ちなのだ。音を出すのは人間だ。その技術は高い方がいい。しかし、お互いの心を結び合うのは音楽性よりも人間性なのだ。バンドとしての絆が一つ強固になった気がした。

もしかしたら、義之のコネを無駄にすることになるかもと言ったが、それは大丈夫、関係ない！　そう言い切ってバイクで帰って行った。

新宿歌舞伎町に来た。瀬川に作詞家の導入を提案されて以来ご無沙汰だったが、相変わらず喧噪とネオンが入り乱れ、歩いているだけでクラクラする。六本木も赤坂も活気はあるが、これほどの雑多な感じとエネルギーはない。歌舞伎町は街というより、意志を持った生き物のようだ。

俺はヨーちゃんと話がしたくなり、「プレイランド」に向かった。ヨーちゃんのバンドが今夜そこでやっているかどうか、わからないのだが……。

店に入ると相変わらずフロアは広い。ＤＪスタイルの「ビブロス」と比べると、全く違う空間のディスコだ。今どき生バンドの演奏は、ちょっと古くさい感じがする。

正面ステージでは知らないバンドが演奏している。バイソンに比べたら劣るが、聴けないことはない。でもまぁ、ヨーちゃん流に言えば、外国のコピーが上手いだけのバンドだ。オリジナリティはない。

暫く演奏を聴いていたが、ヨーちゃんのバンドは今夜は出演しそうにない。あきらめて踵《きびす》を返し帰ろうとしたとき、出口前の手荷物カウンターの所で呼び止められた。探し求めていた、ヨーちゃんの人懐っこい笑顔がそこにあった。

しかし何故だろう……ディスコの黒服を着ている。ヨーちゃんは、休憩に入るからちょっと待ってろと言って奥に消えていった。ほどなくして出て来た普段着姿のヨーちゃんと一緒に、エレベーターで下に降りた。

ビルの一階の喫茶店。こうやって向かい合うのは久しぶりだ。

「あれからどうした？　バンドの名前とか」

俺は一気に、バンドに起きたエピソードを細かく説明した。それで今日、ミーティングを終えてここに来たことも。

「雅彦はいつも、ミーティングの後に来るよな」

満面の笑みを浮かべながらヨーちゃんは人懐っこく語りかけてくる。

「すんません。こんな話、ヨーちゃんにしか出来なくて」

「ハハ、まぁいいって」

「それより、さっき黒服着てましたけど……」

「うん。俺も色々あってな。今バンドはやってないんだよ」

「えっ？」

「実はバンドのヴォーカルのヤツがクスリでパクられちまってさ。こっちまで被害を被っちゃったんだよ。そいつは苦し紛れに、バンド全員でやってるとかホラかましやがってさぁ、みんなしょっぴかれて厳しい取り調べさ。もちろん俺はやってないから無罪放免になったけどな」

ヨーちゃんはこれ以上バンドをやっても無駄と思ったらしく、以前からのよしみで、ここプレイランドに雇われ、今ではフロアマネージャーにまでなったらしい。こっちの方が俺には向いてるかもな、と笑いながらも、どことなく淋しげだ。

「それはそうと、やっぱりさ、雅彦がバンドをどうしたいかだよな？」

ヨーちゃんは、仮の話として、

「そのデビュー戦略プランに乗っかって、万が一売れたとしたらどうなる？　それはもちろん雅彦達の実力でもあるが、その反面戦略通りということで、体制側の勝利ということになるよな」

体制？　勝利？　久しぶりに学生運動の用語を聞いたような気分だ。俺の中では体制も反体制もない。ニュートラルな感覚で音楽だけをやって行きたいのだ。

でも、プロになるってことは、真ん中でお行儀よくしているだけでは、やっていけないのだろう。さらにヨーちゃんは、

「う〜む……でもまぁ、その戦略ってヤツも色々問題はありそうだが、普通に考えれば、これって千載一遇のビッグチャンスかもしれないよな？　のるかそるか賭けてみる価値はある気がするが……」

どうだろう？　あとは雅彦次第なんだが。要はさ、そういうレールとかいうお膳立てがあっても、それに負けない楽曲や実力があれば関係ないだろ？　雅彦は単に怖がってるだけなんじゃないか？　思い切って闘ってみるのも手だぜ」

そっか、戦略に負けないくらいの楽曲があれば闘えるんだ。それに、そこが俺の闘争

という原点だったはずだ。確かにあまりにも話が大きすぎて、びびっていたのかも知れない。

　プロで長くやって行くには、青臭い理想論だけでは無理だとヨーちゃんは言う。利用出来るものは全部利用しちまえ、それもプロとしての心構えのひとつだとも教えてくれた。

「こんな俺が言うのもなんだが、確かに俺は、歌舞伎町止まりのミュージシャンだったが音楽は今でも好きだ。だから是非とも雅彦には、俺が叶えられなかった夢の分まで頑張って、バンドの王道ってヤツを突き進んで欲しいんだよ。もうさぁ、ここまで来たら覚悟を決めちゃえよ！」

　目の前でモヤっとした霧が晴れ、視界がサッと開けた感じがした。

　そうなんだ！　向こうのプランに乗せられるのではなく、こっちから乗っかってやるぐらいの気合いと覚悟を持って臨めば怖いことはない。どうやら今回もヨーちゃんに救われた。

　翌日俺達は時間を合わせ、三人で渋谷の「エルシド」で会った。ヨーちゃんの言葉で覚悟を決めた俺は、自分の気持ちを洗いざらい二人に話し、義之も美津夫も納得した上で、瀬川と石山の話に乗ることにした。

　その場で俺は瀬川に電話をし、新人バンドのくせに生意気とは思ったが、すべては俺達主導で進めること、納得しないことは一切やらないという条件を呑んで貰った。

それから俺達は、ほぼ毎日のようにデビューシングルのデモ作りに専念している。

ちょうど煙草を吸い終わったとき、スタジオの扉を開けて義之と美津夫が同時に入ってきた。どうやら、二人で色々話し合ったようだ。義之が謝罪したのかどうかわからないが、俺達は再び楽器を持ち、新曲のリハを再開した。

少しだけ心が軽く感じたのは、美津夫と義之がアイコンタクトで、間奏前の複雑な変拍子のきっかけを完璧に合わせたからかもしれない。言葉ではなく、お互いの音によるシェイクハンド。バンド全体のビートがまとまった。


――音叉が鳴りだした……メビウスの輪のように、永遠に続く時間のように――

# 第二十一章　ガラスの雨

八月に入り、デビュー曲のデモ録音などのリハに追われていると、あっという間に時間は過ぎて行った。気がつけばもう三十日だ。

今日は久しぶりに加奈子とデートだ。最近、全然会っていなかった。無理をすれば会えないことはなかったのだが、ミサとの一件が尾を引き、後ろめたさもあって、何となく加奈子とは疎遠になっていたのだ。

ミサともあれから電話だけになっているが、ミサはミサで、あの夜のことはおくびにも出さない。また飲みましょうと言いながらも、約束をするまでにはいかない。若干遊ばれた感はあるのだが、後悔にさいなまれるほどではない。俺の浮ついた恋心……今日は加奈子を前にして、ゆらゆら揺れている。

「こんな昼間に会うなんて、学校のキャンパス以来かもな」

「そうね、しかも丸の内のオフィス街だなんてデートの気分じゃないわよね。ゴメンなさいね。私の都合で、ここまで呼び出しちゃったりして」

「全然いいよ。俺だって加奈子に会いたかったし」

いつも会うのは、決まって加奈子の店が終わった深夜だったので、昼間のデートはかなり新鮮だ。正午前に待ち合わせするなんて、今までの二人にはあり得ない。場所はオフィス街にありがちなシンプルな喫茶店。ランチをとも思ったが、二人共この時間に食欲はない。深夜族の宿命だ。

この時間にした加奈子の都合とは、お店の売り掛け金の回収。銀座の高級クラブはつけで飲む社用族の人間が多い。そのつけは、担当ホステスの責任になる。つまり売り掛け金として店に借りが出来るのだ。

担当ホステスがいない場合は、大抵は店のママの売り掛け金として付けられ、今日の加奈子はママの代理として、支払いの悪い客の売り掛け金回収に、直接会社まで行くという。大抵は会社にまで来られると、世間体もあり渋々でも支払うので効果てきめんだ。毎回月末の金曜日、ほぼ昼休みあたりを狙って回収に行くのが常套《じょうとう》手段らしい。

加奈子はすっかり銀座にも慣れ、少しずつだが加奈子目当ての客も増え、同伴もするようになったという。男としては、そんな話など聞きたくないのだが、不実な俺と違い加奈子がその客とどうかなるわけではない。

「ねえ。その後バンドはどうなの？」

「あぁ順調だよ。ちょっと俺の歌詞が遅れているけど、あとは問題ないよ」

とはいえ、スタジオでは相変わらず義之の独断的な指示が続くが、それには美津夫も俺も少し慣れて、お互いに切磋琢磨し合うという、バンド的には以前より刺激的な関係になっている。

多少曇ってはいるが、平和な夏の日の午後を加奈子と共に過ごすという幸福感。自分にとって何が大事で、誰が大切な人なのかはわかっているつもりだ。

しかし、その反面ミサの自由奔放な生き方にも惹かれてしまう。心と体のバランスが上手くとれていない俺……。加奈子を愛しく思うと同時に、刺激的なミサも恋しい。

「どしたの？　なんかあった？　何だか妙にソワソワして、心ここにあらずって感じよ」

ミサへの気持ちを見透かされたかと、一瞬ドキッとしたが、

「えっ？　いやいや久々に加奈子に会ったからドキドキしちゃってさ」

「ふ～ん。あなたってそんな性格だっけ？」

ますます焦る俺。女の勘には敵わない。落ち着け、心で言い聞かせるように煙草に火を点けた。察した加奈子はそれ以上の追及はやめた……。

「そういえば、先月のテレビ良かったわよね。ウチのお店の子も何人か観たみたいで、ヴォーカルの佐伯君だっけ？　彼大人気よ。曲も演奏も良かったから、これからが楽しみよね」

心の動揺を見て見ぬふりをして、話を変え気づかう加奈子。やはりこいつしかいないと思えば思うほど……ミサへの恋慕にも繋がってゆく俺の矛盾。

「この後、またシングルのデモ録音なんでしょ？　今度音が出来上がったら聞かせてね。この間のテレビでも感じたんだけど、確実にバンドの音が変わったわ。前は、どこか物足りなさを感じてたけど、曲も演奏もみちがえるようになって……特にあなたの歌詞が良かったわよ」

加奈子の評価が俺にとっては一番嬉しい。励みになるのだ。誰が何と言おうと彼女がOKなら、俺は大丈夫なのだと思えるぐらい心強い。

そんな加奈子が、

「これからどうなるのかしらね。私達って」

「何が？」

「将来よ。今は一九七四年でしょ？　二十年後や三十年後なんて、全然想像出来ないけど、その頃は何処で何をしているのかしら」

　外を見ながらつぶやいた。普段から現実的で、先のことなどあまり語らない加奈子にしては珍しい……。

「あなたは、バンドをやってる？」

「う〜む、どうかなぁ……今はデビューのことで頭がいっぱいだから。そんな先のことなんか考えたことないよ」

「そうよね。先すぎるわよね。でもね、二人とも全く違う場所で、それぞれの隣にはお互いに知らない人がいたりして……」

「何だよ、急に……」

「私はお店を持って、独立しているのかしら？」

　今日の加奈子は、俺の浮ついた心を知ってか知らずか、ちょっと変だ。

「どうしたんだよ？　加奈子こそなんかあったのか？」

「ううん、別に何かあったわけじゃないのよ。毎日、お店で色んな人に出会うでしょ？　仕事に疲れてる人、不満を持ってる人、さまざまじゃない？　それぞれの人生はどのように決められていくのかなって思って。そう考えると私達だって、どうなるか不安でしょ？」

「う〜ん、まぁそうだけど、なるようにしかならんって感じもするけどな」

「そうよねぇ。あっ、そうそう最近ベストセラーになっている本で『ノストラダムスの大予言』って知ってる？」

「タイトルは知ってるけど、読んだことはないな」

「私ね、お客さんに薦められて読んだんだけど、一九九九年に人類は滅亡するって話なのよね。九九年に恐怖の大王が降りて来るっていう終末論で、もちろん荒唐無稽な話だから、まったく私は信じていないけど、そのお客さんは本気で、どうせあと二十五年で滅亡するなら、俺は浴びるほど好きな酒を飲んで、人類が滅びる直前に肝硬変で死んでやるって言うのよ。面白いでしょ？」

ノストラダムスと肝硬変？　面白いというより、そんなヤツどうでもいい、死にたきゃ死ねだ。

「でもさ、今からずっとお酒を飲み続けてたら、十年ぐらいで肝硬変になっちゃいそうよね」

加奈子が悪戯っぽく笑った。

「ねぇ、歩かない？　どうせ東京駅まで行くんでしょ？　あなたはそろそろ時間だし、私はまだちょっと時間があるから送ってってあげるわ。一緒に歩きましょうよ」

えっ？　歩くって？　外は暑いよ……そんなことを口走りながら、俺は渋々外に出た。夏の終わりとはいえ、まだ蒸し暑い。日差しがないだけでもましなのだが……。不思議と隣に加奈子がいると思うと、次第に暑さも気にならなくなってきた。白いワンピースの加奈子が眩しい。

東京駅へは十分弱の道のり。八月の終わり、何ということのない昼下がり、手を繋いで加奈子と歩いたことを、この先一生忘れないようにしようと思った。遠くに東京駅の赤いレンガが見えてきた。

「もうこの辺でいいよ。加奈子も売り掛け金だっけ？　早く回収して来いよ」

「うん。そうね、そうする。じゃね、またね……」

爽やかな笑顔で、加奈子は今来た方向に歩いて戻って行った。

加奈子の後ろ姿を見つめながら、もしノストラダムスの大予言が的中し、地球最後の日が来たら加奈子の隣でギターを弾いていよう……そして最後の最後は加奈子を思いきり抱きしめて二人で眠ろう……そんな根拠のない約束を、そっと夏空につぶやいた俺だった。


Bフラットディミニッシュの分散音が、不安げに頭の中で鳴り出す……。

東京駅の改札口が見えてきたとき……。曇り空から夏の日差しがかすかに覗いた瞬間。いきなりドドーーンという爆発音が俺の耳をつんざいた。

一瞬にして周りの音が消え去った。いきなり聴力を奪われたようになった俺は、無音という世界の中心に置き去りにされてしまった。

それはまるでサイレント映画のワンシーンのようでもあり、台詞のない無言劇のようでもあった。

やがて、色もなく音もない静寂の世界から、ゆっくりと現実の慌ただしい街の喧噪が俺の耳に届き出した……。

「爆発だ！」「事故だ！」「ガス漏れか？」何人かの人間が、大声を上げながら走り過ぎて行く。爆発音がした瞬間、地面が揺れたような感覚にも襲われたが、地震とは違う。次第に周りの人間の怒号とも悲鳴ともつかない声が聞こえ始めてくる。

ちょっと待ってくれ。爆発って？ 事故って？ 一体何が起きたんだ？ 少しずつ冷静になるにつれ、俺の全身は恐怖で凍りついた。

その大地が割れるような爆発音がした方角は、さっき加奈子が笑顔で戻って行った方向だったのだ。

「加奈子！」

大声で叫びながら、俺はさっき二人で歩いて来た道を全速力で走った。

道の向こうに白煙が漂っている。そっちは危ない！ 誰かの声がする。かまわず走っていると、見知らぬ男に思いきり肩をつかまれ止められた。

「そっちは危ない。ガラスにやられる」

「はっ？」

「ガラスの雨だ！」

「えっ？」

「ビルのガラスが、全部割れて降り続いているらしいんだ。何人も怪我人が出ている。だからそっちに行っちゃ危険だ！」

肩をつかまれたまま、半ば放心状態の俺は、生きろ！　生きていてくれ！　と何度も何度も、声にならない声で祈っていた。

# 第二十二章　愛の黙示録

東京の夏はその日一変した……。

一九七四年、八月三十日十二時四十五分。それは、まさに平和な都会の昼下がりに起きた、許しがたい爆弾テロだった。

三菱重工ビル爆破事件。

東京本社ビル入り口近くに仕掛けられた時限爆弾の威力は凄まじく、一階ロビーなど、九階建てビルの窓ガラスはすべて破壊され、さらに向かいの三菱電機ビルを含む、近隣ビルのガラスまでをも吹き飛ばした。

爆風によって飛び散ったガラスの破片は、爆破直後にガラスの雨となって容赦なく通行人を襲い、爆風とガラス片により八人が死亡。重軽傷者は三百八十人にも上った。その光景は、あまりにも凄惨で、まるで地獄絵図のようだったという。戦後日本における史上最悪の爆弾テロ事件は、後に「東アジア反日武装戦線『狼』」から犯行声明が出された。

あのときから、ほぼ同じ夢に俺はうなされている。今夜もまた、荒野の真ん中に建つ今にも崩れそうに細い高い塔のてっぺん、立っているのがやっとの板の上でバランスを保ちながら立っている。

強風に塔はグラグラ揺れ始め、バランスを崩した俺は真っ逆さまに落ちて行く。落下しながら、これは現実ではないんだと分かっているはずなのに、なかなか夢から覚めず、声にならない恐怖感が俺を襲う。そして、地面に叩きつけられる寸前でいつも目が覚める。ねっとりした汗が全身を覆っている。階下のキッチンに降り、そのまま蛇口に口をつけて水を飲んだ。食卓の椅子に座り頬杖をつく。小さなため息が時間を引き戻した。

あの日、俺が代官山にある加奈子のマンションを訪ねたのは、夜の七時を回った頃だった。あれから俺は、爆破現場周辺を何が起きたのかもわからず、ウロウロするだけだった。目に飛び込んで来た公衆電話から、義之と美津夫に電話した。

美津夫はつかまらなかったが、まだ家にいた義之に、今日の新曲デモのリハは中止にしたい旨を伝えた。のっぴきならない俺の口調に、義之は理由を聞かずに了承してくれた。そのまま俺は現場に戻ったが、加奈子の安否が確かめられない焦燥感は募るばかりだ。やがて現場は封鎖され、近づくことも出来なくなった。

仕方なく一旦家に戻り、テレビのニュースで爆破事件の全貌を知った。死亡した人間の中に加奈子はいなかったが、もしかしたら重傷を負っているのかもしれない。相変わらず加奈子からの連絡はなく、何度電話をかけてもつながらない。俺はいてもたってもいられなくなりここに来た。

加奈子の部屋の前。恐る恐るドアのチャイムを鳴らす。暫くして内側でドアに近づいて来る音がした。

「俺、雅彦……」

さらに俺はドア越しに、

「加奈子いるのか？　大丈夫か？」

「………」

気配はするが、俺の問いに返事がない。続けて、

「もしかして、怪我でもしたのか？」

俺は心配で様子を見に来たと言った。ようやく加奈子が、

「ありがとう……私は大丈夫よ。でも、まだちょっと休んでいたいから。ごめんなさい……今日は一人にして……」

加奈子が無事だったことにホッとしたと同時に、いきなり俺との間に大きな壁が降り

てきたような気がした。これ以上一切の質問も、同情も受け付けないという意志を持った声だった。

「わかった……。元気になったら、明日にでも連絡してくれ」

それ以後、加奈子からの連絡はない。


心の不安が強く募る中、思い切って俺は加奈子の店に電話をしてみた。ちょうどママが出たので、自分は大学時代の友人で、彼女のことを心配していると伝えた。加奈子は月曜日にしばらくお店を休ませて欲しいと電話があってから、ずっと店には来ていないという。どうしているか知りたいので、逆に何か分かったら教えて欲しいとママに懇願されてしまった。お店にとって加奈子がいかに大事なメンバーであるかは、電話口での対応でよく分かった。最後にママが、何が起きるかわからない世の中よね、ホント怖いわ、とつぶやいたのが印象的だった。

熱病のように蔓延《まんえん》した反権力闘争の嵐は、連合赤軍事件以降、一度は終息したかのように見えた。が、今回突然企業爆破という史上最悪の爆弾テロとなって、振り出しに戻ってしまったかのようだ。

人間の命というものを完全に無視した、身勝手な闘争意識だけがあるように思える。ましてや破壊からは何も生まれない。真の意味での市民革命を目指すのであれば、その主体である市民の共感を得られず、世界を変えるなんてことは絶対に不可能なのだ。そこには、ねじ曲がったイデオロギーしか存在していない。

爆弾テロに対する怒りは、一般市民と同じように当然感じているのだが、俺としては加奈子が事件に巻き込まれ、連絡もなく没交渉になっている現実が、どうしようもなく辛く悲しく、そして不安だった。


そんな不安定な社会情勢や、個人的な閉塞感とは裏腹に、ジュブナイルの新曲デモのリハは順調に進んだ。

ディレクターの瀬川とも検討を重ね、四曲をシングル候補曲としてレコーディングすることにした。

当初、デビューは十月の予定だったが、デモの進捗状況により多少遅れ、レコードは十二月五日発売に決定した。延期になったとはいえ、レコーディングはすぐにでも始めなければならない。オケ録りは、予備日もいれて三日間スタジオを押さえている。アレンジなどは既に完成しているので、俺達としては二日で録音出来ると踏んでいる。


瀬川とレコーディングの細かい打ち合わせをビクトリーレコード本社で済ませた後、義之と美津夫に誘われ、三人で久しぶりに飲みに行くことになった。

渋谷に出て、俺達は前に行った東横線ガード下の焼き鳥屋に流れた。以前ここに来たときは啓太もいて四人だった。そう、ムーディー・ブルースのコンサートを観た後だった。今年の一月の話だが、もっとずっと前にも感じてしまう。今年は色んなことがありすぎたのだ。バンドがこんな状況になるとは、誰も予想することは出来なかった。三人で外で会うのも、いつ以来なのか覚えていない。

ここのところ、スタジオでは三人顔を突き合わせていても、淡々と自分のパートを奏でるだけで、終わると三々五々別れて行くパターンが続いていた。義之の独善的な指示に辟易していたというのもあるが、美津夫も未だモデルの仕事は続けていて、タイトなスケジュールを縫ってリハを重ねて来たので、三人だけでゆっくり話すのは土台無理だったのだ。

「この間は大変やったけど、雅彦は最近どうなんや？」

生ビールで乾杯した後、珍しく美津夫が口火を切った。

「ああ……そうだなぁ、あんまり調子がいいとは言えないな」

あの日のことは、二人にはおおまかには話をしたが、加奈子のことまでは話せていなかったのだ。

「実はさ、二人には言わなかったけど、付き合っている彼女も、あの日一緒にいたんだ」

「えっ？　誰なんや？」

それから、加奈子は大学の同期で、今は学校を辞めて、彼女の意志で銀座のクラブに勤めていることなどを話した。最初はそれほどでもなかったが、次第に彼女に惹かれていった経緯などの話もした。

二人に加奈子のことを話すことによって、自分にとっていかに彼女が大切な人であるのかも再確認した。

「じゃさぁ、こんなとこでビールなんか飲んでないで、彼女の家に行けよ」

義之のお構いなしの発言も一理あるが、そうはいかないのだ。俺は加奈子から連絡があるまでは、自分からは何も出来ないのだ。

「でもな、彼女はショックやったと思うで……俺なんかそんな事件に出くわしたら、人生観変わってまうわ。一人じゃ無理やな」

美津夫の言葉にハッとした。拒否されても強引に、加奈子の側にいてあげた方が良かったのだろうか。今となっては後の祭りだが……。

どうやら、今日の飲み会は美津夫の発案だったようだ。最近精彩に欠け、覇気のない俺を元気づけるのが目的らしい。普段何を考えているのか、あまりよくわからないヤツだが、美津夫には結構そういう優しいところがある。そんな所にも、吉村希美子は惹かれたのかもしれない。

彼女は、いよいよ本格的に服飾デザイナーとしてデビューするため、新人デザイナーの登竜門である『美装苑賞』に応募するという。

この賞は、ファッション雑誌「美装苑」主催で、入賞するとデザイナーとしての未来は約束されたものになる。今までも、何人もの有名デザイナーがこの賞を受賞した、歴史あるコンテストなのだ。

まっ、どうなるかわからへんけどな、と美津夫は言うが、彼女に負けないよう頑張るとデビューに向けて美津夫もかなり前向きだ。

そして今回のシングル候補四曲のうち、三曲は義之の作曲だ。こいつの才能が覚醒したことが、今回デビューにこぎつけられた要因の一つでもある。

もう一曲は、以前俺が作った「時間《とき》の翼《つばさ》」。この曲も大幅にアレンジを変え、詞を手直しして、新しい曲として生まれ変わった。他の三曲の詞も俺に任されている。しかし、現時点で全部の歌詞は完成していない。

こうやって、三人で飲んで世間話をしていると、そっかぁ……俺達は同じ高校の同級生だったんだなと、あらためて感じる。以前は啓太がいたから、いつでもその雰囲気になれたのだが……。最近はスタジオで会ってもお互いピリピリしていて、そんな気持ちになることはなかった。

プロになるってことは、友達同士という馴れ合いの甘さが、少しずつ払拭されてゆくことなのかも知れない。少し淋しい気もするが、もう誰もあの頃に戻ることは出来ないのだ。

思い出したように義之が、

「そうそう、フジヤマTVの石山さん。俺達がドキュメントの話を断ったろ？　その代替えってわけじゃないけど、今年のクリスマスイブにジュブナイルのワンマンライブをやらないかって提案されたよ」

最近はビクトリーレコードの瀬川は俺が担当し、フジヤマTVの石山は義之に任せていた。石山はドキュメント映像にまだこだわっているらしく、そのコンサートの模様を撮影して、是非オンエアしたいという。

俺も美津夫も悪い話じゃないなとは思ったが、テレビ絡みの話は、慎重に進めようと確認しあった。まずは来週、目の前に迫ったデビューシングルのレコーディングが先決だ。

いよいよデビューに向けて動き出し、義之も美津夫もいつになく陽気で饒舌だ。その反面、俺はいくらビールを飲んでも酔えないでいる。

誘ってくれた二人の気持ちは嬉しいのだが、今夜の俺は心から飲み会を楽しむことが出来ない。そんな俺の心の内を知ってか知らずか、ボソッと義之が、

「そういえば、パリの福山から絵葉書が来たぜ。雅彦によろしくって書いてあった。でもさぁ、お前ら付き合ってたんじゃないのか？」

福山？……あっ響子かぁ！　懐かしい名前にビックリしたが、元気で何よりだ。義之には彼女とはちょっと付き合った程度だとお茶を濁した。

「俺とは幼なじみだから、気軽に絵葉書でも出せたのかもな。当分日本には帰りたくないらしいぜ。昔っから変わってたけど、まさかパリ留学とはな」

響子……突然現れ、忽然《こつぜん》と消えて行った女性。原宿「レオン」で彼女との恋を総括し、響子と別れたのも随分前のように思える。

自由であること、奔放であるってことは、ミサとも共通しているが、ミサの方がもっとワイルドで、動物的直感力や生命力に満ちている。ミサともここのところ、すっかりご無沙汰だ。考えたらこの一年余り、俺の人生、女性に振り回されっぱなしだ。福山響子に門脇美佐子。そして島田加奈子。俺とは違い、全員確固たる自分というものがある。

俺のための飲み会だったが、不完全燃焼のまま二人とは渋谷で別れた。

このまま家に帰る気にはなれず、駅の公衆電話から加奈子の部屋に電話をしてみたが、呼び出し音が不安を煽るように鳴り続けるだけで、彼女は出ない。

俺はタクシーをつかまえ、代官山の加奈子のマンションへ向かった。連絡があるまで待っていようと思ったが、やはり酒の勢いもあるのか、どうしても今夜加奈子に会いたくなってしまった。

何度も訪れた、加奈子のマンション。エントランスの前に立ち、まだ新築の匂いのするマンションを見上げた。

もし、部屋にいたらなんて声をかけよう……ここまで来て、部屋に行くのを躊躇している俺……。自分を情けなく思いながら、エレベーターに乗り、加奈子の部屋の前に立った。ドアチャイムを押す。反応がない。再度押すがまた反応がない。いないのか？

実は今まで使ったことはなかったが、俺は加奈子の部屋の合鍵を持っている。いつでも来ていいわよと、以前加奈子が俺に渡してくれたものだ。

ただ部屋に行くときはいつも一緒だったし、加奈子が不在のときに訪ねることもなかったので、今まで使ったことがなかったのだ。

迷いに迷ったが、俺は合鍵を使い加奈子の部屋に入った。懐かしく恋しい加奈子の匂いがしたが、暗い部屋に人の気配はない。やはり加奈子はいない……。一体何処へ行ったんだ？

電気をつけ部屋を見渡した。いつもより広く感じる。驚いたことに家具が何もない。唯一残っているベッドの上に、白い封筒が置いてある。

近づいてよく見ると、その白い封筒には、風間雅彦さまへと俺の名前が書いてある。それは加奈子から俺へ残された、一通の置き手紙だった……。

# 第二十三章　第七の封印

レコーディングは予定通り二日間で完了した。瀬川は今年自分がレコーディングした曲の中で最高の出来だと自画自賛。三日後には、いよいよ歌入れが始まる。もう何度もリハーサルを重ねて来たので歌入れも難なく終わるだろう……俺の歌詞が完成すればの話だが。一曲だけどうしても納得出来ない部分があり、保留にしたままなのだ。義之にはこの二日間で絶対に完成させろよなと、ハッパをかけられたが……俺は明日から空いた時間を使って、ある計画を実行しようとしている。

ちょうど一週間前だった。俺は加奈子の部屋で俺宛の置き手紙を見つけた。俺はどうしてもその場では、読むことが出来なかった。手紙を持ち暫く立ち尽くしていたが、思い立って加奈子の部屋を後にし、俺はあてもなく街を彷徨《さまよ》った。何処をどう歩いたのか覚えていない……。最終的に辿り着いたのは六本木の「パブ・カーディナル」だった。

加奈子と待ち合わせた思い出の店。俺はトム・コリンズを頼み、封書をテーブルの上に置いた。トム・コリンズを一口飲み、俺は意を決して読み始めた。

風間雅彦　さま

連絡しないでごめんなさい。この手紙を読んでくれると信じてペンを取りました。こうやってあなたに手紙を書いているだけで、わけもなく涙があふれてきます。私、何やってんだろう。こんな私、私じゃないのに。

あの日、私はほんの数時間前に起きたことを思い返すたび、全身の血が恐怖で凍りつくようでした。とにかく震えが止まらなかった。助けて欲しい。あなたにそばにいて欲しいと何度思ったことでしょう。気を失って病院で目覚めたときも、あなたを無意識に探していた。私は自立する女を自任し、それを目指していたはずなのに、そんなものは根底から崩れてしまいました。弱い私。そんな自分をあなたに見せたくなかった。だから、あなたに向かってドア越しにあんなことを言ってしまったのかもしれない。

　でもね、ホントは力ずくでもいいから、強引に鍵を開けて部屋に入って来て欲しかった。そして、あなたにもう大丈夫だからと言って、強く抱きしめて欲しかった。でもあなたのことだから、私がああ言えば帰るだろうなとも思っていました。案の定、あなたは帰って行った。遠ざかる靴音を聞きたくなくて、思わず私は耳を押さえ、その場で泣き崩れてしまいました。何分ぐらい経ったのかしら、まるでご主人様を待つ子犬のように泣いている自分がおかしいやら、情けないやら……でも、ひとしきり泣いたおかげかどうかわからないけど、私の中である決意が芽生えたのは確かです。そのときはまだ、ゆるぎないものではなかったけど、日が経つにつれそれは確固たるものに変化していきました。

　あの日、あなたに何十年後かに私達何処にいるかしら、なんてことを話したわよね。あのとき私が言いたかったのは、人生って思いがけない出来事によって左右されるものらしいけど、私達は何があってもずっと二人でいたいわねってことだったの。でもね、あの事件で犠牲になった方々なんて、私なんか比べものにならないほど、重く辛い人生に変化してしまったわよね。

　こんなこと言うと不謹慎かもしれないけど、それに比べたら私は助かったし、こうやってあなたに手紙を書いてる。もっと元気出さなくっちゃ……そう思ったらすぐにでも、あなたに私は大丈夫って電話したくなったわ。何よこの脳天気さはと、自分にあきれてしまいますが。

　でもやっぱり、あの光景が頭をよぎると、どうにもならなくなってしまう。

　あのとき私は売り掛け金を回収しに、ビルの四階でエレベーターを降りたところだったの。突然、激しい爆発音と同時に床が突き上がるようにビルが揺れて、私は地震だと思って、その場で思わず座り込んでしまった。そのままじっとしていると、暫くして、遠くで救急車のサイレンが聞こえてきたわ。

　その後、オフィスから人が続々と飛び出して来て、口々に「爆発だ」と騒ぎ出している。一体何が爆発したのか分からないまま、何とか階段で一階まで降りて、玄関から出ようとしたとき、いきなり自分の目の前をザザーッと何かの塊がすべり落ちて来たの。それが爆風で割れたガラスの破片だと気づくには、少し時間がかかったわ。ガラスは爆風ではいっぺんに割れず、時間をおいて落ちてきたらしいの。

　後からロビーへ降りて来た人が、近くのビルで、何かが爆発したようだから、今すぐ外に出ては危険、もう少し中にいた方がいいと言ってたけど、私は意を決して外に出てしまった。

　そこには、フロントガラスもなく大破した車が数台。見上げると周りの殆どのビルの窓が吹き飛ばされていたわ。そのガラスの破片が凶器となって、路上にいた人間に襲いかかったのよね。かなりの人が倒れていたわ。微動だにせず、うつ伏せに倒れている人。

座り込んでいる人もいた。

ガラスが道路一面を覆い、まるで宝石のようにキラキラ輝いている。透明なガラスが空の色を映して青白く輝いている中で、何だろう……赤く光っている場所がいくつもある。

赤い宝石……？　やがてそれが人間の血糊《ちのり》だと気がついた瞬間、あまりの衝撃に私はその場で気を失ってしまった。気がついたときは、病院のベッドの上だったわ。

目覚めた後もそのシーンが私にまとわりつき、何かをしようにも声が出ず、体が動かない、私であって私でない状態が続き、次第に私は身動き出来なくなってしまった。多分精神的なものだとは思うけど……あなたへの連絡も一日、一日と時間が経つほどに出来なくなってしまったの。きっとあなたのことだから、私からの連絡があるまで待つことが、私への正しい気持ちと思っていたのでしょう。加奈子は強いから、一人で立ち直れると思ってくれたのでしょうね。

でもね、ほんとは違ったの。私はそんなに強くなかったの。翌日でもいい、その次の日でもいい、あなたに飛んで来てほしかった。ここにいて欲しかった。私のそばにいて欲しかった。やさしく肩を抱いて欲しかった。来てくれたあなたには、一人にして欲しいって言ったのに、なんてわがままな女でしょう、あんなにあなたの前では強がっていたのにね。

これまでの私は、平戸の実家を出て東京に行くこと、自分の力で生きていくことにすべてをかけて来たわ。でもその精神的支柱みたいなものが、あの日を境にポキッと折れてしまった。でね、ぽっかり空いたこの胸を埋めるものは一体何だろうって考えたとき、不思議なんだけど、ふっと私……故郷の海が頭に浮かんできたの。平戸は島で、舟で渡らないと本土に行けない不便な町だから、私はいやでいやで子供の頃からそこを出たかったのに、頭に浮かんだのはそんな平戸の海だったの。そのときに思ったわ、もしかしたら故郷の平戸の海は壊れかけた私の心を癒してくれるのかも知れないって。

ここまで書けばわかると思いますが、さっき書いた決意というのはそういうことなのです。決意が鈍るといけないからお店も辞めて、この部屋も来月いっぱいで解約しました。

平戸に帰ることによって、また違う答えが見つかるかもしれないし、新しい自分が見つかるかもしれない。

そう信じて雅彦さん……私はあなたとお別れします。そうする以外の方法を見つけられない私をどうか許して下さい。

この決断があっているのか、間違っているのかは、今の私にはわかりません。ただ、これしか今の私には出来ないのです。

これをあなたが読んでいるときは、私はもう平戸に帰っているでしょう。

私は東京で、あなたに出会えたことは一生忘れない。まさに私の青春だったと誇れます。もう一度あなたには会いたかったけど、でも会ったらこの決意はゆらいでしまうかもしれないから……このまま離れて行く方が良いのでしょうね。

最後になりますが、あなたのバンドはほんとに良くなったわ。啓太さんのことは残念だったけど、その試練をあなたは自力で乗り越えたってことよね。

あなたは私がいなくても大丈夫。ちゃんとやって行けると信じているわ。

あなたのことは良くわかっています。だって私はあなたの一番のファンだもの。私が初めて愛した人だもの……。

私も故郷に帰って乗り越えてみます。いつって言えないけど、すぐかもしれないし、ずっと先かもしれない。とにかく今まで、ほんとうにありがとう。

バンド頑張って下さい。ずっと応援しています。

加奈子

レコーディングの翌日、俺は平戸に向かった。朝いちの飛行機で長崎に出て、バスで佐世保へ、そこからまたバスと船を乗り継いで、今は崎方《さきがた》公園から少し登った、遠見《とおみ》という丘に一人立っている。ここからは平戸の海が一望出来るのだ。

平戸に来たからと言って、加奈子に会えるとは思っていない。そもそも彼女の実家の住所を知らないのだ。ただ単に加奈子の故郷の空気を感じてみたかった。彼女が見たいと言っていた、平戸の海を自分も見たいと思ったのだ。

平戸は初めて来た町だが、自分なりに加奈子との思い出を重ね合わせていると、不思議なほど懐かしい気持ちになる。この海と信仰の島が加奈子を育てたのだ。都会の雑踏しか知らない俺には、途方もなく新鮮で刺激的だ。

前に加奈子が、

「隠れ切支丹なんて学者が付けた名称なのよね。こっちでは旧切支丹《ふるキリシタン》と言って、ちっとも隠れてなんかいなかったのよ。隠れなんて、後ろ向きな感じで大嫌い」

と言っていたのをふと思い出した。その真偽のほどは定かではないにしろ、加奈子らしい意見だなと、そのとき思った。

加奈子は、自分は旧切支丹の末裔《まつえい》でありながら、生まれてからずっと神などを信じず、むしろ背を向けたまま島を出て来たと言っていた。もしかしたら、そんな自分のルーツと、もう一度向き合うために、故郷である平戸に戻ったのかもしれない……。

風がかなり出て来た。不思議なくらい寒くない。少しばかり心に微熱を感じているからかもしれない……。

さらに、十五分ぐらい歩いて平戸ザビエル記念教会の前に来た。ここからも遠くに平戸の海が見える。

俺はおもむろにヘッドフォンを取り出し、東京から持って来たカセットデンスケのプレイボタンを押した。まだ未完成の歌詞のために持って来たのだが、この教会を見て思わずカセットを入れ替えた。

大音量で流れて来たのは、加奈子が好きだと言っていた、スコット・エンゲルの「最後の封印」。この曲のイントロ部分のトランペットメロは、この場所の風景にぴったりくる。

十字軍の遠征帰りである騎士と死神が、チェスの対決をしながら、自らの運命や、神の存在などを問うベルイマンの一九五七年の映画、『第七の封印』。「最後の封印」はその映画をモチーフに、元ウォーカー・ブラザーズのスコットが書き下ろした楽曲だ。加奈子は以前から、この曲のメロディや、彼の低くとも甘く艶やかな声が大好きだと言っていた。

以前、第七の封印とは聖書のヨハネの黙示録にあると、加奈子に教えてもらったことがあった。神を否定するには、まず聖書を知らないと駄目よねと、はにかんで笑う加奈子の顔が印象的だった。

第七の封印が解けると、七人の天使が現れ、ラッパを吹くたびに世界が滅びてゆくという、かなり衝撃的な終末論であったと思う。

夏の日の昼下がり、加奈子はこの世の終わりとも思えるような凄惨な光景を目の当たりにし、自らの青春に終止符を打ってしまった。その精神的ダメージは、想像を絶するものだったに違いない。

俺に今出来ることは、彼女が生まれ育った平戸の町を巡りながら、少しでも加奈子の痛みに触れ、加奈子の気持ちを受け入れることだろう。そうすることによって、傷ついた加奈子の心に寄り添えるような気がするのだ。

間違いなくこの町の何処かに加奈子はいる。そう思えるだけで今の俺は満足だった。翼なんかなくたって飛べる。もしいつか加奈子から連絡があったら、何処にいようと、俺は世界の果てまで飛んで迎えに行ってやる。

もう迷いはしない。俺は俺の意志で、出来る限りの力をふりしぼって、俺の歌が平戸にいる加奈子に届くように歌い続けようと思う。この世の事象すべてに終わりがあるなら、復活だってあり得るはずだ。

水平線の彼方。穏やかな平戸の海に俺は加奈子への愛を誓った……。

# 第二十四章　終わらない夢の始まり

人間としての成長は、一体どのように自分で感じてゆくものなのだろうか。自分以外の他者との交わりの中で推し量るものなのだろうか。

例えば男は女に、女は男に少なからず影響を受けながら、次第に自分という心の形を形成してゆく。初めは青くいびつであっても、長い時間をかけ、お互い心と体で深く理解し合い、愛という形が整ってゆく。

とはいえ男は女を完全に理解するなんてあり得ない。もちろんその逆も言える。しかし、理解不能な未知の部分があるからこそ、男も女もお互いミステリアスな存在でいられるのだ。

さらに、安定した恋よりも身を焦がすほどの禁断の恋、モラルよりもアンモラルな愛の形に惹かれてしまうのも、本来持っている人間の性《さが》なのだろう。

俺の心を通り過ぎて行った女性達。福山響子、門脇美佐子、そして最愛の島田加奈子。彼女達によって、俺はこの一年余りで、人として、男として少しは成長したのではないかと思う。少年期から大人へ変わる季節。そこで出会った女性は、男にとって、すべてミューズなのだ。そのミューズと恋に落ちれば、火傷《やけど》もすれば、ささやかな罪も犯す。すべてが思い通りにゆくわけではない。

あらゆる局面での後悔もある。ああすれば良かった、こうすれば良かったと数え上げればきりがない。その中で自らの愚かさを知り、傷つき、痛みを感じ、思いやりを覚え、責任という重さを得心《とくしん》する。それを人は青春と呼ぶのかも知れない。

これから俺の人生がどのように転がってゆくかわからない。どうであれ、押し寄せる流れに少しは抵抗しつつ、昨日よりは今日の自分を信じ、俺は俺のままで生きようと思う。

あの日、平戸の町を散策しながら、もしも偶然ここで加奈子に会えたら……密かに期待していた俺がいた。だがそんな偶然は、映画やテレビドラマのような筋書きがない限りあり得ないのだ。

人生は予定調和の円の中にあるわけではない。常に予期せぬドラマの主人公を自分が演じ、世界でたった一つの脚本を自らが演出しながら、誰にも真似出来ない物語を生きることが人生なのだ。

そして、その自らが生きたという証しを、次の時代や世代に残して行くため、人は新しい命を繋げようとする。その方法は人それぞれ違うと思うが、俺はこの時代を生きたという証拠や実感を、音楽という表現方法で実践して行きたいと思っている。

ジュブナイルとしてどこまでやれるかわからないが、出来る限り新しい曲を書き、それを歌い、自分の存在を証明して行きたい。

その覚悟を完全なものにするためにも、平戸から帰って俺は、自らの意志で大学を辞めた。

本番三十分前になった。新宿にある四百人キャパの朝田生命ホールは完売になっているという。今夜はクリスマスイブ。街はクリスマス気分で賑やかなネオンに彩られている。さっきから、瀬川が落ち着かない素振りで、ソワソワと楽屋を出たり入ったりしている。彼にとって、ジュブナイルは初めて自分の手でヒットを仕掛けようとしているバンドだ。

今月の五日にリリースされた、デビューシングル「世界の果てまでも」は爆発的とはいかないまでも、チャートの二十五位辺りをウロウロしている。ただ依然として赤丸上昇中という上げ潮の中にいる。瀬川にすれば、今夜のクリスマスコンサートで弾みをつけて、何とかトップテンに入れたいと目論んでいるのだろう。

　意外に冷静なのが美津夫だ。早々と衣装に着替え、歌詞を確認しつつリズムを取りながら口ずさんでいる。雑誌のモデルでショーなどに何度も出ているから、こういう雰囲気には慣れているのかもしれない。ちょっと頼もしく見えてきた。

　それにひきかえ俺は本番が近づくにつれ、座ったり立ったり、瀬川と同じように、いやそれ以上に落ち着きがない。

　見かねた美津夫が、

「雅彦何してんねん、ちょっとは落ち着けや」

「あぁ、なんか緊張しちゃってさ、お前よく平気だな」

「いやいや俺かてそりゃ緊張してるわ。でもここまで来たら、逃げるわけにはいかへんし、やるしかないやろ？」

　やるしかないか。そうだな……もうここまで来たらやるしかないんだ。

　義之も、ヘッドフォンをしながら卓上キーボードで譜面を確認しているようだが、指は動いていない。あいつもあいつなりに緊張しているんだな。そう思うと少し楽になってきた。

　すかさず美津夫が、

「なぁ今夜って、売り切れなんやろ？　俺達のチケットっていくらするんや？」

「う～ん千二百円とか言ってたような」

ヘッドフォンを外した義之がその話に割り込んで来た。

「そうそうチケット代と言えばさ」

義之が言うには、昨日マレーネ・ディートリッヒのディナーショーが帝国ホテルであり、義之の父親が観に行ったのだが、チケット代がなんと十万もしたという。それには美津夫も俺も、驚きを越えて呆れ返った。

「なんやそれ！　俺達のチケットの約百倍やないか」

「そうなると、もうコンサートの値段じゃないな」

「でも、親父が言うには、帝国ホテルの食事付きで、マレーネ・ディートリッヒのショーならそのぐらいが妥当らしいぜ」

上には上があるもんだなと、美津夫がマレーネ・ディートリッヒの「リリー・マルレーン」を口笛で吹き始めた。あれ？　こいつ意外に口笛うまいじゃん。ステージで使えるかも。たわいもない会話で緊張は少しほぐれた。

俺と義之が衣装に着替えたとき、楽屋に懐かしい笑顔が現れた。啓太だ。

「やぁ、初のワンマンコンサートおめでとう！　厳しくチェックしに来たぜ」

啓太の横にはあのチップとデール似の奈美ちゃんもいる。

「あっ、奈美ちゃん久しぶり」

義之がすかさず声をかける。

「こんにちは」

女性の声で、野郎ばかりの楽屋が花が咲いたように明るくなった。

「啓太はもう大丈夫なんか？」

「もう平気さ。でもさぁ、美津夫も義之も冷たいな。お前ら全然見舞いに来なかったじゃん」

そんなことはない。一度、啓太の退院前に三人で行ったのだ。啓太流のジョークだ。丁々発止《ちょうちょうはっし》、そんな会話を四人でしていると、一気にあの頃に戻ったような感じになる。やはり啓太がいると場が和む。俺の緊張は完全に解けたようだ。

「あっ、そうそう雅彦。美佐子さんの近況って知ってるか？」

「えっ？　知らないけど……」

「結婚しちゃったよ。イギリスのバンドで、あの『フライ』のヴォーカルとね。姉貴情報によると、今はもうロンドンにいるらしいぜ」

驚きはなかった。ミサならあり得る話だ。しかし既にロンドンとは恐れ入った。さすがミサだ。その行動力は尊敬に値する。とても俺が敵う相手ではなかったってことだ。でもそうと聞いて、実はちょっとホッとした。ミサの面影は浮かんだが一瞬で消え去った。それと入れ替わるように、加奈子の横顔がふっと心に灯りを点すように浮かんできた。

舞台監督が開演五分前を告げにきた。じゃあ頑張れよと、啓太と奈美ちゃんは客席に向かって行った。

さぁいよいよだ。俺達は目を合わせ無言で頷いた。楽屋の前の狭い通路を通り、舞台袖に向かう……自然に俺達は肩を組んだ。それぞれの鼓動が組んだ腕を通して聞こえてくる。鼓動は次第に大きくなり、一定のリズムと共に頭の中でAの音が響き渡ると、お互いの心と心を繋ぎ合わせるように、音叉は客席の歓声と呼応し始めた。

ジュブナイルの未来はここから始まる。俺達の未来がどうなるのか、これから俺達は何処に向かうのか、それはまだ誰にもわからない。わかっていることは、ステージのスポットライトは確実に今の俺達を照らし出すということだ。

俺はおもむろにギターを掴《つか》んだ。その瞬間、いつになく激しく音叉が俺の体に共鳴した。

bonus track

# 憂鬱な週末

# I

武道館南スタンド一階正面。いわゆる関係者席と呼ばれる場所。ブライト・メイデン・ジャパン代表取締役社長、瀬川修造は久しぶりにそこに座り、開演を待っていた。最近は立場上、コンサートに足を運ぶ機会はめっきり減ったのだが、今夜は六年振りのスティング来日公演。若い頃ポリスのファンだった自分への郷愁として来た。

見上げると北西スタンド横や、北東スタンド横までぎっしり埋まっている。客層の年齢は高いが、未だにこれだけの動員力があるのは大したものだと思う。

開演前の期待感でざわついた感慨に酔えるほど、もう若くはない。

今回の公演はポリス時代のナンバーを多くやると聞いて重い腰を上げて来たが、瀬川はコンサートを、二時間以上じっと座って聴いていられるのかどうか不安だった。

しかし、ショーが始まり、力強いスティングの歌声に引き込まれると、時間が経つのも忘れて音楽に集中した。ソロも含め、ポリス時代のナンバーを聞くと、あの頃の自分に帰って行く。音楽のマジックはまだ自分にも有効なんだなと、瀬川は感傷的に深く目を閉じた。と、そのとき、

「瀬川さんですか？」

ふいに声をかけられた。振り返るがまったく見覚えがない。

「以前、瀬川さんにお世話になったレモン・キッズの吉永《よしなが》です」

レモン・キッズは瀬川がディレクター時代、頼まれ仕事で手がけたアイドルグループだ。陽の目を見ないままシングル三枚で解散した。ヒットディレクターとしてその名を恣《ほしいまま》にしていた瀬川にとっては、あまり思い出したくないグループでもある。

あれから三十年以上。アイドルとしての経年変化は仕方がないが、自分が手がけたアーチストの顔が全く思い出せないのは情けない。とはいえそこは業界の社交辞令。

「お〜君か。元気そうで何よりだね」

「瀬川さんこそ、全然お変わりないですね。実は今こういうことやってます」

名刺には音楽プロデューサー&アレンジャーetc. とあった。要するに何でも屋だ……この手の人間を瀬川は信用しなかった。今やこの業界はプロデューサー流行りで、石を投げれば、ほぼ十割の確率でプロデューサーに当たると言われる。

「そうか、頑張ってるな。何かあったら連絡してくれ」

「ありがとうございます」

ポケットの中でさりげなく名刺を握りつぶした瀬川は、コンサートの途中だったが、そのまま武道館を後にした。

六月とはいえ、夜はまだ少し肌寒い。関係者専用の駐車場に向かって歩き出した時には、もう名刺を渡してきた彼の顔も、アイドルグループの名前も瀬川の記憶から消え去っていた。彼の脳裏に刻まれているのは、自ら手がけてブレイクしたアーチストばかりだ。

彼が一線のディレクターとして活躍した七〇年代から八〇年代は、日本の高度経済成長やバブル景気の予兆も有り、レコード会社全盛時代でもあった。テレビのベストテン番組は毎週高視聴率を維持し、その番組に出るだけで、翌日のレコードバックオーダーが倍増する時代でもあった。

車に乗り込みエンジンをかける。最近手に入れたばかりの黒のアウディR8。スポーツタイプの車特有のエキゾーストノートがたまらなく心地良い。エンジンと自分とが一体になる瞬間、瀬川は一種のエクスタシーに陥る時がある。

車には依然としてアクティブな瀬川だが、カーステレオからはクラシックが流れている。ラフマニノフのピアノ協奏曲第二番。最近、瀬川は車の中ではもっぱら、クラシックしか聴かなくなっていた。もう齢《よわい》七十を過ぎ運転も疲れる。そんな時はクラシックに限るのだ。

瀬川が手がけたアーチストは有名無名を問わなければ、かなりの数になる。業界の花形ディレクターとして一世を風靡《ふうび》していた頃の彼は、とにかく貪欲だった。演歌以外のジャンルにはすべて手を出した。売れると思ったものは即座に交渉に出向き、アーチストを説得し、自らディレクターチェアに座る権利を得た。彼の売れる音楽を嗅ぎ分ける才能は群を抜いて素晴らしく、何よりも音楽に対して誰より情熱的だった。さらに彼には、運というものまで味方していたのだ。

ただし、彼にもディレクターに昇格した最初の数年は、鳴かず飛ばずの時代もあった。その不遇な時代に、瀬川は同じ会社に勤務する二つ下の受付嬢と結婚した。ところが、仕事が多忙になるにつれ、家庭を顧みなくなる典型的な仕事人間と化し、お決まりのように結婚生活は破綻、六年目の春に離婚した。幸い子供はいなかった。結婚は懲りたのか、その後の彼はかたくなに独身を通している。

瀬川はこの業界の人間にしては珍しく、ゴルフもやらず、酒も飲まない。もっぱら自分の時間は、好きな車に費やしてきた。

彼は車を運転することで、業界独特の人間関係の煩わしさを自分なりに解放させてきたのだ。今まで乗り潰した車も二十台を超え、彼にとっては唯一の道楽と言ってもいいだろう。プライベートは、ほぼ車優先の生活をしてきた。だから彼は酒を飲まないのだ。

どんな会食であろうと彼はノンアルコールドリンクで通す。彼を知る人間は、それを分かっているからか、無理には酒を勧めない。

ただ彼も若い頃は、酒豪と言われる上司との酒宴で、飲めない酒を強要されたことが何度もあった。断るわけにもいかず、悲しいサラリーマンの性《さが》で、無理矢理飲んではトイレで吐いていた。そういう悪弊を繰り返すたびに、彼は酒への拒否感というより、酒を強要する上司と酒への嫌悪感を増幅させていった。その上司もそれから数年後、肝臓ガンでこの世を去ることになる。

あの頃、瀬川は真夜中の首都高を、自分専用のレーシングコースのように思っていた。猛スピードで暴走するわけではないが、仕事帰りにアクセルをふかすだけで、足下からエンジン音が伝わりマシンと一体化する。その瞬間、レコーディングなどで鬱積《うっせき》したストレスは物の見事に霧散する。

あるとき瀬川は、車のエンジン音が激しいロックのビートに酷似していることに気が付いた。それからというもの、どんなに疲れていようと、毎晩のようにお気に入りの車のシートに座り、エンジン・ビートを全身で感じながら、いくつもの楽曲のアイデアを生み出して来た。まさにドライバーズシートが瀬川にとって、アイデアの生産工場であり、心の平安を保てる憩いの空間でもあったのだ。

瀬川の世代にとって外車は一つの夢であり、ステイタスでもあった。

瀬川は学生時代、アメ車にほのかな憧れを持っていた。キャデラックなど、大型車特有の圧倒的な威圧感が彼の心を摑んでいたのだが、独特のフロントマスクを持つ、小型のフォード・エスコートＭＫ１が出てからは、その嗜好も変わりつつあった。

ビクトリーレコードに入社後は、アメ車からヨーロッパ車志向へと急激に変化してゆく。きっかけは入社してすぐ、上司と一緒に有名作曲家の自宅にお邪魔した時のこと。車好きの先生は昨日納車されたばかりの新車を二人に見せてくれた。

羨望の眼差しで食い入るように見ている瀬川を、先生は乗ってみるか？　と気軽に誘い、彼を助手席に座らせ、自らハンドルを握って自宅周辺を走ってくれたのだ。その車こそが、当時高速の貴婦人と呼ばれたＢＭＷ Ｅ２４だった。エンジン音といい、路面から伝わるサスペンションの感覚といい、瀬川の心はいっぺんにＢＭＷの虜《とりこ》になってしまった。

感激した瀬川はその日以来、いつかはＢＭＷと心に誓ったが、結局その夢は十年以上経ってから、ワーゲンやメルセデスなど他のドイツ車に取って代わられることになる。瀬川が最初に手に入れた車は、淡いクリーム色の三菱コルトギャラン。中古ではあったが、彼にとっては愛着のある車になった。当時瀬川は、風呂なしのアパートに住み、車のために家賃より高い駐車場を借りていた。

彼はデートで車を使ったことはなかった。常に車は一人で乗るものという身勝手な不文律に従っていたのだ。唯一別れた妻を乗せたことがあったが、ハンドルを握ったとたん会話が止まった。沈黙のドライブに嫌気がさした彼女は、二度と瀬川の車に乗ることはなかった。

アウディＲ８は殆ど衝動買いに近かった。守るべき家庭もなく、独り身の瀬川にとってもかなり高い買い物になったが、試乗した瞬間、この車との運命的な出会いに感謝した。軽井沢の小さな別荘を売り払い、基本的にローンが嫌いな瀬川はキャッシュで代金を支払った。それが愛すべき車に対する礼儀だと瀬川は信じているのだ。今さらスーパースポーツタイプの車に乗るなんて、年よりの冷や水かと友人達には揶揄《やゆ》されたが、外野の意見など何処吹く風だ。

瀬川は、北の丸公園を出て霞が関入口から首都高速外回りに乗った。暫くは車と自分だけの世界に浸れる。ゆっくりと時は遡り、あの日の喧噪の中へ記憶は戻って行った……。

## Ⅱ

「今度ウチからデビューします。村松茜《むらまつあかね》です」

スカイプロモーションの町田博人《まちだひろと》はいきなり、新人アイドル歌手の女性を瀬川のデスクに連れて来た。彼女は声を出さず、黒く長いストレートな髪を揺らして、ちょこんとお辞儀をしただけだった。アイドルらしからぬ、陰のある瞳は瀬川に強烈な印象を残した。

「ほら、ちゃんと元気よく、声を出さないと」

「いや、いいんだ。で、レコーディングはいつ？」

「それがちょっと遅れてましして、まだなんですよ」

「へぇ～。君のところにしては手際が悪いね。社長はなんて言ってるの？」

「そこなんですよ。ウチの社長はああですから、もううるさくて。で、瀬川さんに色々協力して頂こうと思って」

「おいおい、俺は第二制作とは言ってもバンド系しかやってないよ。それに新人アイドルなら、種村《たねむら》さんの担当なんじゃないの？」

「その種村さんなんですが、水谷真里絵《みずたにまりえ》にかかりっきりで、困っちゃって」

水谷真里絵は久々の大型新人という触れ込みでデビュー。去年の暮れの賞レースでは、新人賞を総なめにした。だが今年に入ってその勢いは影を潜め、売り上げは伸び悩んでいた。担当ディレクターの種村も、そのことでいっぱいいっぱいなのだろう。

「で、この際路線を変更して、アイドルなのにロックを歌うという戦略はどうかと思いまして、こうしてご挨拶に伺ったのですが」

「それって、種村さんや部長は知ってるの？」

「ハイ、そこは根回し済みです」

根回し、瀬川が最も嫌う言葉だが、芸能の世界ではこれがないと話が進まない。

「でも、俺だっていろいろスケジュールがあるから、すぐにとはいかないよ」

「それはもう重々承知の上です、ハイ。でも今、邦楽でロックといえば、瀬川さんしか思い浮かびませんので、どうかこのデモテープだけでもいいですから、一度聴いて頂けませんか？」

渡されたカセットのタイトルを見て瀬川はおやっ？　と思った。アイドルにありがちなヒット歌謡ではなく「ワイルド・ワン」と表記されている。

「ほーっこれって、スージー・クアトロ？　これ歌ってんの？」

「そうなんですよ、実は彼女は帰国子女でして、どちらかというと日本語より、まだ英語の方が得意なんですよ。毎日猛特訓で日本語は勉強させてますが」

瀬川の中で何かがピンと響いた。一応このデモは預かって、後日返事をすることにした。

現在瀬川は四つのバンドを抱え、どれもヒットさせている売れっ子ディレクターである。それぞれのアーチストのカラーを出すためにも、極力オリジナルでと思っているが、最近手がけたバイソンはどうにもオリジナル楽曲のクォリティが低く、仕方なくプロに任せてリリースした。「可愛い君だから」という覚えやすいR＆B風な楽曲で、これがなぜか都内のディスコから火が点き、今では三十万枚に迫る勢いになっている。

社内でもバンドの瀬川と評され、今ではあいつが手がければ、どんなバンドでもブレイクするとまで言われている。そんな瀬川も二年前までは、うだつの上がらないディレクターだったのだが、ヒットが続くと、昔のことはすっかり忘れ、手のひらを返して賞賛するのがこの業界のしきたりでもある。

瀬川はたまっている業務日報などの雑務を終えて、ハッと気が付いた時は既に午後九時を回っていた。今朝出がけに言われた妻の言葉が、冷や汗と共によみがえる。

「今日は何時に帰れるの？」

「う〜んそうだな、今日はレコーディングもないし八時までには帰るよ」

今から電話をして、言い訳をする気力は瀬川にはない。すれ違いというより、仕事優先で、妻への思いやりのなさが原因だと自分でもわかってはいる。

家のテーブルでひとり、抜栓したワインと手料理を前に、ジッと帰りを待つ妻の姿を想像するだけで、瀬川の心は暗い沼に沈み込むように重くなってゆく。

今日は五回目の結婚記念日だったのだ。

それを振り払うかのように瀬川は、愛車のいすゞ117クーペのアクセルを思いきり踏み込んだ。足下から水冷直列四気筒のエンジン音が全身に伝わってくる。重たい心が次第に軽くなっていった。

いつものように、外苑入口から高速四号線に乗る。昼に町田から預かった、村松茜のデモ用カセットをカーオーディオにセットし、プレイボタンを押した。

歌声を聴いて驚いた。帰国子女だけに、村松茜の英語の発音やリズム感は申し分ない。しかも、その声の質がオリジナルのスージー・クアトロより艶があり聴きやすく、十代とは思えないぐらい熟成し完成されているのだ。

翌日スカイプロモーションの町田に興奮気味に連絡し、レコーディングに向けて思いついた自分のアイデアを熱く語った。これは世紀の掘り出し物かもしれないとまで付け加えた。町田はありがとうございますと、何度も言うだけで具体的なスケジュールを出さない。最後はまた連絡しますと言って、あっさり電話は切られた。作曲家の候補も何人かいて、詞はジュブナイルの風間雅彦に任せても面白いかなと漠然と考えていたのだが……。

その村松茜のデビュー話は、突然中止になった。

平謝りで町田が言うには、彼女がデビューに興味がなくなったということもあるが、どうやら本音は毎日お辞儀ばかりしている芸能界に嫌気がさしたらしいのだ。

外見は日本人でも、内面は合理的で束縛を嫌い、自由を重んじる欧米人的気質なのだろう。彼女は高校を卒業したら、海外に留学するという。こういう逸材はめったにいないので、瀬川の落胆は大きかった。村松茜のデビュー白紙からちょうど一年後、瀬川の結婚生活も白紙になった。

## Ⅲ

車は環状線芝公園辺りに差しかかる。この辺りから見える東京タワーが、瀬川の若い頃からのお気に入りだ。ライトアップされた東京タワーを横目に見ながら記憶は、再びあの頃へ戻ってゆく……。

「なんであんたがいるのよ。あんたの顔見たら歌いたくなくなった。アタシはもう今日でバンドやめてやるから」

女性ヴォーカルを擁したレッドルージュの歌入れレコーディング。いきなりヴォーカルの加世子《かよこ》のキレ気味な言葉でスタジオは一気に凍りついた。

ことの発端はユキオの浮気。ヴォーカルの加世子とベースのユキオは、デビュー前から恋人関係だったのだが、ユキオは出来心でファンの女の子と寝てしまい、それが昨夜、加世子にバレてしまったのだ。ユキオの女癖の悪さは殆ど病気に近く、今まで加世子にバレなかったこと自体奇跡だったのだが……。

加世子はスタジオに来たときから機嫌が悪かった。瀬川が何を言っても仏頂面で聞く耳を持たない。何とかなだめすかして、歌入れを始めようとした矢先、当のユキオがひょっこりスタジオに現れたのだ。

目の周りは大きな青あざ。一目で加世子に殴られたとわかる。この手の男に限って女遊びは派手なくせに臆病で、本命の女には滅法弱い。

ユキオは捨てられた子犬のようにスタジオの隅でオドオドしている。だったら浮気なんかすんな！　瀬川は心で罵倒しながら、スタジオから出ていった加世子の後を追った。

レッドルージュは一年前にデビューして、いきなりトップテンに入るヒットを飛ばしたポップロックバンドだ。早急に仕上げたアルバムも好セールスを上げ、二枚目のシングルもヒット。いよいよ今回のシングルで、トップグループに入れるかどうかの正念場のレコーディングだった。

結局レコーディングは中断。今夜中に歌入れが終わらないと、リリースに間に合わない。瀬川はスタジオ前の誰もいないアーチストロビーで、加世子に説得を試みるが取りつく島も無い。加世子の扱いにほとほと困っていると、後ろから、

「すいません瀬川さん、ちょっと二人だけにしてもらえますか？」

ユキオが青白い顔で背後霊のように立っていた。

「わかった……。後は頼んだ」

大抵のバンドは必ずと言っていいほど、人間関係でつまずく。瀬川の知る限り、仲がいいバンドなんて殆どないのだ。お互いのエゴがぶつかり、最初は小さな亀裂でも、毎日顔を突き合わせていくうちに、大きなヒビとなり、やがて完全に崩壊してしまう。その理由が女だったり、金銭的な問題であったりしても、すべて音楽性の違いということになる。

ただ、数あるバンドの中でも、レッドルージュの人間関係は比較的良好だったが、今回ユキオの浮気騒動で、一気にバンド存亡の危機に陥ってしまった。しかもバンドリーダーはヴォーカルの加世子なのだ。こんな不安定なリーダーが率いるバンドでは、緊急時にメンバーが一つになるなんてことはほぼ不可能だ。

三十分ぐらい経ったところで、瀬川は二人の様子を見に行き、目を疑い愕然とした。加世子とユキオはロビーで、熱いキスを交わしていたのだ。夜中で人気がないからいいようなものの、写真週刊誌にでも撮られたら大変だ。どうやら、二人の関係は一時的にしろ修復したようだ。

瀬川は大きく咳払いをして、

「じゃあ、続きをやろうか？」

彼の一言で、魔法が解けたようにパッと二人は離れ、加世子はスタジオに戻り、レコーディングは無事終了した。しかし、レッドルージュの三枚目のシングルは思ったほど売り上げは伸びなかった。ケチがついたように、そこからバンドの勢いは失速して行く。

そしてデビューから二年後。加世子がソロになるきっかけで、レッドルージュは解散した。ユキオと加世子の仲もバンド解散と共に終焉を迎えた。

Ⅳ

首都高の緩やかなカーブを曲がりながら、瀬川の胸に音楽の世界で成功を収め、それを糧《かて》に次のステップに進んだアーチスト達の懐かしい顔がよみがえる。モデルからミュージシャンになり、その後俳優としてブレイクしたヤツ。絶対音感を生かし、作曲家としてその名を世にしらしめたヤツ。音楽以外でも、自ら事業を興し大成功を収めたヤツもいた。しかしそれらはほんの一握りにすぎない。

殆どの人間は、バンドの解散と共にこの業界から去って行った。そういえば彼女は今頃どうしているだろう。瀬川の記憶の底に沈んでいたある女性シンガーの面影が浮かび上がってきた。

「あっ、瀬川さん！　瀬川さんのバンド絶好調ですね。一度でいいですから、沙緒里《さおり》のライブにも来て下さいよ」

バンブー企画の社長友成一之《ともなりかずゆき》は、唾を飛ばしながら瀬川に話しかけてきた。戸越《とごし》沙緒里。まだ女子大生のシンガーだが、自分で詞も曲も作り〝美麗のヴィーナス・昭和最後の実力派新人〟というキャッチフレーズまでついている。瀬川はこの手の話は全面的には信じない。新人シンガー・ソングライターの場合、自作自演とはいえ詞も曲も誰かの手によって添削され、ブラッシュアップされている場合もあるからだ。

「新曲って聴いて頂けましたか？　今後どういう感じでプロモーションしていけばいいか、ご意見を聞かせて頂けるとありがたいのですが」

あまりに強引な友成の言葉に瀬川は辟易しながらも、

「いやいや、友成社長。僕は制作畑だし、宣伝には口出しなど出来ませんので」

「そんな固く考えないで、一度ライブを観て頂いて、直接本人に曲に対する感想なり、アドバイスをおっしゃって頂きたいだけなんですが」

「でも、それは担当ディレクターの渡辺《わたなべ》の方がいいんじゃないですか？」

「う〜む実は、あまり渡辺さんと沙緒里がうまくいってなくて」

「なんかあったんですか？」

友成が言いにくそうに話したことによると、新曲の詞の面でかなり渡辺が添削したのが本人の意向にそぐわず、これならレコーディングはしない、とまでなったらしい。何とかなだめてレコーディングだけは行ったのだが、本人のモチベーションは下がったまま。それ以来渡辺とは口も利いてないという。

話を聞いて瀬川は軽くため息をついた。まだ子供なのだ。ただ、ソングライターというプライドだけは一人前なのかも知れない。自分の作品に手を加えられることに抵抗するのは、肝が据わったアーチストともいえるが、渡辺の立場を考えると、かなり扱いにくい存在であることは間違いない。

沙緒里のライブは明後日だという。友成には一応仁義をきって、時間があったら伺いますとお茶を濁しておいた。面倒には巻き込まれたくないので、瀬川は最初から行かないつもりでいる。

そこへ制作部長室から呼び出しがあった。部屋に行くと、さっきから話題の渡辺もいる。何事かと話を聞けば、部長は戸越沙緒里のディレクターを、渡辺と交代してくれという。バンドをいくつも抱えている瀬川は、それは無理だと答えたのだが、どうしてもという先方のリクエストでもあるという。ここでようやく瀬川は、友成社長が熱心にライブに誘った意味が腑に落ちた。

逆に交代を命じられた渡辺の方は、意外にサバサバしている。むしろ、沙緒里から離れられてラッキーだくらいの態度がにじみ出ている。瀬川が担当になることに関しても、渡辺は問題ないという。

即答を避けたい瀬川は、苦し紛れに明後日のライブを観てから判断させて欲しいとその場をやり過ごした。バンドの瀬川というプライドもあるが、いきなり扱いにくいシンガーの担当になるのは荷が重すぎるのだ。いずれにしても瀬川は、戸越沙緒里のライブに顔を出さざるを得なくなってしまった。

渋谷「ジァン・ジァン」は公園通り途中の山手教会地下にある定員二百名程度の小劇場。一人芝居からシャンソンなど、幅広いジャンルのアーチストが出演している。アンダーグラウンドなシアターではあるが、普通のライブハウスに出演するより敷居は高く、ここに出ることは一種のステイタスにもなる。

「ジァン・ジァン」で定期ライブを開催している戸越沙緒里は、それなりに実力を認められたということだ。まだ二十歳そこそこなのに大したものだと、瀬川は感心しながら開演を待った。

客電が落ち、ギターを抱えた本人と、バックのギタリストが登場する。ステージに登場した戸越沙緒里を観客のため息が迎える。媒体の写真などで見かける彼女より何十倍も美しい。

おもむろに一曲目が始まった。瀬川の知らない曲ではあるが、多分オリジナルだと思う。伸びやかで艶やかな彼女のヴォーカルが心地良い。ビート感はないが、彼女の声の特性なのだろうか？　高すぎず低すぎず、心に丁度良い声に瀬川は癒された。

しかし、コンサートが進むに連れ、瀬川は段々退屈になってきた。曲調がどれもあまりに単調なのだ。それでも、詰めかけているファンはその一挙一動を固唾《かたず》を飲んで見守っている。飽きている様子はない。客席とアーチストの間にある絶対的な契約。これはもう一種の宗教なのかもしれない。アーチストとオーディエンスというより、教祖と救済を求める信者の関係のようにも見える。

それはそれで悪くはない。コアなファンがいることはアーチストにとっては大きな財産になる。今後少し視点を変えて、新たな楽曲をディレクションすれば、このアーチストはもっと化けると瀬川は確信した。

そしてライブの最後に、前ディレクターの渡辺が手を加えたという新曲、「花びらの掟」を歌い始めた。

瀬川は違和感を感じた。あきらかに今まで聴いた彼女の歌の世界観と違う。心の内面を表現する歌詞が特徴なのに、「春が来た 桜は満開 やさしく咲き乱れ」など情景描写ばかりで、彼女の得意とする内省的部分が欠如している。沙緒里の個性が生かせていないのだ。前の歌詞がどういうものかわからないが、彼女が抵抗した理由が少し理解出来たような気がした。

ライブ後、沙緒里に引き合わされたとき、その場で今度ディレクターをやる瀬川ですと自己紹介した。彼女の反応は意外なほどあっさりで、可も無く不可も無くという感じだったが、友成は満面の笑みで瀬川に握手を求めてきた。

文学部哲学科に通う戸越沙緒里は、自らを暗い性格で引っ込み思案と言うが、本気の引っ込み思案がステージで歌など披露出来るはずがない。

二度ほどのミーティングで感じたことは、まだウブだということ。よく言えばピュア。悪く言えば、世間知らずの屁理屈屋ということになる。一般常識とはかけ離れた部分が作品を生み出す原動力にもなるから、そこを否定することは出来ないが、前任である渡辺の苦労が少しわかる気がした。ただ、バンドよりましだなと瀬川は思った。

バンドの場合は個性の強い人間の集団で、こっちの方が何十倍もコントロールが難しい。バンドマンはそれぞれに、それぞれのプライドを持っている。その個性がぶつかり合う化学変化の果てに、オリジナリティ溢れるサウンドが生まれてくる。さらにバンド内のコミュニケーションが上手くいっているバンドと、そうではないバンドとの接し方も違う。自分が手がけてきたバンドで、比較的メンバー間が上手くいっていたのはジュブナイルぐらいだろう。あとは、はっきり言って面倒なバンドばかりだ。

担当しているバンドのレコーディング準備に追われていたある日、突然戸越沙緒里から会社へ電話があった。今夜何時でも良いので会いたいという。その声は多少おびえているようにも聞こえた。今日はレコーディングなどがあるが、明日の夜なら都合はつけられると瀬川が返事をすると、沈黙のあと、翌日の午後七時頃に会社に来るという。友成には内緒ということだったので、瀬川にすれば会社に来られたら困る。結局、お互いが知っている南青山の「ＳＡＲＡ」に午後八時に待ち合わせることにした。その時間ならまだ客も少ないし、業界の人間と鉢合わせることもないだろう。根拠のない推測ではあるのだが……。

車を店の前に停め、時間通りに店に行く。先に沙緒里は座っていた。

入って一番奥のへこんだ壁にすっぽりテーブルが入って半個室的なちょっとしたカップル専用のような席だ。ここはまずいかなとは思ったが他に客はいない。瀬川はそのまま沙緒里と向き合うように座った。コーヒーを頼み、早速話を切り出した。

「どうしました？　この間の制作ミーティングで、何か納得しないことでもあった？」

「………」

沙緒里は黙ったままだ。

「基本僕は、歌詞には手を加えない主義だから、君の思うように曲は作ってかまわないよ」

うつむいていた沙緒里は、その瞳の照準を瀬川に合わせた。透き通るような瞳に思わず瀬川はたじろいだ。

「あの、私……事務所を辞めたいんです」

「えっ？」

戸越沙緒里は、バンブー企画の社長友成一之が見つけ、二人三脚でここまで来たアーチストでもある。そういう意味では、恩ある友成に対していきなりの決別宣言とは、瀬川も開いた口が塞がらない。さらに沙緒里は、

「私、もうついていけないんです」

「ついていけないって、その件は誰かに話をしましたか？」

「いえ、瀬川さんが初めて……」

何で俺なんだよ。瀬川は大きくため息をついた。タレントの独立問題に首を突っ込んでいるなんて評判が立つとかなりまずい。ある面で、瀬川はピンチを迎えていることになる。

「で、事務所を辞めて、どうするの？」

「まだ何も決めてません……」

友成一之はモデル事務所から芸能事務所に会社を転進させ成功している、若手ではナンバーワンの遣り手社長だ。強引ではあるが、その憎めない人柄で人脈を広げてきた手腕がある。その社長から離れようとしている沙緒里の真意が読めない。

「何か不都合でもあったんですか？　事務所を辞めたい理由は？」

それには答えない沙緒里。時間が経つばかりで埒《らち》が明かない。それから小一時間、二人は黙ったままだ。沙緒里も、瀬川ではろくな答えを引き出せないと判断したのだろうか、うつ向きながらポツリとつぶやいた。

「私帰ります……」

「じゃあ送って行くよ」

　こういう問題は深入りしないというのが芸能界の鉄則ではある。しかし、辞めたい理由は知りたい。モヤモヤしたまま、外に停めた車に沙緒里を乗せた。

　車は最近手に入れた中古のトヨタ２０００ＧＴ。その独特なロングノーズは車全体の美しい曲線をさらに強調させている。この車に替えて、初めて乗せた女性が戸越沙緒里になる。彼女を助手席に座らせると、さらにこの車の美しさが際立つように見えた。戸越沙緒里は絵になるシンガーだとあらためて痛感した。アクセルをふかすと、直列六気筒ＤＯＨＣエンジン音が響き渡る。瀬川はそのまま南青山三丁目の交差点を真っ直ぐ横切った。彼女の家は代官山だという。

　道順を聞いていると、いきなり沙緒里が、

「すいません、『ユアーズ』に寄ってくれませんか？」

「ユアーズ」は青山通り沿いにある輸入品などがメインの高級スーパーマーケット。二十四時間営業で知られる有名店でもある。

「買い物？」

　返事は相変わらずないが、瀬川はキラー通りから明治通りに出て、神宮前の交差点を左へ。さらに青山通りとの交差点を左に三百メートル行った「青山ユアーズ」の前で車を止めた。

　沙緒里は瀬川を車に残して一人店の中に入っていった。暫くして、両手にソフトクリームを持って帰ってきた。

「ハイ!」

ソフトクリームを渡される。

「ここのソフト、あたし大好きなの。あっ? 瀬川さんアイスって嫌い?」

それを先に聞いて欲しかった。瀬川は本来甘いお菓子は大の苦手なのだ。捨てるわけにもいかず、車の中で並んでソフトクリームを食べた。さっきまでの深刻な雰囲気とはうってかわって、少女のような顔でアイスを食べている。一体この子は何なんだ?

「で、さっきの続きだけど、何かあったの?」

その質問に沙緒里は、

「社長なんて、大嫌い!」

えっ? 何だ? この展開は、さすがに瀬川もバカバカしくなり、すぐさま車をスタートさせ、沙緒里を代官山のマンションまで送っていった。ここに沙緒里のために事務所が借りている部屋がある。建って数年なのだろう、まだ新築の匂いがするような綺麗なマンションだった。

翌日、会社で渡辺に昨夜の話をした。またかよ、と彼は瀬川を一瞥すると、同情するかのように大きくため息をついた。それは単なる痴話喧嘩だと渡辺は言う。友成社長と沙緒里は、以前から男女の関係らしいのだ。友成が他のアーチストに夢中になって、単に嫉妬を覚えただけだからほうっておいて大丈夫と言われた。

急激に戸越沙緒里に対する意欲が萎《な》えていった。次のシングルだけは責任を持つが、その後は降りようと瀬川は思った。これじゃあバンドもソロも同じではないか。特にソロの場合、関係者との色恋沙汰は致命的だ。制作に男女関係が介入してくると、作品自体のクォリティも下がるし、ディレクションがやりにくくなるからだ。

その後、沙緒里からは何の連絡もない。事務所を辞めるという話も聞こえてこない。友成とも話がつき、元の鞘に収まったのだろう。

瀬川は次のシングルを事務的にディレクションし、前作よりは売り上げを伸ばした。これで戸越沙緒里から離れようとしたとき、彼女の方からビクトリーレコードを離れて行った。友成には一緒に移籍しないかと誘われたが、丁重に断った。

移籍後の彼女は、それなりに活躍してはいたが大ブレイクとまでは行かず、いつしか時の狭間に消えていった。

随分経ってから、テレビの通販番組で戸越沙緒里が自らプロデュースしたという「幸運のブレスレット」を紹介しているのを見かけたことがあった……ピュアという言葉からは随分遠くに行ってしまったなぁと、しみじみ思った瀬川だった。

ハンドルをゆっくり切りながら首都高外回り飯倉出口を降り、瀬川は自宅がある六本木ヒルズに向かった。飯倉なら霞が関からは、内回りの方が断然早いのだが、瀬川は若い頃からのクセで、いつも東京タワーが見える外回りにしてしまう。この時間でも六本木周辺は車の量が多い。信号で隣に停まった車のカップルが、瀬川の車を食い入るように見ている。

瀬川の脳裏に浮かぶ数々のアーチスト達。自分史というのがあるなら、その名前を羅列するだけで、彼の人生は極彩色に彩られるだろう。ビクトリーレコードからヘッドハンティングされて、会社をいくつか変わってもそのツキは落ちなかった。ヒットメーカー、スターディレクターなどの名声を得た後、最終的に去年の春から外資系レコード会社ブライト・メイデン・ジャパンの社長に迎えられた。

家庭というささやかな幸せは得られなかったが、瀬川は自分の人生に悔いはないと思っている。誰もが経験できないような事をしてきたという自負もある。しかし、言葉では言い表せない寂寥感《せきりょうかん》も確かにある。特に週末は憂鬱だ。

時折瀬川は、もしもあの時違う道を選んでいたら……と思うこともあった。頭の中でその答えを求め逡巡するが、彼の答えはいつも、これしかなかったのだという結論に辿り着く。

欲張りな生き物が人間だ。何かを犠牲にするからこそ、その代償として夢が叶う場合があるのに、すべてがうまく行く人生を高望みする。しかし、それは人間である限り不可能なのだ。

信号が青に変わった。動きださない前の車に、瀬川はこの車で初めてクラクションを鳴らした。

文庫版のあとがき

# 音叉の世界

「音叉」は視点を変えれば、自分のパラレルワールド青春群像記になる。自分ではない自分……それが物語の中で息づいているからだ。小説での数々のエピソードなどは当然創作だが、時代背景にある音楽やファッションは、リアルに体験したものばかりだ。時代背景もちょうど僕が高校1年だった70年から、大学1年の73年ぐらいまでで、まさに高度成長に煽られ、華やかで様々なファッション・スタイルが街に溢れていた時代だった。記憶を辿ってみても、熱病のような学生運動が少しずつ終息に向かい、灰色のキャンパスが徐々に色を放つようになった頃でもあった。

登場人物のメインである雅彦と違う点は、最初から彼ほど音楽にもバンド活動にも、前のめりではなかったことだろう。どちらかというと高校1年の自分は、いわゆる本の虫で、バスでも電車でも時間があれば本を開いていた。通学カバンには常時3冊ぐらいの文庫本が入っていて、一冊を読み切って次を読むというより、交互にそれらを読んでいた。朝の通学が松本清張なら帰りはヘルマン・ヘッセと、ジャンルなどには拘らない乱読タイプだ。現代のようにスマホなどない70年代、電車のつり革につかまって読むには文庫本の大きさが丁度良かった。そんな自分が、あるきっかけで音楽にのめり込むようになる。

　たまたま少しはギターが弾けたので、バンドの真似事をクラスメイトとしていたが、必要以上に群れることはしなかった。一人で本を読んでいる方が居心地が良かったし、人づきあいが苦手な僕は、本の世界に没頭しているだけで満足だった。ただ、高校生活に馴染むほどにそうはいかなくなる。十代という中途半端で何者でもない自分……その先の進路を決めようとすると、突然襲ってくる理由なき不安。そういった目に見えない壁に時折押し潰されそうになっていた。

　そういう不安定な世界観を一変させたのが、高校2年の9月に友人と行った武道館でのレッド・ツェッペリン初来日コンサートだった。1曲目の「移民の歌」から心を鷲掴みにされ、終演後には昨日まで自分を覆っていた不安という灰色の厚い雲はすっかり消え去っていた。強烈で激しい大音量のロックサウンドが、青春期特有の迷いや悩みの壁をぶち壊してくれたのだ。

　そのとき初めて聴いた「天国への階段」。この曲は彼らの次のアルバムに入る予定だったので発売前に聴いてしまったことになる。ギターの独特なフレーズとノスタルジックなメロディ、そして高音のヴォーカルが溶け合って心を揺さぶった。文学では感じ得ない、身も心も震わすようなフィジカルな感動をこの曲に感じてしまった。

それをきっかけに、堰を切ったようにハードで煌びやかなロックミュージックの世界にのめり込んでゆく。早々に当時発売されていた、レスポールのコピーモデルを手に入れ、ジミー・ペイジのようにストラップを長くしては悦に入っていた。

相変わらず通学時に文庫本は読んでいたが、家に帰ってからは部屋を閉め切り、近所迷惑も顧みずレコードに合わせてギターを弾き鳴らし、大音量でロックサウンドを浴びることが日課になった。ザ・フー、スレイド、T・レックスにブラック・サバスやフリー、そしてユーライア・ヒープなど、コピーしやすい曲を選んでは、当時のロックに夢中になっていた。当然勉強にも身が入らなくなり、次第に成績も下がり気味になっていったが、まったく気にしない自分が不思議に頼もしく思えたものだった。

退屈な授業をやりすごした放課後は、友達と街に遊びに繰り出す時間も増えてきた。群れない自分が群れる自分に少しずつ変貌していったのだ。

手軽な文庫本のように、当時の原宿は最先端のファッションや音楽を気軽に感じられる街だった。小説にも書いたが、神宮前交差点の側にあった「ＤＪストーン」というロック喫茶は音楽好きなティーンのたまり場でもあった。友人に連れられて初めて行ったときは、あまりにも同世代女子比率の高さにびっくりしたものだ。当時はフォーク全盛時代。女の子はフォーク好きという概念がひっくり返された。

「音叉」は架空のバンドの話でも、いくつかのエピソードは実体験に基づいている。文中で雅彦が「ＤＪストーン」でイエスの「危機」を初めて聴いたくだりはそのまま自分の体験と重なる。イエスをきっかけに次第にプログレッシブロックにはまっていったが、そこで顔見知りになった年上の女子大生との会話も楽しみになった。彼女たちの大人びた微笑みや甘い香りが、未知の世界へ誘うチケットとなり、ロックを介在に少し背伸びすれば、ワクワクするような未来が見えそうな気になっていたのだろう。幼さから派生した無知は、時には無謀にも見えるが、時代を駆け抜ける原動力にもなり得る。それが僕の中のロックだった。

「音叉」発刊当初、ジュブナイルとアルフィーを同一視する人もいたが、読めば分かるように、メンバーの性格もバンドの成り立ちもまったく違う。

高校と同じ敷地内の大学に進学し、大学2年でデビューが同じであっても、彼らはロック系でアルフィーはフォーク系。ジュブナイルはオリジナル曲で、アルフィーは松本隆さん作詞、筒美京平さん作曲による、プロの作家の手によるデビューだった。このスタートの差は大きい。世に問うメッセージを僕らは持っていなかったのだ。だからこそ、物語の中でデビューするジュブナイルにはメッセージ性を持たせたかったのだ。

あえて当時を振り返れば、デビューにあたり、自分にはプロとしての自覚も覚悟も足りなかった。甘かったといえばそれまでだが、そんな中でのプロの世界の洗礼は、想像以上にかなりキツイものだった。ましてや、オリジナル楽曲のないバンドは悲惨だ。主義主張がないのは音楽魂がないと思われ、そういうバンドはミュージシャンというより、芸能グループとして扱われる。だから操り人形のように指図されるまま演奏することに我慢出来ず、自分のふがいなさを棚に上げては、やたら腹を立てて不機嫌な自分を装っていた。早々に行き詰まり、何をしたいのか先の見通せないデビューは間違いだったと気づいたが……時すでに遅かった。二十代の頃、何もかもが空回りする人生を身をもって体験したことになる。

そんな先が見えない混沌とした中で、唯一の救いは3人でいたことだろう。あきらめずにやり続ける中で、まずは自分らが生み出した音楽を信じることが、未来を引き寄せる原動力になることに気がついた。そして、曲がりくねってはいても、揺るぎない道を見つけ、ゆっくり自分たちのペースで歩くようにしたとき初めて目標らしきものが見えてきた。もちろん、まだその大きな夢には辿り着いてはいないのだが。

「音叉」はそんな還暦過ぎのミュージシャンが、夢の途中で書いた小説だ。それが今回文庫本になるという。もしも時を戻せるなら、通学途中の文庫本好きな自分に届けて、本の感想を直接聞いてみたい気もするが……。

デビューで完結したジュブナイル。デビューで始まったアルフィー、どちらも自分の原点には違いない。この小説を書いたことで、もしかしたら、デビュー当時のふがいない過去の呪縛から解き放たれたかったのかもしれない。

ただ、どう過去をやり直したとしても、リアルな現実には叶わないものだ。そう考えると、おそらくジュブナイルはアルフィーのように47年も続くバンドではないだろう。「音叉」から始まった、自分の作家としてのキャリア。今後どのように変化してゆくのか、それもかなり楽しみである。頭の中で書きたいプロットが生まれる限り、書き続けていきたいが、とにかく年齢など関係なく、人間は幾つになっても進化し続けるものだと身をもって証明してみたい。

しかも、小説家は自分の少年期＝ジュブナイルからの夢でもあった。少年期の夢を還暦過ぎで叶えたからには、長く暖めた分だけ、テーマは無限にあるはずだ。それに、どんな人間も人生なんて振り返れば反省だらけだったり、後悔だらけだったりするもの。だからこそ、人間は生きているだけで価値があるものなのだ。

後戻りの出来ない素晴らしい人生……いつの日かそれを小説で極めていきたいと思う。

単行本　2018年7月　文藝春秋刊

DTP制作　言語社

JASRAC　出 2101472-101

文春文庫

音《おん》叉《さ》

定価はカバーに
表示してあります

2021年4月10日　第1刷

著者　髙《たか》見《み》澤《ざわ》俊《とし》彦《ひこ》
発行者　花田朋子
発行所　株式会社　文藝春秋

東京都千代田区紀尾井町3-23　〒102-8008
TEL　03・3265・1211㈹
文藝春秋ホームページ　http://www.bunshun.co.jp

落丁、乱丁本は、お手数ですが小社製作部宛お送り下さい。送料小社負担でお取替致します。

印刷製本・凸版印刷

Printed in Japan
ISBN978-4-16-791673-2

（　）内は解説者。品切の節はご容赦下さい。

島本理生
**ファーストラヴ**
父親殺害の容疑で逮捕された女子大生・環菜。臨床心理士の由紀が、彼女や、家族など周囲の人々に取材を重ねるうちに明らかになった環菜の過去とは。直木賞受賞作。（朝井リョウ）
し-54-3

雫井脩介
**検察側の罪人**（上下）
老夫婦刺殺事件の容疑者の中に、時効事件の重要参考人が。今度こそ罪を償わせると執念を燃やすベテラン検事・最上だが、後輩の沖野はその強引な捜査方針に疑問を抱く。（青木千恵）
し-60-1

柴崎友香
**春の庭**
第151回芥川賞受賞作「春の庭」に、書下ろし短篇1篇（「出かける準備」）、単行本未収録短篇2篇（「糸」「見えない」）を加えた小説集。柴崎友香ワールドをこの一冊に凝縮。（堀江敏幸）
し-62-1

鈴木光司
**樹海**
苦しむことなくこの世とおさらばしたい――。死を渇望して樹海に溶け込む人間と、彼らとともに救いようのない運命に巻き込まれていく人々を描いた6つの連作短篇集。（朝宮運河）
す-22-1

太宰　治
**斜陽《しゃよう》 人間失格《にんげんしっかく》 桜桃《おうとう》 走《はし》れメロス 外七篇**
没落貴族の哀歓を描く「斜陽」、太宰文学の総決算「人間失格」、美しい友情の物語「走れメロス」など、日本が生んだ天才作家の代表作が一冊になった。詳しい傍注と年譜付き。（臼井吉見）
た-47-1

橘　玲
**ダブルマリッジ**
商社マンの憲一の戸籍に、知らぬ間にフィリピン人女性の名が。これは重婚か？　彼女の狙いは？　やがて物語は悲恋へと変貌する。事実に基づく驚天動地のストーリー。（水谷竹秀）
た-77-3

竹宮ゆゆこ
**あしたはひとりにしてくれ**
優秀で家族思いの高校生・瑛人。ある秘密と共に埋めたくまのぬいぐるみのかわりに掘り起こしたのは半死状態の若い女だった!?　孤独をこじらせた少年の葛藤を描く感涙の青春物語。
た-99-1

（　）内は解説者。品切の節はご容赦下さい。

竹宮ゆゆこ
## 応えろ生きてる星
結婚直前、婚約者は別の男と駆け落ちした。残された男は謎の女と一緒に、彼女を探すためのある方法を思いつく。そしてその先に見つけたのは。過去の傷からの再生を描く感動の物語。
た-99-2

滝口悠生
## 死んでいない者
大往生を遂げた男の通夜に集まった約三十人の一族。親族たちの記憶のつらなりから、永遠の時間が立ちあがる。高評価を得た芥川賞受賞作に加え、短篇「夜曲」を収録。（津村記久子）
た-101-1

千早　茜
## 男ともだち
冷めた恋人、身勝手な愛人、誰よりも理解しながら決して愛しあわない男ともだち——29歳の女性のリアルな心情と彼女をとりまく男たちとの関係を描いた直木賞候補作。（村山由佳）
ち-8-1

千早　茜
## 西洋菓子店プティ・フール
下町の西洋菓子店の頑固職人のじいちゃんと、その孫であり弟子であるパティシエールの亜樹と、店の客たちが繰り広げる、甘やかなだけでなくときにほろ苦い人間ドラマ。（平松洋子）
ち-8-2

津村節子
## 紅梅
癌が転移し、自らの死を強く意識する夫——吉村昭の一年半にわたる闘病と死を、妻と作家両方の目から見つめ、全身全霊で純文学に昇華させた衝撃作。菊池寛賞受賞作。（最相葉月）
つ-3-14

津村記久子
## 婚礼、葬礼、その他
友人の結婚式に出席中、上司の親の通夜に呼び出されたOLヨシノのてんやわんやな一日を描く表題作と「冷たい十字路」を収録。いま乗りに乗る芥川賞作家の傑作中篇集。（陣野俊史）
つ-21-1

津村記久子
## エヴリシング・フロウズ
ヒロシは、背は低め、勉強は苦手。唯一の取り柄の絵を描くことも最近は情熱を失っている。それでも友人たちのため「事件」に立ち向かう。少年の一年を描く傑作青春小説。（石川忠司）
つ-21-2

（　）内は解説者。品切の節はご容赦下さい。

津村記久子
**浮遊霊ブラジル**
楽しみにしていた初の海外旅行を前に急逝した私。人々に憑いて様々な土地を旅する中でたどり着いたのは……（表題作）。卓抜したユーモアと人間観察力を味わう短篇集。（戌井昭人）
つ-21-3

天童荒太
**悼む人**（上下）
全国を放浪し、死者を悼む旅を続ける坂築静人。彼を巡り、夫を殺した女、人間不信の雑誌記者、末期癌の母らのドラマが繰り広げられる。第百四十回直木賞受賞作。（書評・重松　清ほか）
て-7-2

堂場瞬一
**衆**　1968夏
1968年、機動隊との衝突の最中、一人の高校生が命を落とした。数十年ぶりに地方都市に戻った事件の真相を探求する大学教授がそこで見出したものは？　骨太の人間ドラマ。（香山二三郎）
と-24-9

中上健次
**岬**
郷里・紀州を舞台に、逃れがたい血のしがらみに閉じ込められた一人の青年の、癒せぬ渇望、愛と憎しみを鮮烈な文体で描いた芥川賞受賞作のほか「黄金比の朝」「火宅」「浄徳寺ツアー」収録。
な-4-1

中里恒子
**時雨の記**
知人の華燭の典で偶然にも再会した熟年の実業家と、夫と死別し一人けなげに生きる女性との、至純の愛を描く不朽の名作。中里恒子の作家案内と年譜を加えた新装決定版。（古屋健三）
な-5-4

南木佳士
**阿弥陀堂だより**
作家として自信を失くした夫と、医師としての方向を見失った妻は、信州の山里に移り住む。そこで出会ったのは、「阿弥陀堂」に暮らす老婆と難病とたたかう娘だった。（小泉堯史）
な-26-7

南木佳士
**山中静夫氏の尊厳死**
「楽にしてもらえますか」と末期癌患者に問われた医師は尊厳ある死を約束する。終わりを全うしようとする人の意志が胸に沁みる名作。表題作の他に「試みの堕落論」を収める。
な-26-10

（　）内は解説者。品切の節はご容赦下さい。

夏目漱石
## こころ　坊っちゃん
青春を爽快に描く「坊っちゃん」、知識人の心の葛藤を真摯に描く「こころ」。日本文学の永遠の名作を一冊に収めた漱石文庫。読みやすい大きな活字、詳しい年譜、注釈、作家案内。（江藤　淳）
な-31-1

夏目漱石
## それから　門
近代知識人の一典型である長井代助を通じて、エゴイズムと社会の相克を描いた『それから』。罪を負った代助の〝後日の姿〟を冷徹に見つめた『門』。代表作二篇を収める。（江藤　淳）
な-31-2

夏目漱石
## 吾輩は猫である
苦沙弥、迷亭、寒月ら、太平の逸民たちの珍妙なやりとりを、猫の視点から描いた漱石の処女小説。滑稽かつ饒舌な文体と痛烈な文明批評で日本中の話題をさらった永遠の名作。（江藤　淳）
な-31-3

長野まゆみ
## 鉱石倶楽部
「葡萄狩り」「天体観測」「寝台特急」「卵の箱」――石から生まれた美しい物語たちが幻想的な世界へ読者を誘う。ファンタジー短篇「ゾロ博士の鉱物図鑑」収録。著者秘蔵の鉱石写真も多数掲載。
な-44-2

長野まゆみ
## フランダースの帽子
ポンペイの遺跡、猫めいた老婦人、白い紙の舟、姉妹がついたウソ、不在の人物の輪郭――何が本当で何が虚偽なのか。消えゆく記憶の彼方から浮かび上がる、六つの物語。（東　直子）
な-44-6

長嶋　有
## 猛スピードで母は
母は結婚をほのめかしアクセルを思い切り踏み込んだ。現実にクールに立ち向かう母の姿を小学生の皮膚感覚で綴った芥川賞受賞作。文學界新人賞「サイドカーに犬」も併録。（井坂洋子）
な-47-1

長嶋　有
## 問いのない答え
震災の直後にネムオがツイッターで始めた言葉遊び。会ったことはないのにつながってゆく人々の日々を描き、穏やかに心を揺する傑作。静かなやさしさが円を描く長編。（藤野可織）
な-47-5

（　）内は解説者。品切の節はご容赦下さい。

那須正幹
**ぼくらは海へ**
船作りを思い立った少年たち。冒険への憧れが彼らを駆り立てる。さまざまな妨害と、衝撃のラスト。児童文学の巨匠・那須正幹が、かつて少年だったすべての大人に贈る物語。（あさのあつこ）
な-63-1

中村文則
**世界の果て**
部屋に戻ると、見知らぬ犬が死んでいた——。奇妙な状況におかれた、どこか「まともでない」人間たちを描く中村文則の初短編小説集。5編の収録作から、ほの暗い愉しみが溢れ出す。
な-69-1

中村文則
**惑いの森**
毎夜1時にバーに現われる男。植物になって生き直したいと願う青年。愛おしき人々のめくるめく毎日が連鎖していく。あなた自身も知らない心の深奥を照らす魔性の50ストーリーズ。
な-69-2

中村文則
**私の消滅**
心療内科を訪れた美しい女性、ゆかり。男は彼女の記憶に奇妙に欠けた部分があることに気づき、その原因を追い始める。Bunkamuraドゥマゴ文学賞を受賞した傑作長編小説。
な-69-3

中島　敦
**李陵《りりょう》　山月記《さんげつき》**
人生の孤独と絶望を中国古典に、あるいは南洋の夢に託した作家、中島敦。「光と風と夢」「山月記」「弟子」「李陵」「悟浄出世」「悟浄歎異」の傑作六篇と、注釈、作品解説、作家伝、年譜を収録。
な-70-1

中野量太
**湯を沸かすほどの熱い愛**
銭湯「幸の湯」の女将さん・双葉に余命宣告が。幸野家には双葉が亡くなる前に絶対に解決しておかなくてはならない秘密があった。話題の映画の、監督自身によるセルフ・ノベライズ。
な-74-1

新田次郎
**劒岳〈点の記〉**
日露戦争直後、前人未踏といわれた北アルプス、立山連峰の劒岳山頂に、三角点埋設の命を受けた測量官・柴崎芳太郎。幾多の困難を乗り越えて山頂に挑んだ苦戦の軌跡を描く山岳小説。
に-1-34

（　）内は解説者。品切の節はご容赦下さい。

新田次郎
## 冬山の掟
冬山の峻厳さを描く表題作のほか、「地獄への滑降」「遭難者」「遺書」「霧迷い」など遭難を材にした全十編。山を前に表出する人間の本質を鋭く抉り出した山岳短編集。（角幡唯介）
に-1-42

新田次郎
## 芙蓉の人
明治期、天気予報を正確にするには、富士山頂に観測所が必要だ、との信念に燃え厳冬の山頂にこもる野中到と、命がけで夫の後を追った妻・千代子の行動と心情を感動的に描く。

に-1-43

新田次郎
## ある町の高い煙突
日立市の「大煙突」は百年前、いかにして誕生したか。煙害撲滅のために立ち上がる若者と、住民との共存共栄を目指す企業。今日のCSR（企業の社会的責任）の原点に迫る力作長篇。

に-1-45

楡　周平
## 羅針
昭和37年。三等機関士の関本源蔵は妻子を陸地に残し、北洋漁業に出立した。航海の途中で大時化に襲われた源蔵が思い出したのは父のことだった。渾身の海洋小説。（香山二三郎）
に-14-3

西村賢太
## 小銭をかぞえる
金欠、愛憎、暴力。救いようもない最底辺男の壮絶な魂の彷徨は、悲惨を通り越し爆笑を誘う。表題作に「焼却炉行き赤ん坊」を加えた、無頼派作家による傑作私小説二篇を収録。（町田　康）
に-18-1

西村賢太
## 棺に跨がる
カツカレーから諍いとなり同棲相手の秋恵を負傷させた貫多。関係修復を図り、姑息な小細工を弄するが。惨めな最終破局までを描く連作私小説集。〈秋恵もの〉完結篇。（鴻巣友季子）
に-18-3

西村賢太
## 無銭横町
二十歳になった北町貫多は、その日も野良犬のように金策に奔走するが…。筆色冴えわたる六篇に、芥川賞選考会を前に藤澤清造の墓前にぬかずく名品「一日」を新併録。（伊藤雄和）
に-18-4

（　）内は解説者。品切の節はご容赦下さい。

西川美和
**ゆれる**
吊り橋の上で何が起きたのか――映画界のみならず文壇でも注目を集める著者の小説処女作。女性の死をめぐる対照的な兄弟の相剋が、それぞれの視点から瑞々しく描かれる。（梯　久美子）
に-20-1

西川美和
**永い言い訳**
「愛するべき日々に愛することを怠ったことの、代償は小さくはない」。突然家族を失った者たちは、どのように人生を取り戻すのか。ひとを愛する「素晴らしさと歯がゆさ」を描く。（柴田元幸）
に-20-2

西　加奈子
**円卓**
三つ子の姉をもつ「こっこ」こと渦原琴子は、口が悪く偏屈で孤独に憧れる小学三年生。世間の価値観に立ち止まり悩み考え成長する姿をユーモラスに温かく描く感動作。（津村記久子）
に-22-1

西　加奈子
**地下の鳩**
暗い目をしたキャバレーの客引きの吉田と、夜の街に流れついた素人臭いチーママのみさを。大阪ミナミの夜を舞台に、情けなくも愛おしい二人の姿を描いた平成版「夫婦善哉」。
に-22-2

貫井徳郎
**新月譚**
かつて一世を風靡し、突如、筆を折った女流作家・咲良怜花。彼女に何が起きたのか？　ある男との壮絶な恋愛関係が今語られる。恋愛の陶酔と地獄を描きつくす大作。（内田俊明）
ぬ-1-7

沼田真佑
**影裏**《えいり》
ただ一人心を許した同僚の失踪、その後明かされた別の顔――崩壊の予兆と人知れぬ思いを繊細に描き、映像化もされた第一五七回芥川賞受賞作と、単行本未収録二篇。（大塚真祐子）
ぬ-3-1

ねじめ正一
**荒地の恋**
五十三歳で親友の妻と恋に落ちたとき、詩人は言葉を生きはじめた――。田村隆一、北村太郎、鮎川信夫ら「荒地派」詩人の群像を描ききった傑作長篇小説。中央公論文芸賞受賞。（西川美和）
ね-1-4

（　）内は解説者。品切の節はご容赦下さい。

林　真理子
## 満ちたりぬ月
「私、やり直したい」。結婚生活が崩壊した絵美子は、仕事で成功している短大時代の友人・圭に頼るが。家庭とキャリア、女の幸せ、嫉妬という普遍が生き生きと描かれた傑作長編。

は-3-44

原田マハ
## 太陽の棘《とげ》
終戦後の沖縄。米軍の若き軍医・エドは、沖縄の画家たちが集団で暮らすニシムイ美術村を見つけ、美術を愛するもの同士として交流を深めるが……。実話をもとにした感動作。（佐藤　優）
は-40-2

平岩弓枝
## 鏨師《たがねし》
無銘の古刀に名匠の偽銘を切る鏨師と、それを見破る刀剣鑑定家。火花を散らす厳しい世界をしっとりと描いた直木賞受賞作「鏨師」のほか、芸の世界に材を得た初期短篇集。（伊東昌輝）
ひ-1-109

平岩弓枝
## 女の家庭
海外赴任を終えた夫と共に娘を連れて日本に戻った永子。姑と小姑との同居には想像を絶する気苦労が待っていた。忍従の日々の先にあるものは？　女の幸せとは何かを問う長篇。

ひ-1-124

平岩弓枝
## 下町の女
かつては「新橋」「柳橋」に次ぐ格式と規模を誇った下谷の花柳界だが、さびれゆく一方であった。そんな時代を清々しく生きる、名妓とその娘の心意気。下谷花柳小説ここにあり。

ひ-1-125

平岩弓枝
## 秋色
（上下）

有名建築家と京都の名家出身の妻、この華麗なる夫婦の実態は……。シドニー、麻布、銀座、奈良、京都、伊豆山と舞台を移して、華やかに、時におそろしく展開される人間模様。

ひ-1-126

平岩弓枝
## 肝っ玉かあさん
東京・原宿にある蕎麦屋「大正庵」の女主人・大正五三子は、太っ腹で、世話好きで、涙もろいお人好し。ひと呼んで「肝っ玉かあさん」。蕎麦屋一家の人間模様を軽妙に描く長篇小説。

ひ-1-128

葵 於 家頭邸

円生 於 南禅寺

文春文庫

# 1 1 9

長岡弘樹

文藝春秋